词学与词心

杨海明 述　钱锡生 编

中华书局

图书在版编目(CIP)数据

词学与词心/杨海明述;钱锡生编. —北京:中华书局,
2021.11
　ISBN 978-7-101-15056-8

　Ⅰ.词…　Ⅱ.①杨…②钱…　Ⅲ.词(文学)-诗词研究-中国
Ⅳ.I207.23

中国版本图书馆 CIP 数据核字(2021)第 023563 号

书　　名	词学与词心
述　　者	杨海明
编　　者	钱锡生
责任编辑	李碧玉
出版发行	中华书局
	(北京市丰台区太平桥西里 38 号　100073)
	http://www.zhbc.com.cn
	E-mail:zhbc@zhbc.com.cn
印　　刷	北京瑞古冠中印刷厂
版　　次	2021 年 11 月北京第 1 版
	2021 年 11 月北京第 1 次印刷
规　　格	开本/920×1250 毫米　1/32
	印张 10½　插页 8　字数 220 千字
印　　数	1-3000 册
国际书号	ISBN 978-7-101-15056-8
定　　价	38.00 元

杨海明先生近照

杨海明先生年轻时

杨海明先生一家三口

听唐圭璋先生讲课

杨海明先生在写作

杨海明先生在讲学

杨海明先生在授课

杨海明先生和叶嘉莹先生

杨海明先生和宇文所安先生

杨海明先生和钟振振先生

杨海明先生和王兆鹏先生

杨海明先生和门下弟子

从"梦境"追踪"心境"
——谈唐宋词中"梦"的意象

日常生活中，人们常会做梦。而对于想象力特别丰富的诗(词)人来说，则"梦"就更成了他们笔下的一种奇妙"境界"。翻开唐宋词的史册，我们就随处可以碰到这个颇有些朦胧色彩和神秘意味的"梦"字：

　　花非花，雾非雾，夜半来，天明去。来如春梦不多时，去似朝云无觅处。(白居易《花非花》)

　　纵如三鼓，铿然一叶，黯黯梦云惊断。(苏轼《永遇乐》)

　　柔情似水，佳期如梦，忍顾鹊桥归路？(秦观《鹊桥仙》)

　　……

几乎可以这样说：差不多每位词人都曾有过自己的"梦"，不论它们是甜美的梦还是悲哀的梦；也差不多每位词人都曾写到过自己的"梦"，不论它们是真实的梦还是心造、虚构的梦。总之，"梦"给唐宋词作带来了一种烟水迷离、惝恍奇幻的特种美感，也给唐宋词人提供了驰骋他们无限生动的艺术生命力之广阔场所，这两点是有目共睹的。抓住了这个频繁出现的"梦"的意象，我们便大可由此而"追踪"

杨海明先生手稿

《唐宋词风格论》书影　　　　《唐宋词论稿》书影　　　　《唐宋词史》书影

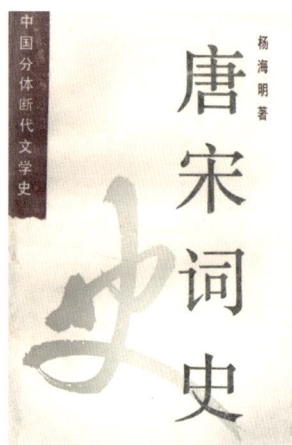

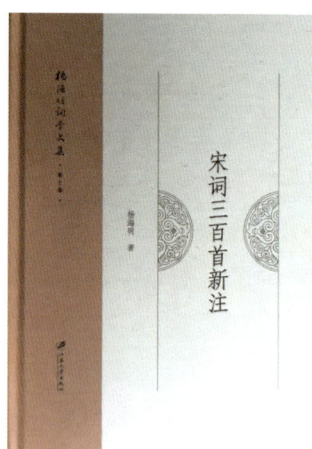

《唐宋词与人生》书影　　　《杨海明词学文集》书影

目　录

怎样鉴赏唐宋词

杨海明 述　钱锡生 编

（访谈时间：2017 年 12 月 4 日）

今天讲一讲关于唐宋词的鉴赏问题，这一问题相对于我们研究唐宋词的各领域来说，有人认为是"小儿科"。鉴赏嘛，谁都会鉴赏，但实际上鉴赏是一个很重要的问题。我们要研究唐宋词，由哪里起步呢？一定要学会鉴赏。如果一个人连鉴赏都达不到一定的水准，那么他的研究就没有深度，没有广度。所以，我今天主要讲唐宋词的鉴赏问题。

一、鉴赏的重要性

我们要研究一个作家、一个词人，或者研究词史，从哪里起步呢？就是从一篇一篇的作品开始，对它进行鉴赏、剖析，这样才能慢慢地打好基础，像造房子一样，从一块一块的基石开始，将基础打好、基石排好。你要研究苏轼，如果不研究他一首一首的作品，《念奴娇》《水调歌头》《定风波》……你对苏轼就不可能有深入的了解，对苏轼词风、苏轼其人、苏轼的思想艺术，就像隔雾看花一般。过去有个笑话：我们那时候给大学生布置作业，写一篇李清照词的研究，有位同学写了一篇，拿来一看，研究来研究去，这篇文章反映出来他只看过李清照两三首词，就围绕"寻寻觅觅""绿肥红瘦"几首讲了半天。他的阅读量实在是太小了，对李清照作品就掌握那么三首五首，那么对李清照其人、其词能有什么了解？所以，我们研究词人也好，词史也好，研究词的宏观问题也好，都要从微观入手，这个"微观"就是指一首一首的作品，特别是对那些精品，要做鉴赏。这个"鉴赏"不是抄别人的观点，现在很容易，比如拿一本《唐宋词鉴赏辞典》，里面几百首词，看一看就行了。这是不行的，一定要自己来鉴赏。过去有句话叫"吃别人嚼过的馍没有滋味",就是指别人把馒头嚼了一通,跟你讲这个馒头是粗粮馒头还是细粮馒头,味道是甜的还是咸的,然后你就也说这个是甜的、咸的,你自己有没有嚼过?所以,我们的鉴赏就是"嚼自己的馒头",嚼了馒头以后,吃过了就知道这个是枣子馒头,这个是玉米馒头,你吃了以后才知道馒头是这个味道。综合起来,对这个词人就有所了解。所以,我以前教本科生的时候,经常布置一个作业:每人写一篇鉴赏文章交上来,自己选一首词。你喜欢苏东坡的"大江东去",你写一篇;我喜欢李清照的"寻寻觅觅",我写一篇。这个文章收上来一看,就知道这个人的才、学、识,这些都反映在文章中了。所以,不要以为只是一篇小小的鉴赏,鉴赏里面反映出一个人的学问、见解和文笔。

鉴赏的几种写法:一种是通常的鉴赏方法,像《唐宋词鉴赏辞典》《唐诗鉴赏辞典》等,上海辞书出版社出了一套,还有《元曲鉴赏辞典》《古文鉴赏辞典》等等。这些鉴赏辞典写得都很好,都是名家写的。但是,它们为了满足初学者的需要,往往要将作品一句一句地按照词意解释,讲清楚典故以及时代背景、创作动机等等,一句一句、上片下片地进行分析,利于初学者理解这首词。这是一种鉴赏,即通俗的鉴赏。另外一种鉴赏则不是这样的,当我们已经读懂了整首词的大意,懂得典故和背景,我们还要探析里面的精妙之处。这时候就要放出你的眼光来,看出许多别人没有发现的东西。这就反映出你的见解、学问,并用适当的文笔表达出来,这便是才、学、识。所以,鉴赏很重要,它要求我们研究词的"原典",我们现在不是讲阅读原典嘛,你要阅读大量的作品,对大量的作品自己咀嚼、自己赏析,然后加深印象,慢慢地就了解了这个词人。一个词人了解了，第二个词人了解了，第三个词人了解了……就会形成一个比较，这样你对词的整个发展历程的认识就有了坚实的基础，所以，我们一定要从读作品开始。

我们跟唐圭璋先生读词的时候，他先跟我们说："你们先不要来上课，先去读《唐诗三百首》《宋词三百首》，先去读《古文观止》。"我们起先不理解，我们已经大学毕业了，还要读这些东西？事实上，读一次加深一次理解，三十岁读，跟四十岁读，跟五十岁读，跟你看了很多书以后去读，都是不一样的。随着人的阅历的增长、知识结构的完善，对作品鉴赏的深度就会越来越深。所以，我一开始就说鉴赏很重要，它是我们研究唐宋词的一个基础，一个出发点。基础打好了，才可以进入真正的研究。不然，作品都没有好好地鉴赏，缺乏艺术鉴赏力，怎么能探索到作品的精微之处呢？过去有句话，一千个读者就有一千个哈姆雷特，所以，每一篇作品的鉴赏要看自己的见解能力。

刚才我先讲了一下鉴赏的重要性。《唐宋词鉴赏辞典》出版以后，上海辞书出版社又出了一套书叫《词与画》《诗与画》《曲与画》。《词与画》里每一首词配一幅画，请鉴赏者写一篇文章，并规定每一篇只能写三百字左右，不要面面俱到的分析，而要在三百到五百个字里把自己的发现用最精炼、优美的文笔表达出来。这本书的基本内容就是一首词，一幅画，再加上研究者的赏析文章。这本书非常好，水平更高，因为字数规定，不能面面俱到地分析第一句是什么意思、第二句是什么意思、上片怎样、下片怎样，一上来就要把精髓提取出来，这个需要很深的功夫。他们曾请了很多人来写，我也帮他们写了一些。

你们以后训练写作能力也可以从写赏析开始。记得有次《文史知识》邀我写稿,《文史知识》办刊物的宗旨是"大家写小文章",当时是邀请我写柳永的《雨霖铃》和张孝祥的《念奴娇》的赏析,都是名篇,这是很难的。因为这些名篇的赏析都是名家写过的,你现在写出来一定要有新东西,不然都是人家说过的。这就费脑筋了,这比写一篇研究文章还难。要写出新意,但新意不能乱加上去,要从里面挖掘出来新意。《雨霖铃》是名篇,稍有文化知识的人都知道。怎样写出新意呢? 我当时的办法是,先不看任何的评语与任何的赏析,自己关起门来读《雨霖铃》,"寒蝉凄切,对长亭晚",一遍一遍地读,自己将馒头放在嘴里咀嚼,不要去蘸其他的酱,看自己读出来是什么味道。如果读不出味道,慢慢来,明天再来,再读一遍。后来读出了一点心得,我觉得这首词里面好像有这么一些新意,但不知别人有没有讲过? 然后再去看别人的赏析文章,看古代的词话,研究这些词话和赏析文章,有没有和我相似的、相同的或相反的观点,再去比较他们这些观点和我是否差不多,可能他们没有我讲得透彻,或者他们讲得比我更透彻,我不如他们,经过比较,然后再修改赏析文章。所以我们赏析作品,凡是碰到这样的作品,首先要自己读,反复吟咏、朗读。然后到了一定程度,再去看别人的赏析文章,作为参考,提示自己:他讲得比我好、比我透彻,我这个太肤浅了;或者说他讲到了,但是他没有讲透;或者他反过来跟我意见相左,是什么原因? 他对还是我对? 由此修改自己的理解,这样自己的阅读和赏析的深度就会慢慢得到拓深。这是一种基本的训练,所以开头你不要先去看别人的文章,去翻这本书、那本书,就像我们语文老师备课一样。

因为我当语文老师当了很多年，我发现不少语文老师备课就存在这个问题。有的语文老师很勤奋，比如讲鲁迅的《药》这篇课文，他就去找很多的辅导材料，北京的、上海的、江苏的辅导材料，然后把它们拼起来，写一篇备课笔记。自己不动脑，就东抄抄、西抄抄写出来用于上课，就没有真正的心得在里面。所以一开始不要去看他人的东西，首先自己研究，写出自己的一些初期的看法，再看别人的参考材料，这样来修正、来补充、来丰富。

二、赏析文章该怎样写

赏析的时候要依靠你自己的眼光，发现里面有什么新东西。这主要靠两条：一条是要靠调动你的知识积累。比如你看过哪些书，这些书并不一定就是关于唐宋词的书，古今中外凡是你看到的，哪怕今天《扬子晚报》上的一篇小文章，这些你看过的东西形成的、存在你脑子里的一种知识，都可以把它调动出来。这就能为你的赏析添上翅膀，或者说是给你一个照明的电筒，所以要调动我们的知识积累。如果一个人平时不读书，光说"我很聪明，动动脑筋就行"，头脑空白的话有什么脑筋可动呢？所以要广泛地读书，古今中外的书都要读，这都可以帮助我们加深鉴赏的深度。第二，调动我们的人生阅历。不能只是读书，读万卷书还要行万里路，行万里路就是人生阅历，这不是书本上的东西，是你自己的人生阅历，鉴赏的时候要把人生阅历放到里面。所以一个是知识积累，一个是人生阅历，我总结的一个原则就是这样。

我到现在才发现自己以前曾写过很多鉴赏的文章，譬如大陆出版过我的一本书叫《宋词三百首新注》，书名叫"注"，实际上是鉴赏，所以后来在台湾再版的时候就改名为《宋词三百首鉴赏》。上海辞书出版社出版过《唐宋词鉴赏辞典》，上下两本，还有江苏古籍出版社出版的《唐宋词鉴赏辞典》，以及岳麓书社出版的《历代小令词精华》等等，我都为它们写过鉴赏文章，这些就是我所说的一般的鉴赏。写这些文章都帮助我对作品有了比较深入的理解，也增加了我对作者、词人的深入了解。下面就让我来讲讲调动知识积累与调动人生阅历的问题。

首先，鉴赏还是需要必要的考证的。当然有些问题可能考证不出来，譬如李清照写海棠花的那首《如梦令·昨夜雨疏风骤》，要考证出来它是哪一年哪一月写的，或者写给谁的问题，很难考证，而且这种考证或许也没有实质性的意义，但有的问题却要搞清楚。我举的例子是范仲淹的《渔家傲》，"塞下秋来风景异，衡阳雁去无留意"，为什么这首词引起我的注意呢？这首词在龙榆生先生的《唐宋名家词选》里面附了一段词话，引了宋朝人魏泰的《东轩笔录》，讲的是范文正公守边的时候作了好几篇《渔家傲》，每一首都是以"塞下秋来"四字开头，讲边塞艰苦的生活。后来欧阳修看到以后说，范仲淹这个词是"穷塞主"之词，不像宋朝堂堂的大元帅写的词，而像"穷塞主"，即边境上一个小的部落首领、酋长写的。后来另外一个叫王素的大臣出守平凉，欧阳修也写了一首《渔家傲》。这首词没有全录，只录了几句："战胜归来飞捷奏，倾贺酒，玉阶遥献南山寿。"并对王素讲，这个才是"真元帅"之词。我看了以后觉得，你如果相信它们是真的话，那就说明欧阳修对范仲淹这个词不太满意，它跟范仲淹的元帅身份以及宋朝的气概不符，写得太悲苦了。要是光停留在这里去分析这个作品的话，顶多讲范仲淹镇守边疆，范仲淹作为苏州人抛弃了江南的山清水秀来到了边塞，这首词写其思乡以及同情守边的将士之情非常真切，或者讲他写景写得怎么样好，等等。但欧阳修这个词只有这三句，那么它的全篇在哪里呢？我就把《全宋词》一翻，《全宋词》只收了这三句，叫"断句"。《全宋词》有个规矩，全篇的放在一起，要是只有三句、两句的就放在后边，叫"断句"。本来到此为止了，我又不甘心，欧阳修怎么只写了这么三句呢？我就再去翻《全宋词补辑》。《全宋词》出了多年之后，有个叫孔凡礼的北京的中学老师，补辑唐老的《全宋词》。他研究宋代文学的功夫非常深。他在北京图书馆的目录里面发现明代有一本书叫《诗渊》，之前王仲闻参订了唐老的《全宋词》，只引了《诗渊》二十卷，但是北京图书馆目录里面却有六十卷，还有四十卷王仲闻先生在参订《全宋词》时没有看到，所以他就怀疑这四十卷现在还在不在。要是没有了，就没有办法补辑。但他到北京图书馆一查，竟还有大概四十卷，可能以前没有上架，没有登记，一查便发现里面确有好多《全宋词》里没有记载而又能明确定为宋词的，一下子就补了两百多首，这个就是新发现的资料。以往，在唐老还有王仲闻先生编和参订《全宋词》的时候，要是能够找到一首《全宋词》里没有的词作都很珍贵，结果孔凡礼先生一下子发现两百多首，这很了不起。我从《全宋词补辑》收录的欧阳修的词作中也没有找到这首词，但有另外一个人叫庞籍，写过一首《渔家傲》，里面有三句跟这首写的基本上差不多，稍微有几个字句上的差异。我就怀疑这首词或许不是欧阳修写的，可能是庞籍写的。那么庞籍有没有可能写呢？我又考证庞籍的生平，在《宋史》上一查，庞籍的身份像是这首词的作者，因为他跟范仲淹、韩琦都是同时代的人，都到同一地去当官，都是负责跟西夏打仗的官员，后来升到中央枢密副使，而且这个人喜欢舞文弄墨。所以我认为这三句不是欧阳修写的，实际上是庞籍写的。宋朝人视词为小道，不是认真严肃的学问，所以关于词的故事传来传去，很可能在传播过程中记错了，把庞籍的作品记到了同时代的欧阳修身上。你们可以去看我文章里的具体考证，这个不可以自己瞎猜，如果庞籍跟范仲淹不是同一个时期的，那你说是他作的就是没有根据的。而正好两者同时代，而且都做这个官。考证下来就发现真是庞籍写的，跟欧阳修实际上没有关系。搞清楚这个问题以后，我们对此词的理解就深了，为什么呢？这首词的真正作者庞籍其实并不擅长打仗，而范仲淹打仗却很了不起。而我接下来考证范仲淹写《渔家傲》的缘由时发现，范仲淹当时正好经历过一次大战，他跟名将韩琦一起镇守延安。在范仲淹以前先有一位大将在那里镇守，结果跟西夏打仗大败而归，后来才派了范仲淹去。那原来的统帅叫范雍，西夏人称他为"大范老子"，而范仲淹则是"小范老子"，西夏人讲大范老子让我们打得一败涂地，但小范老子却厉害。不过范仲淹跟韩琦一起镇守的时候，韩琦犯了个错误，急急忙忙发兵，很快被打败了，这一场战役叫好水川战役，阵亡了一万多宋朝的兵，这些兵都是延安当地老百姓的子弟。韩琦打败仗回来以后，老百姓就哭着说，你韩招讨使现在回家了，我们的儿子呢，死在边塞了。韩琦无颜面见江东父老，只能用袖子遮住了脸跑回去。范仲淹觉得这一次战役太伤元气了，之后他进行了一系列的政策调整，因此后来范仲淹镇守边塞时较为成功,多次震慑西夏。在当时这种条件下,范仲淹写词怎么能写出像庞籍这种豪气冲天、得胜归来、捷报频传、大家倾酒祝寿的词呢? 他被好水川的阴影笼罩,所以写下了"将军白发征夫泪",这才是真正反映了时代与现实,反映了他为老百姓、为子弟兵、为宋朝的国事担忧的"先天下之忧而忧"的心态。这样理解,我们对范仲淹此词的认识就加深了,比一般的泛泛而谈要深刻多了。那么反过来讲呢,《东轩笔录》里面讲欧阳修为什么嘲笑范仲淹的词是"穷塞主"词呢? 这就牵扯到另一个问题,"词"在宋朝人的心目当中主要是拿来歌功颂德,描写享乐生活的,不应当用来描写正经的国家大事。欧阳修虽在诗歌上也坚持一种进步的主张,跟晏殊——他的老师曾经发生过冲突,但是他在词的问题上却比较保守,这是我们涉及的另一个问题。因此这段词话里面反映了两个问题,第一个问题就是这三句"断句"不是欧阳修写的——应当是庞籍写的,庞籍打仗不行,写的边塞词也是假大空,范仲淹写的才是真正反映了时代,表达了一种忧国忧民的心态。而另一问题则牵涉到词学观,以前人们认为词是写享乐生活的,到了范仲淹开始将忧国忧民的心态写入词中,这就为以后苏东坡的词的改革开了先路。所以一首小词,如果不考证,那么这些"断句"永远都会被认为是欧阳修写的,实际上经过考证就能看出来真实的情况。作品的生命在于真实,真实地反映了时代、反映了现实。这是我的一篇文章,你们去看看,蛮有意思的,不要看是小文章,小文章也容纳了很多东西。

第二是调动知识积累。苏东坡的《念奴娇·赤壁怀古》,谁都会背,现在中学课本里面都有。但是几乎每一篇文章,或者语文课本，都在讲我们读这首词的时候应当把重心放在前半部分。前面"大江东去"写祖国的大好山河，"浪淘尽，千古风流人物"极为豪迈，但最后两句未免消极，"人生如梦，一尊还酹江月"，这个应该进行批判，不能这样消极呀。因此那些赏析文章一般都用很多的笔墨去写"大江东去"，写这首词的境界如何开阔，苏轼如何改革词风，开创了新的豪放词风……但是我后来发现，这首词实际是苏东坡在"故弄玄虚"。别人一听可能会笑，你把苏东坡贬低了？不是，这是还原苏东坡创作的原意，还原他的真实心态。苏东坡那个时候到了黄州，经历着人生第一次低谷状态，艰难困苦，心情苦闷，他在这个时候写下这首词，他的真正心态应该在词的下片。那么上片怎么写的呢？我把它还原，这也经过小小的考证，这种考证比较容易。第一，"大江东去，浪淘尽，千古风流人物。故垒西边，人道是，三国周郎赤壁。乱石穿空，惊涛拍岸，卷起千堆雪"，写的是苏东坡到了赤壁看到的大好河山。我到过苏东坡的那个黄州赤壁，却发现根本看不到长江。那么是不是因为过了一千多年了，说不定长江已经改道了？我就查书了，一查书，当时有两个人到过。因为这首词有名了，人家到了当地就都要去看这个赤壁。这两个人去了以后却大失所望，一个是陆游，陆游有《入蜀记》一书，记录他从京师一路到四川的经历，他专门去探访赤壁，去欣赏"大江东去"风光，看过之后他就写了，赤壁只是一个小茅冈；第二个是范成大，范成大也去了，一看，他说赤壁只是一个"小赤土山"而已。要是我们现在去看，沧海桑田，可以理解。但是二人所在的南宋距苏东坡的时代也就几十年的时间，为什么会变成这样？所以说苏东坡所述的风景完全是他虚构的，而奥秘就在第二句"人道是，三国周郎赤壁"之中，此地其实并不是当年周郎破曹操的真正赤壁，那个赤壁现在经过历史学家考证，大家基本上认为是在湖北的蒲圻，而不是苏东坡所写的这个赤壁。这个赤壁叫"赤鼻"，我们去看了，就是一个小山上伸出来一个红色大石头。所以是苏东坡在故弄玄虚，他明明知道这里不是真正的赤壁，但就是把它当做赤壁。为什么？因为听当地的老百姓讲，所以他说"人道是，三国周郎赤壁"，责任就落在别人身上。但他为什么要这样写呢，他为什么要写"大江东去"，写"乱石穿空，惊涛拍岸"呢？我想，这些也是苏东坡曾经看到过的风光。苏东坡的人生阅历当中，他看到过"乱石穿空，惊涛拍岸"吗？他从四川老家出来，到京师去参加科举考试，经过三峡，那里有"乱石穿空，惊涛拍岸"的风光，他就把那里的风光移了过来。那又为什么要移到这个小小的土山上呢？实际上是为了美化它，这是第二。第三，"遥想公瑾当年，小乔初嫁了，雄姿英发。羽扇纶巾，谈笑间，樯橹灰飞烟灭"。一查历史，周郎破曹操的时候已有三十四岁，而此时小乔也已出嫁十余年，并非"小乔初嫁了"。苏轼为什么要把年龄偷改？这里有三处虚假，其实都蕴含了苏东坡一番创作的苦心。他要描写他的苦闷，人生到了四五十岁而默默无闻。子曰："四十五十而无闻焉，斯亦不足畏也已！"古代人寿命很短，到了四五十岁还没出名，这个人的一生也就这样了。苏东坡一番雄心壮志，又很有才华，到这里却像一个被管制的犯人一样。所以他心情苦闷，想想觉得人生如梦啊。但是，他内心是不甘的，他希望自己成为一位英雄人物、风云人物。他要找一个自己仰慕的对象。管它这个赤壁是真赤壁也好，假赤壁也罢，都跟三国联系在一起。

那么他就想到三国时这么多英雄人物。写曹操吧，感觉历史上曹操名声不太好，而且自己也已经写过。《前赤壁赋》里"酾酒临江，横槊赋诗，固一世之雄也，而今安在哉"即写的曹操，因此不能再写曹操了；第二，词比较适合用来写柔情，写才子佳人，最合适的人就是周郎。过去很多人认为"羽扇纶巾"指的是诸葛亮，甚至唐圭璋先生也持此论。后来有人考证，当时名将都是"羽扇纶巾"，而苏词中所指的乃是周郎。周瑜那时年轻英俊，懂文艺懂音乐有才华，而且有美满姻缘，这是宋朝人的普遍理想，所以他选择了周郎。但是要写周郎这样一尊"大菩萨"，放在土地庙里可不行，大菩萨要有一个大舞台——三国。于是假赤壁变真赤壁，小土山变"乱石穿空，惊涛拍岸"，"小乔初嫁了"也是苏轼的一番精心改造。这样一剖析，我们对此词的鉴赏深度就加深了。苏东坡真正的苦心在词的后面。

第三，要调动人生阅历。举个例子，晏殊的《浣溪沙》："一曲新词酒一杯，去年天气旧亭台，夕阳西下几时回。　无可奈何花落去，似曾相识燕归来，小园香径独徘徊。"这是大家很熟悉的，古往今来认为这首词对仗工整，或是分析这首词是伤春还是怀人。后来我反复读，体会它好在哪里。"一曲新词酒一杯"，作为太平宰相，晏殊本来十分高兴地喝着酒，在花园中散步。今年的天气和去年这个时候差不多，亭台都还是老样子。"夕阳西下几时回"，太阳升起落下，好像每天都一样。但实际上昨天的太阳和今天的太阳看起来一样，却又不一样。就像哲学家讲的，一个人不可能两次踏入同一条河——河还是河，但是水不一样了。这里有一种淡淡的对于人生的惆怅。"无可奈何花落去"，"风定花犹落",风已经平静了,而花还在落,依依不舍地离开枝头。这到底写的是一种什么感情,你说他怀人也可以,伤时也可以,伤春也可以。后来我又想到了丰子恺先生写的一篇散文,叫《渐》。他说世人在慢慢变化而不觉得变化,就是因为一个"渐"字。后来我引申他的意思,我说,人世间写诗有两种,一种是写剧变,剧烈、快速的变化,那类诗写出来都是好的。"国破山河在,城春草木深",开元天宝年间本是唐朝盛世,但安史之乱后百姓家破人亡,杜甫写这个让人惊心动魄的变化,这是剧变。"国家不幸诗家幸,赋到沧桑句便工",比如李后主的《虞美人》词,"春花秋月何时了?往事知多少","雕栏玉砌应犹在,只是朱颜改"。人生的剧变、历史的剧变,写出来具有一种沧桑感。另外一种则是让人难以觉察的渐变。丰子恺有一个很好的比喻:一个年轻的小姑娘,从七八岁一直长到八十岁,是十分自然的过渡,她觉得过得很安详。要是你把这个小姑娘活到八十岁的照片预先拿来,告诉她几十年以后你就是这个样子,牙齿掉了,头发白了。那这个小姑娘可能都不愿活下去了,太过于惊心动魄了。但是因为时间老人把她慢慢变老,她就过得很舒服,感觉不到变化。丰子恺说造物主骗人的最大本事就是让你慢慢地变。就像一个人从山顶慢慢走到山底,你一点也不觉得害怕,这就是渐变。晏殊捕捉到了这种渐变,他察觉到了渐变其实也是"惊心动魄"的。说明他对生命的眷恋、珍惜超乎常人,所以真正的人生意蕴是他对人生渐变的一种恐惧、一种惆怅、一种迷茫。这也是我读出来的一点新意。晏殊被认为是神童,年纪小小就进宫陪着太子,后来做大官,但是他的家属很不幸。他弟弟年轻时便去世了,两任妻子也都在很年轻的时候离世。晏殊表面上是太平宰相,但是他家庭里的悲剧肯定在他内心留下了很深很深的阴影。因而他对生命流逝感到很恐惧,他对渐变感到很敏感。所以赏析一定要有丰富的知识积累,需要人生的阅历。鉴赏要把人生的阅历、知识的积累调动起来,用进去。你们可以好好看下《唐宋词纵横谈》这本书。推荐你们看《柳永因何被晏殊黜退——从柳永〈定风波〉看两种"趣味"的对立》,一篇小文章,指出了很多的问题。讲到词学的趣味,晏殊也作艳词,柳永也作艳词,为什么晏殊就瞧不起柳永,不给柳永做官?这个严重的对立,涉及了宋人对词的看法,不同的趣味。虽然都是小问题,但是一个小窗口打开来了,就像一个矿井打开了一个洞,伸下去不得了啊,曲曲弯弯,发现很多的新天地。从一篇小文章、一个小作品中,找到一个窗口,深入下去,看到很多的风景,看到很多的曲折,看到很多表面上看不到的东西,这个本领你们要学会。微观里反映宏观,宏观通过微观来反映,以后你们做研究就要有这个功力。

三、关于鉴赏的问答

钱锡生:现在我们既要一首一首词深入读下去,但是作家的词很多很多,数量多就读不过来。这个矛盾怎么解决?

杨先生:你就先做白文式的浏览,觉得平淡无奇就放过去,觉得哪一首挺有意思的,就重点读,你自己觉得和它邂逅后一见钟情,你就认真地读。当然名篇都是久经考验的,各种选本都选的,那你不能回避,要好好读。我过去经常是白文式地读,读完后,其中几首我做了读书笔记,这首词好,好在哪里?这首词里一个句子很有意思,其他的不好的就算了。不可能每一首词都去弄,但是至少你要有一个全貌的了解。全貌了解的基础上抓住重点,重点也还是名篇。实际上一部文学史就是由名篇组成的,是名家名篇的长廊。

钱锡生:杨老师,您刚才主要还是从调动人生阅历、知识积累方面来讲。但是我看一般鉴赏好像更多的是艺术分析,包括沈祖棻《宋词赏析》等都是从艺术方面分析的。

杨先生:艺术方面我比较欠缺,我研究宋词重点在挖掘人生的意蕴。千百年来为什么宋词能够打动人心,根本的还是人生意蕴。光注重艺术还是不够的,但你们多看人家写的艺术赏析,然后自己练笔,练了以后鉴赏水平就会有提高。你不赏析就永远没有提高,你读一首词,只觉得它好,具体好在哪里? 朦朦胧胧,似懂非懂。你只有在写不出来的时候,才能发现没有真正读懂,你把好在哪里写出来,你就读懂了,所以你一定要写,写就是逼着你去下功夫,也是练笔。我们文章要写得漂亮,写得生动,写得龙飞凤舞,就一定要逼着自己动笔写,那样对作品的深入理解和艺术欣赏都可以反映出来,使自己得到锻炼。

研究生时雪昊:杨老师,在我读词的过程中发现,宋初词人的作品往往呈现出一种审美取向的矛盾。在北宋初期,对于词的体认可以说是一群人瞧不起它,把它当作小道,仅作娱乐之用。但同时,也有人用一种文人化的方式来表达自我,晏殊和欧阳修都做过这样的尝试。我觉得在研究宋初的作品时,会很难区分他们的词整体在讲什么东西,导致对一篇作品只能孤立地来看。那么在研究宋初的词人作品时,该怎样看待他们艳词的娱乐化和抒发自我功能之间的矛盾？

　　杨先生：这些大儒、大官一般都是正儿八经的朝堂重臣，他们大多数把自己的政治情怀、人生感慨放在诗文中。词却是享乐的时候随便写写，基本上不反映人生这些东西。但是一个人是完整的人，他偶尔也会把一些人生情怀放进去，在无意识中会渗透进去。范仲淹只有四五首词，基本上都是表达人生情怀，他可能稍微自觉一点。王安石也有。到苏东坡，他是一个革新家，诗、文、词都是如此。这就像一条小的溪流，慢慢地汇总，到苏东坡就变成一条大河。

　　研究生温静：我们刚开始学词都是直接读作品，再去体会作品的思想感情。但是，很多作品的理解都要结合作者的人生经历。我在不了解词人的人生经历的情况下，读作品只能读出非常形式化、表面的东西，所以我们读词是不是应该把词人的生平都了解之后再去读？

　　杨先生：这个有两种读法。一是我们古代说的"知人论世"，一定要在知人论世的前提下，才能读懂作品，不了解人、事，作品理解就会比较肤浅。还有一种就是以文章、诗歌作品的意思来探究表达的志向，这叫"以意逆志"。知人论世是中国传统，千百年来都是这么做的。如果你不知道李后主是亡国之君，你又怎么能理解他的"春花秋月何时了"呢？了解了他的身世，才能对他的作品有一个透彻的理解。但是有的作品，你不知道是谁写的，无名氏，但是就是一首好诗，怎么办？你还是要去理解啊。比如说张若虚《春江花月夜》千古不朽，他就是写一种朦朦胧胧的宇宙意识。但是能了解到的张若虚的生平并不多。又比如李白的《静夜思》，如果你不知道这首诗是谁写的，读了也会感动，因为它表现出的是普遍的人性，是谁写的并不重要。有时候很多作品不一定要知人论世，它就是公认的好作品，它打动了所有的人，具有普遍的人性和美感。即使无法考证作者，也不影响我们阅读理解。两种办法都可以，但知人论世是主要的，知道他的背景和时代才能更深刻、准确地理解作品。还有一种作品就是纯粹的美，反映人性、人间普遍的东西，不知道作者也无所谓。

钱锡生：主要是她们（指研究生）现在没有丰富的人生阅历，自己便投射不进去。

杨先生：那你们要多看书，进行知识积累。我很多文章都是从报纸标题引发的灵感。如从某篇文章的标题看到了"角色转换"四个字，就联想到宋词中也有很多是角色转换。比如辛弃疾，由一个抗金义军将领，或是宋朝大帅，一会儿又变成江西农村的老农，一会儿又出去当镇江知府，角色转换对他的词就有影响。"角色转换"这四个字给了我启发，宋词中不断地有角色转换，晏殊在朝堂办公与宴会享乐又是不同的面孔。所以你们要学会知识积累，触类旁通。

钱锡生：怎样加深文章的理论深度，使学术写作不仅仅是停留在表面论说的层次上？

杨先生：不要去平面地理解作品。角度不一样，理论不一样。把平时看到的知识融入文章。比如张孝祥的"宇宙意识"，我是从闻一多《宫体诗的自赎》得到的灵感，"忧患意识"是从高尔泰的中国哲学研究中得来的，还有邓小平讲"科技是第一生产力"，我把第一生产力引进宋词里，指它们所蕴含的人生意蕴等等。也就是说，可以把人家的观点恰当地用进来，开辟新视野，加强理论深度。

唐宋词鉴赏录

杨海明 著　钱锡生 编

菩萨蛮

温庭筠

　　玉楼明月长相忆,柳丝袅娜春无力。门外草萋萋,送君闻马嘶。　　画罗金翡翠,香烛销成泪。花落子规啼,绿窗残梦迷。

　　温庭筠词,素以其意境的朦胧和精艳绝伦著称,表面看来是"神理超越,不复可以迹象求矣",然而"细绎之,正字字有脉络"(周济《介存斋论词杂著》评语)。所以,要想欣赏温词,就必须细心地把握其词中的"感情脉络"。本词写一位闺妇于清晨送别恋人之后的惆怅心态。开篇首句"玉楼明月长相忆",就语简意丰地点明了主题:"玉楼"言其环境之华丽,暗示出词中女主角是位贵族妇女;"明月"交代了送别之时在凌晨,故她独回兰房时犹是一片"灯在月胧明"的凄丽景象;而在"布置"了这一番既华美又伤感的"外景"之后,词人又把笔触直接伸向抒情主人公的"内心",向读者"亮出"了她的"感情世界"——这"长相忆"三字,就是本词的主题,也是全词的"词眼"。作者特意把这三字放置于首句之中,用心有二:一是"开门见山",使其主题豁然醒目;二是这种直接抒情的"情语"在下文中却再也不见出现,可谓"神龙见首不见尾"地"闪现",但凭着这"立片言而居要,乃一篇之警策"(陆机

《文赋》)的"词眼",我们却又不难理解下文七句之所写,全是这种"长相忆"的感情状态之"外物化"。因此理解了这种谋篇布局上的独特匠心,对于本篇的"感情脉络"也就释然贯通了。果然,就在点出"长相忆"的心态之后,作者马上把它转呈为"外物化"的"景语"形态:"柳丝袅娜春无力"。"春无力"者,实质是言"人无力"也。不言"人无力"而言"春无力",既显得委婉幽约,又写出了人之慵懒与春色之柔软所共同交织成的一片"无力"的氛围,妙在人、物兼写与情、景交融。而在此三字之前,又冠以"柳丝袅娜"的具体描写,更使人对"春"的"无力"(指春风的"懒洋洋")和"人"的"无力"(指心情的"无聊赖")有了具体亲切的感性认识。这句"景语"紧接在"长相忆"之后,实际就是对于前者的一种形象性"转现"和补足性描绘,令人读后联想其"相忆"之情如柳丝那样的缠绵与悠长。接下两句:"门外草萋萋,送君闻马嘶",写闺妇送别情郎之后的所见所闻,妙处仍旧在于将抽象的"相忆"之情转现为可感可知的视觉形象和听觉形象——以草色之萋萋衬写别情之绵绵,这本是古典诗词中常用的手法;而"白马王子"虽已远去,耳畔却仍回响着征马嘶鸣之声,这种似乎有些"变态"的心理感受,又正好说明了她的痴情和她的"相忆"之深。

　　下片续写那女子回到楼中之所见所思。"画罗金翡翠"是指罗帷上绣着成双作对的翡翠鸟(温词好写"成双"的禽鸟形象,如"新贴绣罗襦,双双金鹧鸪","翠钗金作股,钗上蝶双舞"等),这就越发反衬出她的孤单;"香烛销成泪"则化用杜牧诗"蜡烛有心还惜别,替人垂泪到天明"(《赠别》),让香烛"流泪"来"代言"自己的内心痛苦。故而这两句仍是其"长相忆"情绪"辐射"或"转移"于物("移情")的结果。结尾两句又把抒情的笔触引向更为优美、更为细腻的境界中去:"花落子规啼,绿窗残梦迷。"这短短十字给读者呈现了这样一幅异常凄丽、异常迷离的画面:窗外是花落鸟啼,一片"流水落花春去也"的暮春景象;窗内,一位如花如玉的孤单女子,正"困酣娇眼,欲开还闭"地做着她那"离魂暗逐郎行远"的残梦……这幅画面,既是那么精美文雅,又是那么哀怨迷惘,极能体现温氏擅长描摹"绮怨"心态的特色。它就把本词开头所点出的"长相忆"三字,化成了一种酝酿极深的"意境",使人咀味无穷,久久沉醉。

所以总观全词,它只用"长相忆"三字直接点明词旨,随后就让它"潜伏"并悄然"延伸"到下文中去,展现出一片窈深幽约、情景交融的优美意境。如若细究其"感情脉络",就正是以"长相忆"三字为其"出发点",且又以之为"落脚处"而蜿蜒地展开着的。

选自《历代小令词精华》(岳麓书社 1993 年版)

天仙子

韦　庄

　　蟾彩霜华夜不分,天外鸿声枕上闻,绣衾香冷懒重薰。人寂寂,叶纷纷,才睡依前梦见君。

　　这是一首"静夜秋思"之词。"静夜"是其背景和氛围,"秋思"则是其题旨之所在。它的高妙就在于采用"烘云托月"的写法,通过对于静夜的层层渲染和逼真刻画,烘托出思妇想念夫君的深情。

　　开头两句先写其所见与所闻:月色皓洁(蟾彩,指月光,因古人常以蟾蜍喻称月亮),霜华遍地,二者构成了夜空和大地的一片浑然的白色;从遥远的天边又不时传来一两声孤雁的叫声,悠悠地钻进了枕上人的耳轮。这两句看似写"景",实质上字字言"情",这是因为:眼之所见与耳之所闻,统统都会集结到思妇的内心,这就含蓄而饱满地烘衬出了她的感情世界——一个不眠女子茫然若失(观其分不清月光与浓霜可知)却又异常敏感(不然就听不到"天外"的鸿声)的孤寂情怀。果然,第三句"绣衾香冷懒重薰"的一个"懒"字,就从侧面"迂回"地暗示了这种孤栖独宿的百无聊赖的心态:尽管夜已深,香已冷,但她却根本无心再去重薰绣衾。这和温庭筠所写的"懒起画蛾眉,弄妆梳洗迟"(《菩萨蛮》)

一样，写出了因"怨"而生的慵懒与无聊，可谓异曲同工。而词笔至此，我们便已充分感受到夜的寂静——无论是室外的浓霜遍地、孤鸿唳叫，还是室内的香冷灯昏，都显示了秋夜的肃杀与不眠者的孤寂。但是词人似乎还嫌其气氛不够浓厚，因此接着又用两个三字句来加倍渲染这种心理氛围："人寂寂，叶纷纷"，它以叶之"动"来反衬人之"静"，又以叶之"纷纷"来对照人之孤独，越加显现了思妇那孤眠的滋味，使人联想到后来范仲淹《御街行》词中的意境："纷纷坠叶飘香砌，夜寂静，寒声碎……残灯明灭枕头敧，谙尽孤眠滋味。"不过，直到这里为止，词人好像画家画一幅"烘云托月图"那样，还只画就了云彩，却尚未"托"出那轮月亮来。因此，词末一句"才睡依前梦见君"，就起了"画龙点睛"的作用，终于把词的主题向人和盘托出。原来，前文所写的种种情景，说到底，都是因"怀人不见"而生发出来的。因为怀人而不见，所以她夜深失眠，经受着秋夜寂寞的煎熬；也因为怀人而不见，所以她一旦恍惚入梦，每次都会像前一次那样梦见了自己亲切熟悉的意中人，这末句写得十分逼真与传神，却又显得十分的可怜，它意味着只有在梦境中才能与情郎相会，而在醒着的时候，却只能过着"鸳鸯瓦冷霜华重，翡翠衾寒谁与共"（白居易《长恨歌》）的痛苦时光。这样，我们再回过头来看全词，就会发觉，词人实是运用了"倒装"的写法，前面五句所写，都是思妇半夜梦醒时的心理感受，至结尾方才挑明了她一夜之中老是迷迷糊糊，时而入睡，更多时却在失眠；但不论是在甜蜜的梦境还是在清醒之时，萦绕在她脑海之中的，都始终是那股恼人的"怀人"之思！所以此词篇幅虽然短小，然而笔法紧凑。它用情景兼融和烘云托月之法，步步紧逼地描摹出了静夜之中思妇的"秋思",既表现了她难以忍受的孤独寂寞,又表露了她对情郎须臾难忘的思念,着实耐人寻味。

选自《历代小令词精华》(岳麓书社 1993 年版)

菩萨蛮

韦 庄

　　人人尽说江南好，游人只合江南老。春水碧于天，画船听雨眠。　　垆边人似月，皓腕凝霜雪。未老莫还乡，还乡须断肠。

这首词的思想内涵可分两个层次来理解与赏析。

第一层次先来欣赏它所描绘的"江南好"景致。江南，此指江浙一带。大约中唐开始，全国的经济重心已由北方转到南方，因此很多北方的文人都喜欢作江南之游，并写下了不少歌咏江南风物的著名诗词。别的不说，且举白居易为例，他就一口气写了三首《忆江南》词，使那"日出江花红胜火，春来江水绿如蓝"的江南自然景观和那"吴酒一杯春竹叶，吴娃双舞醉芙蓉"的江南风土人情，得以扬名词坛。而本词的作者韦庄，继步白居易，写了五首《菩萨蛮》词，其中有两首即明点"江南"之乐。我们现在欣赏的这首词，就是其一。它所描绘的"江南好"景致，实际只有"春水碧于天，画船听雨眠"和"垆边人似月，皓腕凝霜雪"四句。然四句中却已要言不烦、生动传神地写出了江南的美丽风光与旖旎风情。先说前两句：记得杜牧《江南春绝句》有云"千里莺啼绿映红，水村山郭酒旗风。南朝四百八十寺，多少楼台烟雨中"，杜荀鹤《送人游吴》诗有云"君到姑苏见,人家尽枕河。古宫闲地少,水港小桥多……",所以若要概括江南风光的总体特征,那就离不开一个"水"字。你看白居易所写的"江花"与"江水",杜牧所写的"水村"与"烟雨",杜荀鹤所写的"水港"与"小桥",以及后人形容江南景致的名句"杏花春雨江南"(虞集《风入松》),就都是在"水"字上"做文章"。而韦庄自然也深谙此理,他化用白居易的"春来江水绿如蓝",凝铸成了"春水碧于天"的新句;又从杜甫的"春水船如天上坐"(《小寒食舟中作》)句中得到启发,进一步写出了安卧于"画船"之中侧耳静听雨声而入眠的悠然之乐。故而这两句描写可谓抓住了"江南"的特征,揭示了"江南"的"神髓",于尺幅之中展示了江南春水浩淼的千里之势,境界开阔,神韵悠远。再说后二句:江浙一带由于城市经济的高度发达,因此出现了许许多多的酒楼妓院,这就使得江南的景致中又明显带有了"旖旎"与"富丽"的特种风情。体验此种风情,对晚唐五代的风流文人来说,更是桩使人艳羡不已、值得兴奋的事。所以韦庄要写江南之美和江南之乐,就不肯仅仅停留在作"西塞山前白鹭飞,桃花流水鳜鱼肥"(张志和《渔歌子》)的"山水画"式的描写上,而更要作色彩更加浓艳的"仕女画"式的绘画。于是,他就大笔一挥,为我们勾勒了一幅"美人侑酒"的画面:"垆边人似月,皓腕凝霜雪。"请看,当垆卖酒的女子(实指陪酒女郎),个个都像卓文君那样明媚如月,不信你只要看看她们伸出的洁白如霜雪的手臂就可明白了!这儿一则使用了恰当的比喻(以月比人),二则暗用了典故(卓文君),三则又推出了一个"特写镜头"(重点写其雪白的手臂),缘此便把江南姑娘之艳美和江南风情之旖旎,生动传神地表现了出来。所以一方面是自然风光美丽,另一方面是享乐环境优越,这就难怪词人一开头就要赞叹"人人尽说江南好,游人只合江南老"了。而这种对于江南之美的出色描绘,自该是欣赏本词的"重点"所在。

　　但是以上仅是第一层次的理解与赏析。而事实上,本词却还包含更深的思想内容,那就是思乡而不能归的痛楚心情。对此,就会涉及本词的写作年代——有人认为是词人晚年仕蜀后所作,有人认为是他青年时代浪游江南时所作。本文不拟在此作深一步的探讨,只想根据本词所说的"未老莫还乡"来作推论,那就是:词人其时正当华年,正在江浙一带漫游。他目睹江南无比富丽的风光,一方面是赞美不已,另一方面却更加激起了对故乡(陕西)的怀念。可是家乡目前正值战争与动乱,又怎能归去? 因而只能发出"还乡须断肠"的浩叹和"游人只合江南老"的自嘲。清人陈廷焯评此词曰:"一幅春水画图,意中是乡思,笔下却说江南风景好,真是泪溢中肠,无人省得。"此数语就揭示了本词第二层次的思想内涵。

选自《历代小令词精华》(岳麓书社 1993 年版)

南乡子

冯延巳

　　细雨湿流光，芳草年年与恨长。烟锁凤楼无限事，茫茫。鸾镜鸳衾两断肠。　　魂梦任悠扬，睡起杨花满绣床。薄幸不来门半掩，斜阳。负你残春泪几行！

　　这首词写少妇"闺怨"之情。起头先从景物着笔："细雨湿流光"是写春雨如丝，飘洒在芳草地上，泛出似有"流动感"的幽幽白光。这五字历来很得评论家的赞赏，如王安石曾误把它誉为李后主词中"最好"之句（胡仔《苕溪渔隐丛话》前集卷五十九引），如周文璞称此"五字绝佳"（张端义《贵耳集》引），然而这些评语都嫌"太高"而"不着边际"；倒是王国维所说的"能摄春草之魂"（《人间词话》）讲得比较"实在"，道出了它咏草而能逼真传神的妙处。不过，此句实际所起的作用也仅在于"兴起下文"而已，故也不宜孤立地把它捧得太高。因之，其下文马上接言的"芳草年年与恨长"，就从萋萋的芳草逗引到春恨之长上来。这里，词人巧妙地利用了读者的"定向联想"（在古典诗词里，"草"与"恨"已经构成了一种"定向"的联系，如白居易诗"又送王孙去，萋萋满别情"，如李煜词"离恨恰如春草，更行更远还生"等等），使人感受那少妇心中的愁恨犹如"萋萋划尽还生"（秦观《八六子》"恨如芳草，萋萋划尽还生"）的芳草那么绵远无际。不过，它不言"恨如芳草"而言"芳草如恨"，这在语势上就更添了一种"波峭"之感，增加了抒情的"力度"。继而，就从"恨"字再引起抒情的"主体"："烟锁凤楼无限事，茫茫。鸾镜鸳衾两断肠。"原来，此"恨"发自一位被深锁在凤楼中的女子心中，她正面对着楼外的蒙蒙烟雨，感叹着往昔无限情事去得"茫茫"；返顾室内妆镜绣衾上的鸾凤鸳鸯，感发出身孤影单的"断肠"之怨。词情至此，我们便可明晓此词之主旨，乃在于抒写一位虽居华屋而身不自由（观其"锁"字可知）的闺妇之愁。过片则进而宕开词境："魂梦任悠扬。"尽管身被禁锢凤楼，然而梦却是可以"随风万里"地作"寻郎"之游的（苏轼《水龙吟》"梦随风万里，寻郎去处"），因此这里就特为运用了"悠扬"二字，以见其梦境之惬意愉快。可是梦毕竟是梦，醒来所见，却惟见杨花满床而已。此处紧接着的一句"睡起杨花满绣床"虽并未直接言其梦后的惆怅，却胜比"直接挑明"更加令人怅惘不已，原因即在于它能以景融情，更富有暗示性和耐人咀嚼的妙处。"暗示"（以杨花之飘落暗示闺妇之"迟暮"和"无主"）既毕，结尾三句马上又转为"明言"："薄幸不来门半掩，斜阳。负你残春泪几行！"这就把上文所说的"恨"和盘托出：自从薄幸郎（负心汉）走后，自己从晨至暮天天倚门盼望！却终不见他影踪，眼看一春将残，怎不流下"伤春"兼"自伤"的簌簌珠泪！故而总观全词，以春草起兴，以残春作结，中间又插入烟雨、杨花等春景；这种种"春"的景色和意象，就有效地烘衬了那位闺妇的哀怨心态，且增添了词境的"优美性"。冯词"情景并美"的特色，于此可见一斑。

选自《历代小令词精华》（岳麓书社1993年版）

渔家傲①

范仲淹

　　塞下秋来风景异,衡阳雁去无留意。四面边声连角起。千嶂里,长烟落日孤城闭。　　浊酒一杯家万里,燕然未勒归无计。羌管悠悠霜满地。人不寐,将军白发征夫泪。

　　相比于唐代的边塞诗而言,宋代的边塞词本就不多,因此流传人口的宋人边塞词更是寥寥无几。不过,其中有一篇却是人所熟知的,那就是范仲淹的名作《渔家傲》。

　　关于此词,据魏泰《东轩笔录》卷十一记载:范仲淹镇守边界时,作《渔家傲》词好几首,每首都以"塞下秋来"作起句,"颇述边镇之劳苦"。范的好友欧阳修读后,颇不以为然,戏称它为"穷塞主"之词。及至王素出守甘肃平凉,欧公也作《渔家傲》一词送行,其结尾几句这样写道:"战胜归来飞捷奏,倾贺酒,玉阶遥献南山寿。"并对王素说:像此词所描写的,才是"真元帅"的事业。

　　由此看来,范仲淹此词(还有其他几首已失传的《渔家傲》)在当时是引起过不同看法的,并不像我们今天这样众口交誉。而其中的关键问题,恐怕就在于它的思想内容和情调。照欧阳修看

---

①此文原题《"真元帅"为何发出"穷塞主"之音——谈范仲淹的〈渔家傲〉词兼及其他》。

来，此词所写的边塞生活未免太艰苦，而情调也太嫌低沉，与范仲淹身为边疆统帅"真元帅"的身份并不相称，反倒像出自一位荒远边塞的酋长（"穷塞主"）之手，因此他就要自己动手来写另一首"飞捷奏"与"倾贺酒"的《渔家傲》了。类似于此的看法还见于明人瞿佑的《归田诗话》，他说范仲淹"以总帅而出此语，宜乎士气不振而无成功"，似乎北宋不能有效地抵御西夏的边患，就与此词的缺乏豪言壮语有关。缘此，我们就有兴趣来对范词作进一步的探析，看看上述二位的看法是否有理。

　　我们的探析，先不忙对范词本身进行，而不妨从传称欧公所作的那首《渔家傲》谈起。今查欧阳修的词集，并未找到它的全文。倒是孔凡礼先生《全宋词补辑》中，载有一首与它相似的《渔家傲》，其全文如下："儒将不须躬甲胄，指挥玉麈风云走。战罢挥毫飞捷奏，倾贺酒，三杯遥献南山寿。　　草软沙平春日透，萧萧下马长川逗。马上醉中山色秀，光一一，旌戈矛戟山前后。"其中三、四、五句与《东轩笔录》所载的断句相差无几，仅数字之异，故可认定二者实为一词。但据《补辑》（转录自明抄本《诗渊》），此词的作者却非欧阳修，而乃庞籍。那么它的"著作权"到底该归谁呢？据《宋史·庞籍传》可知，庞生于宋太宗端拱元年（公元988年），比范仲淹仅长一岁。他由进士出身，后在西夏作乱时任陕西体量安抚使，并在仁宗庆历二年（公元1042年）与范仲淹、韩琦同事，担任陕西经略安抚招讨使，以后又升任枢密副使。从这样的既任过镇边统帅，又与范仲淹有过同事关系、更是所谓的"儒将"的经历来看，他作这首"儒将不须躬甲胄"的《渔家傲》词，其可能性就远较欧阳修为大。宋人笔记中有关"词"的记载常多失实之处，《东轩笔录》此条的后半部分说欧公作此词，恐怕就是"张冠李戴"。因此我们就大可将它认定为庞籍所作。而接下来的问题就是：范公与庞氏所写的这两首《渔家傲》，虽同出于边帅之手，然一首相当低沉，另一首则十分豪壮；二者之中究竟谁更符合历史的真实面貌呢？

从宋代的实际情况来看，由于北宋长期实行"守内虚外""崇文抑武"的政策，所以国力不振，对外战争屡屡告败。东北边疆的辽国自不必去说它，即使对于西北边陲的小国西夏，竟也束手而无良策，经常被动挨打。根据史籍记载，仁宗康定元年（公元1040年）西夏大举进攻延州（今陕西延安），宋帅范雍急调附近的刘平与石元孙率兵支援，结果宋军溃败，刘、石二人被俘。延州兵败后，朝廷另调范仲淹、韩琦等协助主帅夏竦守边，情况才有所改善。但由于韩琦急于求成，不听范仲淹"未可轻兵深入"的劝告，匆忙发兵，最后落得个惨败的下场：数名大将阵亡，士卒死达10300余人。兵败归来，"阵亡者之父兄妻子数千人号于马首，持故衣纸钱，招魂而哭曰：'汝昔从招讨（指韩琦）出征，今招讨归而汝死矣，汝之魂亦能从招讨以归乎？'哀恸之声震天地，琦掩泣驻马不能进"（据《宋史纪事本末》卷三十）。范仲淹写作《渔家傲》，正在他守边四年之中；而他之所以会感发"燕然未勒归无计"的无奈之情与"将军白发征夫泪"的喟然之叹，就肯定跟当时军事形势的不利甚或这一场发生于好水川的惨败有关。当那些阵亡者家属的哀哀哭声还萦绕在范公的耳畔时，他能写出如庞籍所谓的"战罢挥毫飞捷奏，倾贺酒，三杯遥献南山寿"的"豪言壮语"吗？他哪还有闲情逸趣去欣赏"草软沙平春日透"的山色和醉中溜马于好水川上呢？通过上述历史背景的分析，我们便不难明白：范词所写的边塞荒凉景色和将士的黯然心态，就绝非为文而设景造情，而确确实实是一个亲历其境者的真切感受。相比之下，庞籍的词"壮"则壮矣，却是一种"假、大、空"的作品。而更值得进而深论的则是：范与庞二人，究竟谁配称所谓的"真元帅"呢？据史料记述：范仲淹守边有方，西夏人闻之后相戒曰："无以延州为意，今小范老子（指仲淹）腹中自有数万甲兵，不比大范老子（指范雍）可欺也！"他率将练兵，教民习射，大大提高了边防力量；又联络羌人，孤立西夏，被羌人爱称为"龙图老子"。由于他与韩琦齐心协作，"二人号令严明，爱抚士卒，诸羌来者，推诚抚接，咸感恩畏威，不敢辄犯边境。边人为之谣曰：'军中有一韩，西贼闻之心胆寒。军中有一范，西贼闻之惊破胆。'"（引同前）可知他确是一位兼有政治韬略和军事才干的能吏，不愧是个"真元帅"之材。而相比之下，庞籍却只是个庸材和酷吏。史称他"持法深峭，军中有犯，或断斩剖磔，或累笞至死"（《宋史》本传），这和范仲淹的"爱抚士卒"就形成了鲜明的对照，但就是这样一个无能而暴虐的统帅，却居然写下了"儒将不须躬甲胄，指挥玉麈风云走"的"风雅"词句，这就更使人感叹其虚假不实了。所以，经过这一番对比考察，我们就越发感受到范词的难能可贵。它真实地传达了作者与守边士卒的共同心声：一方面因边塞荒凉苦寒，久戍之下自然思乡；另一方面又感到责任重大，必须坚守。这一种矛盾的心理表现在词中，就形成它复杂的感情内容和难免低沉苍凉的情调。而从一定意义上讲，它正是作者"先天下之忧而忧""与民（士卒）共忧"胸襟的自然流露。根据清代人贺裳的意见，"宋以小词为乐府,被之管弦,往往传于宫掖",则此词之写作企图或许是想对身居京城的皇帝有所警触,使其"知边庭之苦如是",故谓深得《诗经》中《采薇》《出车》"杨柳""雨雪"之遗意(见《皱水轩词筌》)。此话当然有点儿"拔高"的意味,但从范词所涉及的社会问题相当重大这一点来看,它还是有些道理的。"'真'字是词骨"(况周颐《蕙风词话》卷一)。范词之所以能在后世广泛流传和博得众誉,而不像庞词那样被长久湮没,除其艺术方面的原因外,就明显与它思想内容之"真实"与"深厚"有关。欧公与瞿佑对它的批评,则不免显得迂腐和苛求了。

那么,欧阳修身为范仲淹的"同党"(他们同是"庆历革新"运动的中坚人物),又是北宋诗文革新运动的一位主帅,为何会对范词作出那种"书生之见,真足喷饭"(吴衡照《莲子居词话》卷一)的评语呢?这就牵涉到欧公以及其他宋人对"小词"的看法了。我们知道,欧阳修对于边防问题一向也很关注。有次,时任枢密使的老师晏殊邀他赴宴赏雪,他即席吟出"主人与国共休戚,不惟喜乐将丰登。须怜铁甲冷彻骨,四十余万屯边兵"的诗句来,意谓主人不能一味庆贺"瑞雪兆丰年",而要想到戍卒的冷暖,弄得晏殊大不开心,从此与他"闹翻"(事据《苕溪渔隐丛话》前集卷二十六引《隐居诗话》)。但那是"作诗"而不是"填词"!欧公在其《采桑子·西湖念语》词序中曾说过:"因翻旧阕之辞,写以新声之调,敢陈薄伎,聊佐清欢。"照他看来,词只是"佐欢""助兴"的"薄伎小道"而已。因此他当然仅对那些用以"娱宾遣兴"的词感到眼熟,而对范仲淹那种"颇述边镇之劳苦"的词感到陌生和不以为然。这里反映了两种不同的词学观和创作态度。

　　因此，对于一般的宋代文人乃至最高统治者而言，他们所喜欢的，自然不会是"穷塞主"式的"边塞词"了。他们所欣赏的，只是那类微微叹些"苦境"却又歌颂"太平盛世""国力昌盛"的作品。对此，可举一个有趣的例子。据王明清《挥麈余话》卷一记载，蔡挺镇守平凉时也作过一首边塞词《喜迁莺》，其下片云："谈笑，刁斗静，烽火一把，常送平安耗。圣主忧边，威灵遐布，骄虏且宽天讨。岁华向晚愁思，谁念玉关人老？太平也，且欢娱，不惜金尊频倒。"它一方面像庞籍词那样，歌颂了"圣主"的"威灵遐布"和边疆的"平安""太平"，一方面又不免发些"谁念玉关人老"的牢骚，是首小埋怨、大捧场的"谀词"。此词偶被皇帝派来的犒军太监所得，带回京师，传播宫庭。神宗皇帝但闻满宫争唱"太平也"的歌声，诘其所来，方知为蔡挺所作。他就当即索纸批曰"玉关人老，朕甚念之；枢管（指枢密院）有缺，留以待汝"，一下子把蔡挺从甘肃调返汴京，升任枢密副使。那蔡挺本以为这次捅了娄子，却不料"因祸得福"，反因之而跳出了"紫塞古垒"的边陲，一跤跌到了青云里头！这就足以说明当时人的词学嗜好乃在于此类"宴嬉逸乐，以歌咏太平"（朱彝尊《紫云词序》）的作品，也就难怪范仲淹的《渔家傲》会遭"背时"之遇了。但是，最公正的评判并非出于一时一地，而在于历史的考验。宋代"边塞词"的"皇冠"最后没有落到庞、蔡等人所写的"真元帅"之词头上，却由范仲淹写的"穷塞主"之词夺得，这就足以说明艺术贵在真实、艺术的生命力首先来源于作者的人格。

选自《唐宋词纵横谈》（苏州大学出版社 1994 年版）

雨霖铃①

柳　永

　　寒蝉凄切,对长亭晚,骤雨初歇。都门帐饮无绪,留恋处,兰舟催发。执手相看泪眼,竟无语凝咽。念去去、千里烟波,暮霭沉沉楚天阔。　　多情自古伤离别,更那堪、冷落清秋节!今宵酒醒何处?杨柳岸、晓风残月。此去经年,应是良辰好景虚设。便纵有千种风情,更与何人说?

　　"多情自古伤离别",人间"生离死别"真是一个永远写不完的题目!

　　六朝的江淹,有感于人生很难幸免于这种悲剧性体验,写下了千秋传诵的《别赋》。他一口气描摹了许许多多种令人"意夺神骇,心折骨惊"的离别情状,最后却仍不免长叹:"金闺之诸彦,兰台之群英,赋有凌云之称,辩有雕龙之声,谁能摹暂离之状,写永诀之情者乎?"

　　确实如此,人类这颗小小的"方寸"之中,所能容纳的感情之深广、复杂,实在是惊人的。而这当中,"离情"又是最为难以言状的一种。"离别"所将引起的空间上的阻隔像利刃一样,绞裂着告

_____
①此文原题为《多情自古伤离别——柳永〈雨霖铃〉赏析》。

别双方的心；在此刻，团聚的"过去"与分离的"未来"，又在进行着心理上的剧烈交战，生出最为复杂纷纭、五内无主的情绪，由此也会产生出"悲剧型"的艺术美感。"剪不断，理还乱，是离愁"，这"别是一般"的"滋味"，正是古往今来无数名手最难措手、却又最乐于抒写的题材！

唐代是抒情诗的黄金时代，它在咏写离情别绪方面的成就足够令人叹为观止，但"时运交移，质文代变"（《文心雕龙·时序》），生活之道既然生生不息，"诗之为道"亦"未有一日不相续、相禅而或息者也"（叶燮《原诗》）。只要是能写"真景物""真感情"者，便会生新"境界"，便会出新名篇。因而同是写离情，宋词也自有别具另一番情味的杰作。柳永的这首《雨霖铃》就是出现在宋词（而且是慢词）中的又一篇"《别赋》"。它的诞生，标志着宋代"婉约"词的高度成熟。

《雨霖铃》描绘的是一幅十一世纪古汴河畔的离别图画：繁华的东京城外，酒旗低亚，衰柳斜曳，于薄暮的寒蝉声中，一对青年男女正在依依话别，两情正浓处，暮鼓咚咚，行舟催发。眼看此去，便将天南地北、人各一方，因此才松开的双手，又情不自禁地重新紧携……这真是："黯然销魂者，唯别而已矣！"

我们注意到，这里的送别者有自己的"身份"特点。它不是"楚臣去境"，也不是"汉妾辞宫"；它既没有荆轲易水送别的传奇色彩，也没有苏、李河梁送别的政治情味。它只是两位极普通的人物之间的话别：一位是多才而失意的下层文人，另一位是美貌又多情的歌妓。这就为我们透露出了一种新的信息：在前代诗歌中不大敢正面和大胆抒写的男女恋情，现在却被当作了最为突出的主题来咏写;"普通人"之间的正常感情和人类普遍的"人性",随着宋代市民阶层力量的壮大,开始跃居到文学创作中的重要位置上。这种对于"凡夫俗子"间的真挚感情的描写,一方面为自己的抒情增添了难度(正如俗语所云,"画鬼容易画犬马难",描写日常生活中平凡无奇的事件最易见作者的功力);另一方面,又为自己的抒情增添了无穷的"人情味"——随着封建社会逐渐走向后期,这种深契市民阶层审美嗜好的"人情味"必将越来越深地受到广大读者的欢迎。这或许也就是它之所以受到后代人们普遍欣赏的原因之一吧。下面就对它作些具体分析:

深秋,傍晚,这是何等浓重的伤感的氛围。"寒蝉凄切",既写出了秋气之摇落、时序之惊心,又使欣赏者马上联想起"燕翩翩其辞归兮,蝉寂寞而无声。雁廱廱而南游兮,鹍鸡啁哳而悲鸣"(宋玉《九辩》)这类"悲秋"之句。好诗(词)的语言往往如此:一方面,它以自己的写景作为促媒,以外界物候之变化撩拨起读者的层层感情涟漪;另一方面,它又向读者"释放"出经过漫长历史过程长期"积淀"在词语中的"能量",以此来感召他们的生活经验和艺术联想。短短的"寒蝉凄切"四字,使那凄楚哽咽的声声蝉嘶,形成整首别曲、整幅离图的悲哀的"基调"和黯淡的"底色"。

地点是在都门外的长亭。都门内,是多么热闹繁华:"举目则青楼画阁,绣户珠帘。雕车竞驻于天街,宝马争驰于御路,金翠耀目,罗绮飘香……"(《东京梦华录》序)在这里,有多少对幸运的恋人们正度着幸福团聚的日子,但是我们的词人却偏生凄凉地被摒除在外,被迫离去。而"长亭",这又是多么令人心寒,以致"谈虎色变"!"何处是归程? 长亭更短亭"(李白《菩萨蛮》),这里,词语本身的象征意义(长亭象征送别)和它的"历史积淀"又在双倍地发生着作用,不能不使读者产生出难以压抑的离愁别绪。

——何况,这里的送别,又是在"慢节奏"中行进的,这越发使人有度日如年的焦灼感和难熬感。现代社会中,离别虽然同样地难分难舍,但是信旗一挥,汽笛长鸣,挥手之间,斯人远去,虽则痛苦,却也干脆。唯有这种慢悠悠的中世纪的送别,却是最揪人肝肠的。设帐,饯行,慢慢地饮酒,细细地话别,从下午挨到傍晚;一场骤雨,又延长了相偎的时间……但这别前的逗留本是一杯混合着甜味的苦酒,体味的时间越长,苦涩的滋味也就越浓。果然,雨过天昏,舟子不耐烦地来催促词人了,断人心弦的一刻终于来临。面对此景,离人的心情推向了"高潮"。"执手相看泪眼,竟无语凝咽",这是一个"特写"式的镜头,酣畅而淋漓。我们发现,前人诗中在写到男女恩爱时常用的躲躲闪闪的含蓄笔法("勇敢"如李商隐,也只能躲在《无题》后边写他的刻骨相思),这儿压根儿不见了:词人和"她"手挽着手,相对凝望,尽管哽咽得发不出一语,但这却是心的交流、心的对话。这正是多少世间小儿女惜别时的绵绵情意和神态的真实写照,在其中,词人倾注了自己饱谙"羁旅行役"的生活经验,融入了自己的满腔真心实意,所以才能写得如此传神、如此感人。爱情,这个在封建时代"正统"文体中常被"遗忘"或"轻视"的内容,现在却被柳永当作最令人注目的东西来大写而特写,这不能不说是文学风气的一大转移。所以,应和着这种生活理想和艺术情趣的转变,柳永在抒写男女恋情时,不讲求"含蓄"(相反,他要求"发露"),也不讲求"温柔敦厚"(相反,他要求"痛快淋漓");原先小令中"窈深幽约"的写法和风格,此时也显得有些"不够用"了。因此他就另求着一种"尽情展衍"的写法和风格：如果说，词情从"寒蝉凄切"到"竟无语凝咽"，还是比较"哀迫"的话，那么从"念去去，千里烟波，暮霭沉沉楚天阔"以下，便是"惨舒"（亦即"展衍"）的写法了。感情蓄积既久，自此便如闸门大开，汹涌流出而不可收拾也。唐圭璋先生说"以上文字，皆郁结蟠屈，至此乃凌空飞舞"（《唐宋词简释》），所见极是。

换头"多情自古伤离别，更那堪、冷落清秋节"两句，以伤别和悲秋重笔倍写，使人在活生生的惨别之上又加上了传统的"悲秋"心理因袭的阴影，更显出了它双重的悲剧性。然而，最妙和最成功的还在下面："今宵酒醒何处？杨柳岸、晓风残月。"这是柳永的创造。它的成功奥秘在于何处？是刘熙载所讲的"点染"法（前二句是"点"，下二句是"染"）？是一般常称的"情景交融"？当然是的，但又不尽然。它的好处，在于柳永能以一个久经羁旅别况的"切身肤受"者的身份，依仗着词的特殊声情，优美、细腻而又新鲜地创造出了一个新的艺术境界来，成为久久留传的名句隽语。

首先，它写的乃是"真景物"。汴河堤畔，本多垂柳（隋炀帝开运河，夹岸栽柳）。"杨柳岸"三字随手拈出"本地风光"，令人感到亲切、自然。一夜行舟，醒来时早已置身于寥廓开阔的山驿水程中，所以唯觉晓风清冷、唯见残月凄楚，"晓风残月"四字便写尽了此种扁舟晓行的真切风光。

其次，它写出了"真性情"。"杨柳岸、晓风残月"，不仅仅是一般的"景语"，而且是"物皆着我之色彩"的"情语"。这可从它的意象组成看出。周邦彦词云"柳阴直，烟里丝丝弄碧。隋堤上，曾见几番，拂水飘绵送行色"（《兰陵王》），柳既是送别的象征物，又是送别的见证人。如今独在旅舟之上见柳，怎不惹起满怀离思？"晓风残月"四字，则更写出了离人的深一层的感情境界。试想，昨夜还在"都门帐饮""执手相看"，可今朝醒来，一阵冷风驱散了酒意所带来的半麻木状态，唯有一钩残月斜挂天边。这时的内心痛楚，真有点像麻醉药失效后的伤口所发出的阵痛那样，分外地钻心，分外地锐利——这种"新鲜"的心理感受是只有"肤受者"才能身领心受而绝非局外者所能悬想而得的，所以我们说它写出了"真性情"。

其三，在抒写"真景物"和"真性情"的基础上，词人进一步创造了一个幽美深约的新"境界"。这种境界之"新"表现在何处？主要就表现在那种既凄又丽、凄绝丽绝的特殊的风格色彩上。常人在离别时，往往仅能深切地感受到它的悲哀的一面，而唯有优秀的诗（词）人，才能与此同时写出它的"美"（美感）来。试欣赏这样的一幅画面：夹岸残柳，参差拂动于秋风之中；孤舟离人，黯然独对天边之残月。诗人不但写出了离况的寂寞难受，更在"悲剧性"中开掘出了更为丰富的内蕴。"悲剧性"加上了"美感"，"凄情"加上了"丽景"。词人在舒缓而又哀恻的声调中传递出一种抑郁惝恍的凄情和烟水迷离的凄美来，此种"绮怨"的风味，正是最典型的"婉约"词的风味，难怪后人常以它们作为柳词乃至整个婉约词的代表句子来看。

词情发展到此，已经进入十分窈深婉曲的境地。忽而，笔锋一转，它又回到了现实的离别之中——原来，上面这几句是送者"设身处地"地悬想行者明朝孤舟孑行的情景的，这种以"虚"写"实"的手法就为词的抒情增添了"多层次"的丰满感。"此去经年,应是良辰好景虚设。便纵有千种风情,更与何人说?"这是送行者此时此地满怀的恋情。平心而论,这几句未免有着"太露"的毛病,但是非此不足以表达一位歌妓的特种心情("风情"一词,再恰切不过地显现了她的特种身份);再从风格而言,前面婉曲,此处放露,前面寓情于景,此处放笔直赋,疏密相间,促使人不太注意到它的不足之处,反倒觉得有"老笔纷披,尽情倾吐"(《宋词举》)之妙了。

总之,这首《雨霖铃》极力描摹了一对恋人之间难分难舍的离情,肯定着一种极"世俗"、却又多少有些"出俗"(相对于封建文人追逐功名利禄的庸俗思想而言)的生活理想,多少体现出了一种新的人物心理和时代信息。艺术上,它充分利用了慢词在抒写人类复杂感情方面的"优势",显出铺叙、综织的能事,读来畅快淋漓、婉约细腻。

"晓风残月仙掌路,何人为吊柳屯田",王士禛的这两句诗,正道出了后人对这首别离名篇和其作者的无限仰慕之情。甚至在元代《西厢记》(长亭送别)中,我们还可以从中感受到它的影响。

选自《文史知识》1985 年第 9 期

定风波

柳 永

　　自春来、惨绿愁红，芳心是事可可。日上花梢，莺穿柳带，犹压香衾卧。暖酥消，腻云亸，终日厌厌倦梳裹。无那！恨薄情一去，音书无个。　　早知恁么，悔当初、不把雕鞍锁。向鸡窗，只与蛮笺象管，拘束教吟课。镇相随，莫抛躲，针线闲拈伴伊坐。和我，免使年少光阴虚过。

　　关于这首词，曾经有过一则词坛故事。据宋人张舜民《画墁录》记载：柳永因作《醉蓬莱》词忤仁宗之后，曾求谒当时的政府长官晏殊改放他官，晏殊问柳："贤俊作曲子（词）么？"柳永答曰："只如相公亦作曲子。"晏殊即道："殊虽作曲子，（却）不曾道'彩线慵拈伴伊坐'①。"柳永只得告退。从中我们可以感觉到，正统的士大夫文人和柳永之间，其艺术趣味是有所不同的。

　　这首《定风波》表现的是思妇的闺怨。它用代言体的口吻、放开来说的笔调，把那位思妇的满腔情思，一股脑儿地端到了读者的眼前。你看，自从春天回来之后，他却一直杳无音讯。因此，在思妇的眼中，桃红柳绿，尽变为伤心触目之色（"惨绿愁红"）；一

────────────

①"彩线慵拈伴伊坐"和本文所引的"针线闲拈伴伊坐"系版本不同所致。晏殊所举出的，正是这首《定风波》词。

颗芳心,整日价竟无处可以安放("是事可可"者,事事都平淡乏味也)。尽管窗外已是红日高照、韶景如画,可她却只管懒压绣被、不思起床。长久以来的不事打扮、不加保养,相思的苦恼,已弄得她形容憔悴,"暖酥"(皮肤)为之消损,"腻云"(头发)为之蓬松,可她却丝毫不想稍作梳理,只是愤愤然地喃喃自语:"无那(无可奈何)!恨薄情(郎)一去,音书无个。"自此以下,这位女主角便干脆把作者撇开在一旁,自己站出来向我们掏出她的心曲了:早知这样,真应该当初就把他留在身旁。在我俩那间书房("鸡窗")而兼闺房的一室之中,他自铺纸写字、念他的功课,我则手拈着针线,闲来陪他说话,这种乐趣该有多浓、多美,那就不会像现在这样,一天天地把青春年少的光阴白白地虚度!读完这些,在我们的面前,就仿佛出现了一位"快嘴李翠莲"(宋元话本中的人物)式的妇女形象,她把自己的怨恨和烦恼,痛痛快快地全部"掷"给了读者。同是表现思妇的闺怨,温庭筠《菩萨蛮》(小山重叠金明灭),只是用含蓄而委婉的笔触,作侧面和迂回的烘衬,直到末一句"双双金鹧鸪",才若隐若现地从反面映照出思妇的孤寂来。温词所体现的文学趣味,是一种士大夫式的文雅的、精美的趣味。它写的虽是闺怨和艳情,可是却写得"好色而不淫""风流而蕴藉",深深契合正统文人那一种"温柔敦厚"的审美嗜好。而柳词却带有另一种市民色彩的文学趣味。它不讲求含蓄,不讲究文雅,而唯求畅快淋漓、一泻无余地发泄和表露自己的真感情。从这个角度上看,它就相当典型地体现着市民阶层那种"以真为美""以俗为美"的审美嗜好。这就难怪晏殊要不以为然了。

　　从思想色彩看,这首词明显带有这样两个特点:爱情意识的不可抑勒地苏醒和抬头；市民意识顽强而自豪地要求在文学中得到自我表现。市民阶层是伴随着商业经济的发展而壮大起来的一支新兴力量。它较少受封建思想的羁縻，也比较敢于反抗封建礼教的压迫。宋人平话《碾玉观音》中璩秀秀，就是这样的一个典型人物。是她，首先敢于"勾引"崔宁一起"私奔"，又是她，在死后犹执着于要和丈夫成为"生死冤家"，并向拆散他们婚姻的仇人报了深仇。这样"泼辣""放肆"地追求爱情，在"男女授受不亲"的封建时代是极为大胆的，它表现了一种新的思想面貌，反映在文人词里，就形成了《定风波》中这位女性的声吻："镇相随，莫抛躲，针线闲拈伴伊坐。和我，免使年少光阴虚过。"在她看来，青春年少、男恩女爱，才是人间最可宝贵的，至于什么功名富贵、仕途经济，统统都是可有可无的。这里所显露出来的生活理想和生活愿望，在晏殊他们看来，自然是"俗不可耐"和"离经叛道"的，但是其中却显露了某些新的时代契机。所以，在这首不免有些庸俗意味的词篇里，却自寓藏着某些不俗的思想底蕴在内；而对于当时的市民群众来说，也唯有这种毫不掩饰的热切恋情，才是他们倍感亲切的东西。因而，这种既带有些俗气却又十分真诚的感情内容，就表现出了美的品格。柳词之所以虽不入正人雅士之眼而能达到凡有井水饮处皆能诵歌的境地，原因盖出于此。

其次，从艺术风格看，这首词是对于传统词风的一种"放大"和"俗化"。在柳永以前，词坛基本是小令的天下，它要求含蓄、文雅。到了柳永，他创制了大量的慢词长调，铺叙展衍，备足无余。试看这首《定风波》，光是描写一个"懒"字，就花了多少笔墨：从春色的撩拨愁绪，到芳心的无处可摆，再到"日上花梢，莺穿柳带"

时的犹压香衾高卧,进而又写她的肌肤消瘦、鬟发散乱,最后才揭出她病恹恹的倦懒心境,这种重笔和加倍的写法,是只有在慢词长调中才能大显其身手的。它加强了全词的抒情气氛,对传统的小令风格是一种"放大"。以上是讲的宏观。再从微观来说,柳永这首词中所表现的这位女性,明显是一位身份不高的妇女——尽管它用了诸如"暖酥""腻云"之类的词藻来形容她的容貌,用了"香衾""雕鞍""蛮笺象管"之类的字面来形容他俩的起居物饰,但是却仍然掩盖不了他们的"俗气"——这是因为,"真富贵"的作者如晏殊,恰恰就讨厌用这种类似于"穷人夸富"的笔调来写他们的锦衣玉食的生活;相反,他们反倒喜欢用淡雅的语言来表现他们的富贵生活。如晏殊词就是不用那些"金玉锦绣"的字眼而尽得"风流富贵"之态的。因此相比之下,柳词所写的一对青年男女,实际上是属于市民阶层中的"才子佳人"——他们正是功名未就的柳永自己和他在青楼中的恋人的化身。所以,为了要表现这样一种"新女性"(与温、晏某些词中的贵妇人相比)的心态,柳词就采用一种"从俗"的风格和"从俗"的语言。这或许就可以称作为"人物个性化"的需要。试看冯延巳《谒金门》(风乍起)写那位大家闺秀盼夫的心绪,是何等的含蓄、细腻,其举止行动,又是何等的文雅、优美。而因柳永表现的是一位青楼歌女的情感,它就采用了民间词所常用的代言体写法和任情放露的风格,以及那种似雅而实俗的语言。词的上片,用富有刺激性的字面(例如"惨绿愁红"),尽情地渲染了环境气氛;再用浓艳的词笔(如"暖酥消,腻云亸"之类),描绘了人物的外貌形态;接下来便直接点明她那无聊寂寞的心境("终日厌厌")。以下直到下片终结,则转入第一人称的自述。那一连串的快语快谈,那一叠叠的绮语、痴语(其中又夹着许多口语、俚语),就把这个人物的心理写得活灵活现、跃然纸上。她那香艳而放肆的神态,真挚而发露的情思,端的使人读到这首词后如闻其声,如见其形。综观全篇,除了《四库提要》批评柳词的"以俗为病"之外,我们又感到了它"以俗为美"的另一方面,而这种"以俗为美"又首先是基于"以真为美"之上的。所以,从认识柳词的基本思想特征和艺术特征这点出发,它和《雨霖铃》《八声甘州》一样,是有着"标本"和"典型"的意义的。

选自《唐宋词鉴赏辞典》(上海辞书出版社 1988 年版)

浣溪沙①

晏　殊

一曲新词酒一杯,去年天气旧亭台。夕阳西下几时回?
无可奈何花落去,似曾相识燕归来。小园香径独徘徊。

读晏殊词,有一点不能不重点提出,那就是他对"渐变"的敏
锐感悟与精细描绘。这一特色,即是大晏词最具魅力之所在。试
以他的名篇《浣溪沙》为例,此词所写,本是宋词中所最常见的伤
春、惜春情绪,并无特别新鲜或值得惊奇的内容存在。可是,千百
年来,它却一直受到人们的赞叹与激赏,其原因何在? 照我看来,
就在于它精细地描绘出了词人对于时光流驰和节物推移的那种
"渐变"的敏锐感悟。

人类的生存与发展,很大程度上依赖于自然界。因此,大自
然的变化就不能不影响到人的心境。故而自古以来,自然界的气
候变化和节序转换,就一直成为感发文学创作的动机或外因,并
且又成为文学的一个重要表现内容,陆机《文赋》说:"遵四时以叹
逝,瞻万物而思纷,悲落叶于劲秋,喜柔条于芳春。"钟嵘《诗品序》
说:"若乃春风春鸟,秋月秋蝉,夏云暑雨,冬月祁寒,斯四候之感

---

① 此文原题《对于"渐变"的感悟与描绘——谈晏殊的〈浣溪沙〉及其他》。

诸诗者也。"便都说明了"四时""四候"对于诗歌创作的感发作用。再加上社会人事对于诗人心理的刺激,于是,"时序惊心"之感之叹,自然就成了诗歌的"永恒主题"之一。

不过,在咏发这方面的感叹时,那些出色的作品往往得力于下面两种情况:一是借助于用时光流驰与人事变迁之速来打动人心。如卢照邻的"节物风光不相待,桑田碧海须臾改。昔时金阶白玉堂,即今惟见青松在"(《长安古意》),如李白的"君不见黄河之水天上来,奔流到海不复回。君不见高堂明镜悲白发,朝如青丝暮成雪"(《将进酒》),就都以沧桑变易和人生倏忽的强烈变动深深叩击着读者的心弦。二是处于丧乱时代的人,当他们写出兴亡盛衰的对比感时,也极易引起人们的共鸣和同情。如李峤的"昔时青楼对歌舞,今日黄埃聚荆棘!山川满目泪沾衣,富贵荣华能几时"(《汾阴行》),如杜甫的"人生不相见,动如参与商。今夕复何夕,共此灯烛光。少壮能几时?鬓发各已苍"(《赠卫八处士》),这些就都是千古传诵的名句。它们的成功,或许就是"诗穷而后工"之故吧?

然而,晏词的情况却并不像上面二者。首先,作者生逢北宋的"盛世",本人又仕途通达,绝非一位"穷诗人"。其次,从词情来看,也只写的是一种平缓的景物变化,并非天翻地覆、沧海桑田的剧烈变易。但它却照样能够吸引住读者,耐人寻味,个中奥妙就在于它敏锐地抓住了一般人所常易忽略的自然景物乃至宇宙人生的微妙变化("渐变");或者又可说是,它精细地写出了人们对此或也偶有触动但又不易形诸笔端的某种精神感悟。

此话怎样理解?原来,自然界以及人类社会、个体生命的变化历来有两种型态。一种是质变、剧变，另一种是量变、渐变。前一种如地震海啸、战争政变，这是常人都会震恐的；后一种如春去秋来、日常起居，对此一般人常熟视无睹、习以为常。而其实，后一种"渐变"却又是宇宙人生所最常呈现的变化方式，它具有无比的"哄骗性"。记得当年丰子恺先生写过一篇题为《渐》的散文，它一开头就这样说："使人生圆滑进行的微妙要素，莫如'渐'；造物主骗人的手段，也莫如'渐'。"在那不知不觉的渐变中，在那一年一年、一月一日乃至一分一秒的渐进中，天真幼稚的孩童不知不觉就变成了阅历很深的成年人，而那如花似玉的少女，也终于变成了围坐火炉旁的鹤发老婆婆。所以，渐变"真是大自然的神秘的原则，造物主的微妙的工夫"。但是，对于这样一种"犹如从斜度极缓的长远的山坡上走下来"的演变过程，常人却是"麻木不仁"的，特别在生活节奏极快的现代社会，人们更不易觉察这种变化。而真正的诗人，却因其特具的多愁善感的气质与禀性，能敏锐地捕捉这种细微的变化，并用"诗"的语言将它精细地描绘、揭示出来。大晏的《浣溪沙》词，就是这样的代表作："一曲新词酒一杯。"正当词人从那玉堂华宴上退席而出、步入花园之际，他的心情是多么轻快和满足！他一面擎着酒杯，一面哼着小曲，流露出一副安闲舒适的神态。可是，蓦然之间，他的心忽被触动了："去年天气旧亭台"，如此的天气，如此的亭台，如此的对酒唱曲，以前不也有过几乎完全相似的情景？但细细一想，那已是"去年今日"的旧事了。而在这貌似"依旧"的外表下，岁月却已流驰过一年，生命也已悄然溜走了一截！念此，一种淡淡的人生忧伤不由袭上心头。试看，眼前又是夕阳西下的光景了。夕阳西下，明日还能升起,可那逝去的光阴呢,却永远不会逆转！词人的心境顿由原先的"圆满"状态变为了怅惘和沉思。怀着这样惘怅的心情再去观照花园里的"良辰美景",词人所见就不再全是"赏心乐事"了。底下"无可奈何花落去,似曾相识燕归来"两句,就是作者描绘"渐变"的最为精细和美妙的千古名句。"花落"本是抒写伤春惜时情绪时极常采用的描绘物象。但我们注意到,大晏所写的"花落"不同于李煜所写的"流水落花春去也,天上人间"那种急风骤雨式的迅猛变化,而是一种"风定花犹落"式的平缓的景象。我们不妨闭上眼睛,默想这样一种境界:暮春,傍晚,风早静息了,可是由于"大限"已到,那片片花瓣只得告别枝头,悠悠忽忽地向下坠落。此情此景,除开"无可奈何"四字,我们还能找出更确切、更精细的词语来形容吗？这四个字,既写出了他所感悟到的时间老人催化万物的那种极巧妙的"渐变"本领,同时又寓藏了他对春花殒落以及生命渐逝的无限眷恋,可谓情景交融、巧夺天工。而"燕归"亦乃物候变化的明显标志,词人加之以"似曾相识"的形容,也仍着眼于对于"渐变"的感悟。有一位论者曾把这句理解为"在消逝的同时仍然有美好事物的再现",因"那翩翩归来的燕子不就像是去年曾在此处安巢的旧时相识吗"？此论当然也有道理,可备一说。但我的理解则有所不同。我以为此句的重心在一个"似"字,亦即燕子归来,虽然眼熟,但毕竟已非旧日的燕子。哲人早就说过,一个人永远不可能在同一条河中洗澡,因为河水和时间永恒流动,谁也无法原封不动地保持旧状。所以这里的"似曾相识燕归来",仍是在写词人对于时光流逝的惆怅与惋叹;在旧燕和新燕的"似曾相识"中间,正暗藏着光阴渐移、春秋代序的新陈代谢痕迹。明白了这一联名句所揭示的自然、人生的"渐变"轨迹后，我们就不难理解词人为何要在"小园香径独徘徊"了。照我看来，他的这种"徘徊"并非惬意的散步，而是一种内心有所冲动而形之于外的举动。这是因为，官运亨通、锦衣玉食的晏殊，依一般的眼光看，该是什么都得到了，也算得上"人生圆满"了；然而，作为一个真正的诗人，他却从大自然的悄然渐变中敏锐地感悟到人生的远不"圆满"，那就是任谁都无法抗拒的"时光只解催人老"（晏殊《采桑子》语）的永恒法则！而这种悄焉动容的感悟，又非常人所能理解与对之诉说的，所以他就只能在这落红铺径的小院中独自踯躅徘徊。而"徘徊"二字，又使我们联想起《古诗十九首》中的"忧愁不能寐，揽衣起徘徊"。这种心有所感而又有所克制的徘徊举动，不同于李煜式的"呼天抢地"（其《乌夜啼》在感触于"林花谢了春红"的花落景象后，就发出"太匆匆，常恨朝来寒重晚来风"和"自是人生长恨水长东"的哀鸣），也不同于秦观式的洒泪哀叹（其《江城子》在有感于"西城杨柳弄春柔"后，便写下了"动离忧，泪难收"和"便做春江都是泪，流不尽，许多愁"的愁语），体现出一种与大自然"渐变"的节奏相一致的平缓而微有颤动的律动感。这种平稳中见力度的词风，既与作者"太平宰相"的身份教养相符合，更是与词中所描绘的自然风光的细微变化和内心世界的深细感触表里相符的。

　　所以，读晏殊的词，就可在他对"渐变"的敏锐感悟与精细描绘方面着眼。对此不妨再举几例：

　　　　小径红稀，芳郊绿遍，高台树色阴阴见。春风不解禁杨

花,蒙蒙乱扑行人面。　　翠叶藏莺,朱帘隔燕,炉香静逐游丝转。一场愁梦酒醒时,斜阳却照深深院。(《踏莎行》)

这首词描写春末夏初的"渐变"。"红稀"与"绿遍"两句,活画出一幅春夏接替的彩色图画:春花凋谢,间或残留几朵红瓣;夏草已长,但见一片茂绿。其间就显露出一种"渐变"的进程和趋向。它们和后面的春风、杨花、翠叶、朱帘等句,便共同描绘了春去夏临的季节特征和自然风光。这是第一层"渐变",即"换季"的变化。第二层"渐变"则是一天之内光阴的推移。上阕所写,大概是晨起所见;而经过"炉香静逐游丝转"一句,就静悄悄地转到了下午;再经过午后的一场困倦愁梦,便来到了"斜阳却照深深院"的黄昏。通过对这两层"渐变"的细腻而优美的描绘,词中那位闺妇的无可排遣的闲愁以及词人本身对于春光消逝的惋惜,就像蜘蛛织网一般被精细地"编织"了出来。

又如:

金风细细,叶叶梧桐坠。绿酒初尝人易醉,一枕小窗浓睡。　　紫薇朱槿花残,斜阳却照栏干。双燕欲归时节,银屏昨夜微寒。(《清平乐》)

这又是有感于秋景的"渐变"。请看,秋风是那样细细地吹拂,梧叶也只是片片地洒落;在小窗下的一枕浓睡之后,很快又迎来了一抹斜辉。在大晏的笔下,秋季和黄昏的来临,就像踮起脚步走路那样,来得那么轻、那么安闲,这就是"渐变"的特色。而在这种安详缓和的"渐变"背后,却又深藏着一颗并不平静的"词心"。词人所欲表现的,仍是那一股忧惧时序流逝的伤感意绪!

　　或许有人会问:晏殊何以会得如此"敏感"于时序之转换和时光之流逝? 这可以拿他自己的词来作回答:"一向年光有限身"(《浣溪沙》)、"无情不似多情苦"(《玉楼春》)。简而言之,晏殊是一位非常热爱生命的人,是一位感情十分丰富和细腻的人,当然又是一位文学修养相当深厚的人。他深知每人只有一次生命,因此非常珍惜他的每一寸、每一缕生命。虽然他的人生历程中没有遇到太多太大的挫折(除了晚年贬官离京),但是就在那平凡顺利的"圆满"生活中,他却在日常的花开花落、春去秋来的时序流转中,敏锐地感悟到宇宙人生的无法抗拒的荣衰生杀法则。从这点而言,多情善感者反而比不上"麻木""愚钝"的"芸芸众生"来得"幸运"。他之所以要说"无情不似多情苦",这是因为他时时忧惧着"一向(即一晌)年光有限身",生命实在短促极了!

　　所以,说到底,晏殊的那些描绘"渐变"的词篇,从表面看似乎只写了一种迷惘的伤春悲秋情绪,以及"代"深锁闺中的女性写出了百无聊赖的"闲愁",但从深处来看,那实在是一股深浓的"惜时"意绪。它表现了词人对于生命的留恋与珍视,也同时显现了词人深湛的艺术功力和优雅美丽的文笔。

选自《唐宋词纵横谈》(苏州大学出版社 1994 年版)

念奴娇①

赤壁怀古

苏　轼

　　大江东去,浪淘尽,千古风流人物。故垒西边,人道是,三国周郎赤壁。乱石穿空,惊涛拍岸,卷起千堆雪。江山如画,一时多少豪杰。　　遥想公瑾当年,小乔初嫁了,雄姿英发。羽扇纶巾,谈笑间,樯橹灰飞烟灭。故国神游,多情应笑我,早生华发。人生如梦,一尊还酹江月。

　　苏轼的《念奴娇·赤壁怀古》是首声震词坛、千载传响的名篇。古往今来对它的赞赏,可谓多矣。然而对它的理解,其实并不真正一致。如有不少论者,就都激赏于它的豪放的一面,而认为其结尾"人生如梦"等五句,则未免消极或低沉,是一个值得惋惜或批判的缺陷。比如有一本词选的编者就这样写道:"从全词来看,气氛是开朗的、豪迈的,情调是健康的。结尾流露了一种低沉、消极的情绪。但主要的动人部分却是前者,而不是后者。"另外,还有一些讲析文章,则更加好心地劝导读者不要接受其结尾的消极影响。

————————

①此文原题《苏轼的"故弄玄虚"——谈"赤壁怀古"词的真正思想底蕴》。

应该说,上述看法并不错误。但我认为,这种感觉只是从读者方面立论的,而其实若从苏轼本人的创作意图来看,则他的真实心态却是偏重于后面这一部分亦即未免"消极"或"低沉"的那一面的。这里就牵涉到"作者之用心"与读者的观感,或者又可称为作者的主观意图与作品的客观效果之间的矛盾问题了。

为说明问题,不妨先来揭穿此词的几个"故弄玄虚"之处。第一,人们都已知晓,苏轼赖以写出其不朽的前、后《赤壁赋》以及"赤壁怀古"词的赤壁,实际上并非历史上发生过鏖战的真赤壁①,而只是被当地人讹传为赤壁的"赤鼻矶"而已。苏轼本人对此,心中自是清楚,故而他颇为狡黠地写道:"人道是,三国周郎赤壁。"你要责备我缺乏地理知识吗?责任不在于我,而在于此地的土著居民!不过苏轼何以要将假作真、煞有介事地在这里大写其缅怀三国英雄、凭吊风流人物的词赋,这其中就大有缘由可寻。第二,苏轼熟读史书,他未必不知道历史上的周瑜在大破曹军时年已三十四岁,而小乔嫁他也已近十年之久,可他却大笔一挥,将年龄减少了九年(周瑜二十五岁娶小乔),说什么"小乔初嫁了,雄姿英发"。这种"篡改"年龄的举动究竟又是为了什么?第三,人们读此词时,谁都会赞赏并惊叹于他所描绘的赤壁奇景:"乱石穿空,惊涛拍岸,卷起千堆雪。"这是何等雄奇壮观,又是何等绘声绘色!这就引得无数后代人前去黄州江边游览。但他们很快就会大呼"上当",原来此处的景物远非苏轼所描绘的那般模样。举例

---

①传为历史上发生"赤壁之战"的"赤壁"很多,约有四五种说法。一般认为其真实的地点是在湖北蒲圻县西北、长江南岸。

来讲,距苏轼并不太远的两位南宋人就慕名到过此地。一位是陆游,他在《入蜀记》中说"赤壁亦茅冈耳,略无草木";另一位是范成大,他在《吴船录》中也说赤壁乃小赤土山也,"东坡词微夸也"。弄了半天,坡公竟是在此作艺术的虚构与夸张。拆穿这一秘密,或许会使人感到几分失望吧?

那么,苏轼究竟为了什么要在这里"故弄玄虚"地"夸张其辞"呢?这就涉及他的"用心"问题。而按照我的理解,苏轼在此并非真要描绘他所亲眼目睹的黄州江景,以及艺术地再现历史上的一段真实故事和一位英雄人物,却只是借题发挥而已——他不过是借着"赤壁之战"和"周郎"这个题目,来发泄他此时此地的满腔块垒和那种浓重的忧患感罢了。

我们知道,苏轼是位深有抱负的士大夫文人。早在青年时代,就"奋厉有当世志"(苏辙《东坡先生墓志铭》),企图大有作为。我们只要读一读他写给其弟子由的《沁园春》词,就知道他怀有何等轩昂的政治热情与宏大的政治思想:"当时共客长安,似二陆初来俱少年。有笔头千字,胸中万卷,致君尧舜,此事何难?"可是,岁月匆逝,年华浪掷,一晃眼到了四十七岁(元丰五年壬戌),他却非但功业未成,反而落得个"黄州编管"的"半犯人"境遇。孔子曰:"四十、五十而无闻焉,斯亦不足畏也已。"苏轼是熟读孔孟之书的。千古以来啮咬着仁人志士之心的这种怀才不遇、报国无门以及青春虚度、老大徒悲之痛,同样深深地啮咬着苏轼的心;而当这种悲痛在现实环境中无法排遣的情况下,自然只能依靠老庄哲学和消极的喟叹来得到暂时的解脱与宣泄。因此这一时期的苏轼词中,就频繁地出现了"人生如梦"的感叹:"梦中了了醉中醒"(《江城子》)，"笑劳生一梦，羁旅三年"(《醉蓬莱》)，"世事一场大梦"(《西江月》)，"万事到头都是梦"(《南乡子》)……因此，赤壁词中的"人生如梦"，就不是偶然吐出的声音，而是已在胸中郁积很久、很深的一种浓重的忧患感和消沉意绪。这种情绪，在相当长的时间里实已占据了苏轼心境中的主导地位。故而当他听闻土人告曰"此赤壁矶也"之后，就以假作真地借题发挥起来，以之来抒发自己满腔的块垒与郁闷。而就在此时，艺术家擅作虚构和夸张的"本能"，立即就"自动"地跳出来为他帮忙，于是就出现了以上一系列的"故弄玄虚"。对此，我们不妨再作一点"抽茧剥笋"的剖析：

首先，苏轼尽管知道此地并非真的赤壁，然而他必须"自欺欺人"地将它"认定"为真赤壁。这种心理，大凡好发"思古之幽情"的诗人都会具有。比如当代人为了招徕观光客们，常会制造一些"假古董"，以供人们游览凭吊；而事实上，也确实有不少游客文人为此而流连徘徊，吟诗作词。苏轼的心理，恐怕也同于此。一方面，他明知其中颇有疑点(据《苕溪渔隐丛话》后集卷二十八记载，他曾说过这样一段话："黄州西山麓，斗入江中。石色如丹。传云曹公败处所谓赤壁者。或曰'非也'。曹公败归，由华容路，路多泥泞，使老弱先行践之而过……今赤壁少西对岸即华容镇，庶几是也。然岳州复有华容县，竟不知孰是？")；另一方面，他又舍不得将这样一个绝好的作诗题目白白丢弃，所以忍不住制造了一个"故垒"(即"古战场")，又妙不可言地加了句"人道是"，这样就为自己的一吐衷曲创造了似是"天造地设"，实乃"人为"的背景或"基地"。

其次，他必须"物色对象"。这个对象既是题目中("赤壁怀古")应有之人，又必须为"我"此时此地的抒情言志服务。人所共知,三国鏖战时,魏蜀吴三方确是猛将如云,良士如雨,所谓"一时多少豪杰"是也。在《前赤壁赋》中,苏轼就选择那位"一世之雄"曹阿瞒作为"大写"的对象:先是推出他"舳舻千里,旌旗蔽空,酾酒临江,横槊赋诗"的形象,然而"四两拨千斤"地仅用五字就把他一笔勾销:"而今安在哉!"这样的选择就非常有助于反衬作者享用江上清风与山间明月的那种自适感。而在本首赤壁词中,一则不便再用这个已经"使用"过的人物形象,二则可能是考虑到词体的特殊性,他就转而借助于另一位风流人物,亦即年少英俊、雄姿英发的周郎形象。这后一点该如何理解? 原来,在宋人看来,作词与作诗作文是应该有些差别的。宋人沈义父在总结这方面的经验时如此说过:"作词与诗不同,纵是花卉之类,亦须略用情意,或要入闺房之意……如只直咏花卉而不着些艳语,又不似词家体例。"(《乐府指迷》)也就是说,作词最好要用些"艳语",要多少带点艳情色彩;不然的话,就不似词的"本色"体例。此话确是经验之谈。比如苏轼所写的《水龙吟·次韵章质夫杨花词》,所咏之物明明是杨花,然而其中却时时隐现着女性的眉眼与神情:"萦损愁肠,困酣娇眼,欲开还闭。梦随风万里,寻郎去处,又还被、莺呼起。"又如辛弃疾的那首《水龙吟·登建康赏心亭》,堪称硬语盘空,然于结尾之处却又"请"出了红巾翠袖为英雄揾泪。这些例子都足以说明,词体一向有着"以艳为美"的传统习惯。所以在苏轼看来,要为赤壁赋词,那其首选人物就非周郎莫属;也正因为如此,他在描绘"樯橹灰飞烟灭"大决战时,却"忙中偷闲"地不忘插进一句"小乔初嫁"的旖旎之笔。我们可千万不要小看了这一短句,在它里头,着实凝聚着一些耐人寻味的东西。

第一，就创作方法而言，它使周瑜的形象带有了几分浪漫主义的光彩。历史上的周瑜如何组织和指挥这场千头万绪的战役，人们已不复可知，而《三国演义》中周瑜为此殚思竭虑甚至忙得口吐鲜血的故事，却是人所熟知的。然而苏词却大大"改造"了这一形象，写他燕尔新婚之后不久，就指挥若定、谈笑风生地"解决"了几十万曹军。这便使周瑜的头上顿时映射出神奇浪漫的光圈。这句飞来神笔（或许也是"谑笔"），就多少反映出苏轼那种才气横溢、妙语时出的创作特色。第二，更为重要的是，它集中体现了苏轼乃至许多宋代文人的共同生活理想。中国封建社会的读书人，大都怀有这样的人生目标：一是功成名就，二是婚姻美满，所谓"洞房花烛夜，金榜题名时"就是这双重目标的形象化说明。而宋代文人因处于国势不振、外患频仍的局势之下，他们更希望自己成为儒将式的人物。如苏轼在《祭常山回小猎》一诗中就表示要学西晋的谢艾，在羽扇轻挥之间从容退敌："圣朝若用西凉簿，白羽犹能效一挥。"（西凉簿指主簿谢艾）所以当他在写词时，就更在周郎的身上融注自己的人格理想：一是儒雅（"羽扇纶巾"）；二是风流（"小乔初嫁"）；三是雄豪（"谈笑间，樯橹灰飞烟灭"）。这样一位雄姿英发、风流倜傥的英雄形象，其实已非历史人物的真实面貌，而是作者根据他所特有的生活理想和审美趣味加工过的艺术形象，因而他在塑造这一理想化的人物时，便不惜"偷改"年龄与加以美化。而若是仍然选用曹操的形象，虽则他也有"横槊赋诗"与建造铜雀台的故事，但毕竟年龄嫌老；而现在选用儒雅风流、早建功业的周郎形象，就可以十分顺手地写出自己的艳羡之情，更可非常有效地反衬出自己相形见绌的懊丧与慨叹。

再次，为要写足周郎的高大形象，词人更需对人物出场的背景加以"拔高"和铺垫。庙小供不了大菩萨，越是雄伟的佛像就越需宏大的宝殿、寺院供其矗树。苏轼当然深谙此理。故而他大笔一挥，起首便为读者勾勒了一个"大江东去"的壮阔画面，接着又用"乱石穿空"等三句为"一时多少豪杰"的出场竞争布置了惊心动魄的驰骋场地。而在这"江山"与"人物"并茂的舞台背景构筑成功之后，聚光灯就集中映照在那位令人慕想不已的中心人物周郎身上。这就是苏轼匠心之所在。

然而，我们千万不可忘记，这首词的真正"主角"，并非台上的周郎，而是躲在幕后或台下的苏轼自己！宋人王十朋有《游东坡十一绝》诗云："再闯黄州正坐诗，诗因迁谪更瑰奇。读公赤壁词更赋，如见周郎破贼时。"其实他对苏轼黄州词赋的赞美，只说对了前两句，后两句就显得不够准确深刻。他只见到了苏轼笔下所描绘的"周郎破贼"，却不知道它仅是经过苏轼虚构后的图像，更未理解苏轼借赤壁词和赤壁赋中周郎、曹操的艺术形象来反衬自己失意心态的真正创作用心。倒是他的前两句反而说中了要害：苏轼贬居黄州四年是因为乌台诗祸，而他在黄州期间诗文之所以变得更加瑰奇，又是因为迁谪之故！所以这个"迁谪"，实是我们解开他黄州诗文的总钥匙。从这点出发，我们也就不难明白：赤壁词的真正主题并非在摹写历史人物，却是在抒发自己遭贬后的感慨和显露其忧患人生的心态。故而全词的"重心"，应该是结尾的五句，而不在前面那一段轰轰烈烈、绘声绘色的"江山人物图"中。从这个意义上讲，它那消极低沉的"尾巴"，就绝非可以"割去"的累赘，而是包孕着此词真正的思想底蕴之重要组成部分。

　　不过，又如前面所提到过的，作者之用心与读者的感观、作者的主观意图与作品的客观效果之间，是远非完全一致的。两者产生"距离"的现象，是经常可以见到的。就拿此词来说，它所描绘的奔马轰雷般的长江奇景，不光在词坛上是"开天辟地"的，即在诗文中也是很少见到的；而他所塑造的那位风流儒雅、功业显赫的周郎形象一经确立，便再也不能把它从千百万读者心目中抹掉。从此之后，古代文学的人物画廊中就永远矗立着这位卓异不凡的青年将帅的翩翩雕像，无数后代人为之仰慕、为之赞叹……而相比之下，它的雕塑者本人的原始意图，却反而易被人所忽视。这或许也是苏轼所始料未及的吧。当然话又说回来，一个作者如果真能在作品中创造一个不朽的艺术形象的话，那他本人即便是位无名作者也会随之而永垂文学史册；同样，人们在欣赏赤壁词、赋时，也就永远记住了苏轼的贡献。而本文之写作，也绝不是想贬此词的豪放一面，只是企图通过剖析作者创作构思中的艺术匠心，深一步地发掘他的真实意图。打个形象的比喻来讲，作者先是向自己的听众奏出一曲响彻行云的洪响高调，然后将它突然降落为袅袅不绝、如怨如慕的低调；而若论其主题之所在，正就妙藏在这两者的强烈反差之中！所以一方面人们当然完全有权力去充分欣赏和尽情赞美那一段高唱入云的曲子，但另一方面却又不可忽略或低估那处于"抛物线"底端的咏叹哀音。否则的话，就会在一定程度上误解了此词的真正思想底蕴。

　　　　　　　选自《唐宋词纵横谈》(苏州大学出版社 1994 年版)

洞仙歌①

苏　轼

　　余七岁时，见眉州老尼，姓朱，忘其名，年九十岁（一作"九十余"）。自言尝随其师入蜀主孟昶宫中。一日，大热，蜀主与花蕊夫人夜纳凉摩诃池上，作一词，朱具能记之。今四十年，朱已死久矣，人无知此词者，但记其首两句。暇日寻味，岂《洞仙歌令》乎？乃为足之云。

　　冰肌玉骨，自清凉无汗，水殿风来暗香满。绣帘开，一点明月窥人。人未寝，欹枕钗横鬓乱。　　起来携素手，庭户无声，时见疏星渡河汉。试问夜如何？夜已三更，金波淡、玉绳低转。但屈指西风几时来？又不道流年暗中偷换。

　　唐诗宋词中描绘女性形象的作品甚多，但从其色泽笔调来看，则大致可分为"热性"与"冷性"两种。前者可举白居易的《长恨歌》为代表。它写杨贵妃："春寒赐浴华清池，温泉水滑洗凝脂。侍儿扶起娇无力，始是新承恩泽时。云鬓花颜金步摇，芙蓉帐暖度春宵。春宵苦短日高起，从此君王不早朝。"尽管是在春寒的季节里，可这位出浴的贵妃却通体透出一股暖烘烘、懒洋洋的意氛；及至她与唐明皇共度良宵时，那芙蓉帐里更是一片温暖的春意。

---

①此文原题《"冷美人"与"热美人"——谈苏轼〈洞仙歌〉兼及他对词风的"雅化"》。

而即使是在"七月七日长生殿,夜半无人私语时"的当口,虽然夜已深、人已静,周围似有一股凉气,但由于她与明皇双肩并立,对天作祷,"在天愿作比翼鸟,在地愿为连理枝",此刻他俩的心正在快速地跳动,感情正在热情地奔流,故而仍给人以"热"的感受。另有一些唐诗,从总体氛围来看是"冷色"的,但从其情感的深处去体味,却仍然有"不绝如缕"的"温感"袅袅生出。比如杜牧的《秋夕》:"银烛秋光冷画屏,轻罗小扇扑流萤。天阶夜色凉如水,坐看牵牛织女星。"又如温庭筠的《瑶瑟怨》:"冰簟银床梦不成,碧天如水夜云轻。雁声远过潇湘去,十二楼中月自明。"它们的写景状物,都明显是一片清冷的色调;但若细加玩味,那两位女主角的内心世界尽管无比哀怨,但在更深的层次里却仍隐藏着对于爱情的热烈企盼。不是吗,那宫女盼望着的,岂非牛郎织女的鹊桥相会? 而后面的那位弹瑟女子所企求的也仍是"重温良人昨夜情"的温馨好梦。因此可以这样说,唐诗中很多描写女性形象或心态的作品里,大致散发着一种温暖的意氛,或者是"冷中透热"的意绪。它们所蕴含着的,便是对于爱情的热烈追求和向往。而那种真以冷隽笔调所描绘的女性形象,则相对比较少见。

到了唐宋词苑里,由于"词为艳科"的缘故,描写女性形象与女性心态的作品就分外多见。不过其中仍有很大比例的词篇所用的色泽与笔调,还属热色或"冷中透热"。比如《花间集》中,就较多此类作品。韦庄词云:"春日游,杏花吹满头。陌上谁家年少足风流? 妾拟将身嫁与一生休。纵被无情弃,不能羞!"(《思帝乡》)背景既是百花怒放的春天,而女主角的恋情又显得多么的恣放炽热。又如李珣词云:"乘彩舫,过莲塘,棹歌惊起睡鸳鸯。游女带香偎伴笑,争窈窕,竞折团荷遮晚照。"(《南乡子》)它仿佛使人看到一群天真的少女正在嬉戏游赏,她们的笑靥和那荷塘晚照一起散发出一派温热的暖意。至于宋代柳永的词里,就更多对于"热美人"的描绘。如:"花发西园,草薰南陌,韶光明媚……是处王孙,几多游妓,往往携纤手。"(《笛家弄》)"洞房饮散帘帏静,拥香衾,欢心称。金炉麝袅青烟,凤帐烛摇红影。无限狂心乘酒兴,这欢娱,渐入嘉景。"(《昼夜乐》)词中所写的游妓和凤帐里的佳人,正都沉浸在春情融泄的热恋气氛中。

现在,就再让我们转而欣赏另一种风味的美人形象。那就是苏轼《洞仙歌》所描绘的花蕊夫人的优雅形象。

此词所追写的,乃是关于五代后蜀国君孟昶和他的宠妃花蕊夫人之间的一段艳事。那是七月的某个晚上,孟昶正与她午夜携手纳凉于宣华苑内的摩诃池边。但是,尽管背景是个"大热"的天气,然而词中所描绘的花蕊夫人却是一位"冰肌玉骨""热中透凉"的"冷美人"形象,这一形象的完成,不仅透露了苏轼创作此词时的特种心境,而且给唐宋婉约词带来了一种崭新的风味,值得我们细加研谛。

据词序可知,苏轼此词写于四十七岁(公元 1082 年),亦即写出前、后《赤壁赋》和"赤壁怀古"词的同年。这是他政治生涯处于低谷而创作生涯处于高峰的一年。但是,以往人们往往着重探讨和欣赏苏轼的"赤壁怀古"词(在欣赏此词时又偏重于领略其豪放的一面),却常常忽略了这首艳情词。而其实,这首《洞仙歌》的思想内涵却并不那么简单——仅仅是一般地写写男女艳情——它同《念奴娇》词既是同时同地(贬居黄州)的产物,那么它的"底里"必然也流泻着与之相似或相通的感情。要问此种共同的感情是什么,那就是一种深悠的忧患人生的思想意识!

据《能改斋漫录》卷十六记载,花蕊夫人为徐匡璋之女,纳于孟昶,拜贵妃。之所以别号为"花蕊"者,"意花不足拟其色,似花蕊翾轻也",可见是位绝色的美人。又因其极端聪慧,故又"升号慧妃,以号如其性也"。缘此,她受到了孟昶的极度宠爱。词中所写蜀主深夜与她携手纳凉,就可知其恩爱非同一般,大有"七月七日长生殿,夜半无人私语时"唐明皇与杨贵妃并肩立誓的味道。但是,苏轼在此后所写的几句中,却完全抛开或突破了白诗中"在天愿作比翼鸟,在地愿为连理枝"的儿女私情的老套,而出之以全新的思想境界:"试问夜如何? 夜已三更,金波淡、玉绳低转。但屈指西风几时来? 又不道流年暗中偷换。"从词意的表面看,可作这样的解释:试问那夜色如何? 夜已三更,"金波"(即月光)渐趋黯淡,玉绳星(位于北斗星斗柄三星的北面)也已低转,看来子夜已快完结而一个新的晨曦即将降临。扳着手指算算吧,秋风还有几天将会来到? 尽管这是一件值得盼望的事情(因为它可以驱走燥热的夏天),可是似水一般的"流年"却又暗中偷偷地溜过了一大截而永不复返! 这似乎只是一位聪慧的女性对于时序转换的惊心之感,亦即后来《牡丹亭》所说的"如花美眷,似水流年"之感,但联系到苏轼的思想气质和他此时此地的特殊境遇,我们难道就不能感受此中所寓藏的忧患心理? 从思想气质而言,苏轼本是个敏感的人。钟嵘《诗品序》早就说过:"若乃春风春鸟,秋月秋蝉,夏云暑雨,冬月祁寒,斯四候之感诸诗者也。"因此他就能从"大热"之夜预感到"西风"的即将来临,又从花蕊夫人正当如花美貌预感到年长色衰的人生"秋意"终将在年华流驰之后不可抗拒地降临。而再从苏轼这时的遭遇而言,他又是一个极度失意的"逐客"。《诗品序》对此也有述说:"至于楚臣去境,汉妾辞宫。或骨横朔野,魂逐飞蓬。或负戈外戍,杀气雄边,塞客衣单,孀闺泪尽。或士有解佩出朝,一去忘返,女有扬蛾入宠,再盼倾国。凡斯种种,感荡心灵,非陈诗何以展其义,非长歌何以骋其情? 故曰:'诗可以群,可以怨。'"因此,他在花蕊夫人"慧心"所感的"换季"之慨中,正寄着自己年华虚度的恐惧与忧患。这种心理,在"赤壁怀古"词中,是通过把"早生华发"的个人与"雄姿英发"的周瑜强烈对照而表现出来的,因此显得比较清晰和有力度;而在这首词中,因为题材是写艳情,主角又是一位美人,故就表现得相当深情而又富有韵致。但它们虽然在词境与词风方面有所差异,惟因"本是同根生"的缘故,所以其包裹的"词心"却是一致的:二者都蕴含着作者深广的人生忧患。

　　再从词的艺术风致来看,则此首词的贡献就在于它为读者塑造了一位十分成功的"冷美人"形象,并为婉约词提供了一种经过"雅化"的新风貌。对此,元好问曾有一段评语:"唐歌词多宫体,又皆极力为之。自东坡一出,情性之外,不知有文字,真有'一洗万古凡马空'气象。虽时作宫体,亦岂可以'宫体'概之?"(《新轩乐府引》)而究其实,又岂止唐五代的歌词是如此,宋代的很多婉约词在一定意义上讲也都是一些类似于前代宫体诗的"宫体词"。苏轼此词从题材而言,当然也属此类,但它却能"一洗万古凡马空"地卓然独立于一般的婉约词外,这就与它所塑造的"冷美人"形象以及凝注于其中的"雅趣"有关。请看,别人写美人往往偏重写她们的花容月貌和内心世界的"热"（即热恋情绪），而苏轼写花蕊夫人却重在写其"神"和内心的"凉"：起头"冰肌玉骨，自清凉无汗"已是神来之笔，勾勒出她如传说中的藐姑仙子那样"肌肤若冰雪"（《庄子·逍遥游》），又像唐诗所说的"秋水为神玉为骨"（杜甫《徐卿二子歌》）一般，具有超尘拔俗的高洁品性和解烦涤苛的晶莹美感。接着，又通过"热"与"冷"的矛盾，对照写出她的"冷艳"：背景是"大热"的暑夜，然而出现在花蕊夫人周围的却是一个"清凉世界"：水殿，荷香；夜深，人静；月光淡淡，银河耿耿；而随着风吹绣帘、明月窥人，我们就隐约见到了一位飘飘欲仙的欹枕美人。她是十分"艳"的，这从"钗横鬓乱"一语中就可反窥其"粗服乱头、不掩国色"的极美容姿（何况她并非是"粗服"）；但她同时又是相当"冷"的，请看她在"庭户无声"的深夜，悄然仰望"疏星渡河汉"，这就多么富有清凉的意氛和高雅的诗意！描写至此，夏夜的燥热似已全然退净，尘世的嚣闹在此也已基本消尽。而更为神妙的是，作者在对"环境美"的描绘基础上又进一步揭示了这位"冷美人"的"禀性美"，即她敏感于物的"慧心"。相比之下，《长恨歌》中的杨贵妃就是一位"短视"的女性，她只祈求着君恩永远长久，而并没察觉到人生的危机正在悄然袭来；而这一位花蕊夫人，虽然君恩正隆，她却并不踌躇满志，那"屈指西风几时来"和"又不道流年暗中偷换"的悄语卜夜之举，已经明白无遗地告知人们：她所思考着的，并非只是今宵的欢爱，而是红颜终将变老，君恩或将淡薄的"今后"！这种关于人生泰极否来、盈缩无定的预感，既体现了花蕊夫人的"聪思慧心"，也使她具备了一种清醒、冷静的思想气质。所以，如同热极生风那样，她所带给人们的就不仅是缠绵热烈的"艳美",而且更是那清冷高冷的"雅美"！这样，苏轼便用他自己深邃的哲理思考和高雅的审美趣味，"改造"了传统的"宫体"艳情词，使它们显出了与前迥不相同的风味。

说到这里，我们还想谈到另一个问题：以往人们在评论苏轼在词史上的作用时总偏多注重于他开创"豪放"词风。这自然是他的卓特贡献。但我们却又不能忽略：苏词中仍有很大比例是传统的"婉约"词作，而重要的是，他的这些婉约词篇比之前人（特别是柳永）之作，又明显有了"品位"上的差别，这就是他对传统词风进行了一番"雅化"与提高。这里所举的《洞仙歌》，就是典型的例子。它的"雅化"，首先体现在思想内蕴方面，能于其中注入较为深广的人生感慨甚至是哲理性思考，而不像一般的婉约词那样主要是抒写婉媚的艳情。像本词所写的花蕊夫人，其实仅有一半是写历史上的徐贵妃，而另一半则是作者的自我化身（宋人张邦基《墨庄漫录》卷九就指出苏轼写此词是"以此叙自晦耳"）；因而它在艳情之外另还具有一定的思想深度，非寻常的"宫体词"可比。对此我们还可以他的另一首词《定风波》为例："常羡人间琢玉郎，天应乞与点酥娘。自作清歌传皓齿，风起，雪飞炎海变清凉。　　万里归来年愈少，微笑，笑时犹带岭梅香。试问'岭南应不好？'却道：'此心安处是吾乡。'"此词所写的女性名唤宇文柔奴，是王巩的一位侍妾。王巩因苏轼"乌台诗案"连累也贬放岭南三年，柔奴亦随同前往。"元祐更化"后，苏轼与他们同返京师。当苏轼问及"广南风物，应是不好"时，这位柔奴非但不叹其苦，反而旷达地答道："此心安处，便是吾乡。"苏轼十分赞叹，故为她作了这首《定风波》。词中写她齿皓颊香，词序中也说她"眉目娟丽"，可知也是位秀色可餐的佳人；但又写她清歌一曲竟能"雪飞炎海变清凉"，这又使她具有了"冷"的品性。而她之所以能使炎海而变作清凉世界，亦即身处广南的恶劣条件而心境宁静，容颜不衰，原因就在于她有"此心安处是吾乡"的"随遇而安"的人生哲学作其精神支撑。故而，苏词所塑造的花蕊夫人和柔奴形象，就都是有思想的女性；在她们身上，实际融注了作者本身的政治感慨和人生哲学。这就是苏词"雅化"婉约词风的一个方面。而在另一方面，苏轼又用他士大夫文人的"高情雅趣"革新与"改造"了旧词风，从而使婉约词出现了优雅洁净的新面目。如本首《洞仙歌》中，虽然使用了"肌骨""绣帘""欹枕""携手"甚至"钗横鬓乱"等脂粉气很浓的字面，但它又用清凉优雅的总体氛围将它们"罩"住，从而非但不嫌淫亵滥俗，反显出一派深幽雅洁的"冷艳"。这就是苏词下笔之妙，同时也反衬出作者所特具的"高情雅趣"。相反，这样的题材若教柳永来写，那不落"淫词艳曲"之道才怪！所以金人王若虚曾针对晁补之批评苏轼之词"短于情"（缺乏女儿柔情）的说法反驳道："呜呼！风韵如东坡而谓不及于情，可乎？彼高人逸士，正当如是。"也就是说，苏轼是深于"情"的，不过他所富有的乃是"高人逸士"的情；而像柳永、田不伐等人"纤艳淫媟，入人骨髓"，"岂公（指苏轼）之雅趣也哉"？（《滹南诗话》）这段评论就揭示了苏轼"雅化"婉约词风的条件除了其深刻的思想内涵之外，还靠他士大夫文人的"雅趣"。对于后者，熟悉苏轼的读者想必很易领会，这里就不再赘说。

最后，问题还要回到题目上来：由苏轼所开创的以"冷笔"写美人的笔法，以及他寄"雅趣"于美人形象之中的举动，在后代词人那里却不多见。有之,姜夔可算一个。他所写的美人,大多伴有梅花般的幽韵冷香,或者也可说是常在"梅花"中闪现着美人的倩影。如其《小重山令》的"一春幽事有谁知?东风冷,香远茜裙归",《江梅引》的"人间离别易多时,见梅枝,忽相思。几度小窗幽梦手同携",《暗香》的"旧时月色,算几番照我,梅边吹笛?唤起玉人,不管清寒与攀摘",以及《疏影》中的"想佩环、月夜归来,化作此花幽独"等等,就都深有"冷美人"的高洁品性与骚雅情趣。不过若要究其思想深度,就不能与苏词比肩了。

选自《唐宋词纵横谈》(苏州大学出版社 1994 年版)

关河令

周邦彦

秋阴时晴渐向暝,变一庭凄冷。伫听寒声,云深无雁影。更深人去寂静,但照壁孤灯相映。酒已都醒,如何消夜永!

周邦彦擅长写慢词长调,但在其为数较少的令词中,却也同样可见他写景抒情之深厚功力。本词即是一例。

此词所写,是他的羁旅孤栖之思。全词重在写其心理感受,借用词中一语来概括,即是"凄冷"二字。上片主要以景寓情。"秋阴时晴渐向暝,变一庭凄冷"两句,写出季节、时间、气候和心理感受。妙在富有"动态"。请看,秋雨连绵,阴霾整日,到傍晚时分终于放晴;然而此时却又袭上了黄昏的暝色,故使词人所独处的小庭显得异常凄清冷落。这里,既写出了由阴变晴的天气变化,又写出了由亮变暗的光线变化,而"落脚点"更在于写出了词人心理感受上的微妙变化——"愁因薄暮起"(孟浩然《秋登兰山寄张五》),此时的词人,也因秋阴的困人和暝色的趋浓,心头泛起了越加深浓的"凄冷"之感。词人的心境,便融和着自然景色的"秋暝",沉浸在一片黯然的色彩中。而每逢凄冷孤寂之际,人们的感官就会变得分外的"敏锐",这是一种常遇的生活经验。因此作者接着就写了他在这令人难堪的"凄冷"氛围中所作的"自我挣扎"："伫听寒声"，希望能在四周一派肃杀的秋声（"寒声"）中听到故人那熟悉的脚步声；但结果却十分令人失望："云深无雁影"——非但盼不见故人的音容笑貌，就连能给人捎来故人书信的雁儿都瞧不见一点影踪，这岂非更添了"凄冷"之感？在极端沉寂中，词人又把词情推向了下片："更深人去寂静，但照壁孤灯相映。""更深"二字，呼应了上文的"渐向暝"，表示了时间的继续推移；"人去"（此"人"，乃客中偶尔相逢的陌生人，故寒暄几句后皆已散去安睡），又再一次使人"重尝"了"变一庭凄冷"的心理感受；而"寂静"，则是"更深"和"人去"的必然"结果"，它就"加倍"地"复述"了词人的"凄冷"之感。因之"但照壁孤灯相映"一句紧接其后，便显得格外"摇曳多姿"了。元曲有云："对着盏碧荧荧短檠灯，倚着扇冷清清旧帏屏。灯儿又不明，梦儿又不成……你便是铁石人，铁石人也动情。"（王实甫《西厢记》）这就可以视作是对周邦彦此语的"发挥"和"加工"，周词之凝炼也于此可知。不过，周词却并不到此止笔，它又巧妙地翻出更为波峭拗折的下文来："酒已都醒，如何消夜永！"照常理，人们在独对孤灯的苦闷时刻，总不外乎是"借酒浇愁"，如黄庭坚词曰"破除万事无过（酒）"（《西江月》），然而周词却说：酒又何敌羁旅之愁？你看，尽管频频独饮，企图以酒驱愁，可是如今酒已都醒，却始终无法熬过此漫漫长夜！这种"翻案"或"挺进"的写法，就更醋足地写出了内心无可排遣的"凄冷"之感。所以本词篇幅虽然短小，但真情充沛，一气贯注，自始至终都紧扣着"凄冷"这一心理感受来写，足见其写景抒情之深厚功力。人称周邦彦

"小令以警动胜"(陈廷焯《白雨斋词话》),从本词来看,此语未为虚誉。

选自《历代小令词精华》(岳麓书社 1993 年版)

六州歌头
桃花

韩元吉

　　东风着意，先上小桃枝。红粉腻，娇如醉，倚朱扉。记年时，隐映新妆面，临水岸，春将半，云日暖，斜桥转，夹城西。草软莎平，跋马垂杨渡，玉勒争嘶。认蛾眉凝笑，脸薄拂燕脂。绣户曾窥，恨依依。　　共携手处，香如雾，红随步，怨春迟。消瘦损，凭谁问？只花知，泪空垂。旧日堂前燕，和烟雨，又双飞。人自老，春长好，梦佳期。前度刘郎，几许风流地，花也应悲。但茫茫暮霭，目断武陵溪①，往事难追。

　　一谈到《六州歌头》，人们往往就会联想到李冠（一作刘潜）那首"秦亡草昧"，贺铸那首"少年侠气"，以及张孝祥那首"长淮望断"。……这个词调大多是与悲壮激越的声情联系在一起的。宋人程大昌早就说过：《六州歌头》本是鼓吹曲，音调悲壮，不与艳词同科（《演繁露》）。但是，韩元吉的这首《六州歌头》，恰与常情相反，偏偏就是一首不折不扣的艳词！这就像古时布阵打仗那样，虽有"常法"，然而"运用之妙，存乎一心"（岳飞语），只要用兵

---

①武陵：典出《桃花源记》。谓有武陵渔人误入桃花源，出境之后已无法重觅。

者别具"运用变化"之良才,是能收到"出奇制胜"的妙效的。试读韩词,那缠绵悱恻、低回往复之情,不就借助此调之短声促节、繁句密韵,表达得十分熨贴、十分酣畅吗?

词题是"桃花",但实际内容却是借桃花以诉说一段香艳而哀怨的爱情故事。唐人崔护诗云:"去年今日此门中,人面桃花相映红。人面不知何处去,桃花依旧笑春风。"(《题都城南庄》)再加上其他一些有关桃花的典故、成句,它们就构成了这首词的"骨架"。作者在这个骨架上加以渲染、变化、展衍、引申,添上了茂枝繁花,使它形成了现在这样娉娉袅袅的特有风姿。

开头先以春风骀荡、红桃初绽起兴。"东风着意,先上小桃枝",意可两解。一说,桃花中有一种"小桃"的特殊品种,它在正月即行开放(见陆游《老学庵笔记》),因此这里就可释为春天刚刚来临,小桃就独得东风之惠而先行开放。另一说则作一般性的理解,"先上"云云意在突出桃花形象之鲜妍,谓其占尽一时之春光。二说可以并存,并不妨碍对于词意的理解。"红粉腻,娇如醉,倚朱扉"三句则进一步以佳人比花,且渐从花而引向人。李白《清平调》云"云想衣裳花想容",那是以花来比人;这儿却是以人比花——你看这朵朵桃花,岂非活像那浓施红粉、娇痴似醉、斜倚朱扉的佳人?这样的写法,不仅使静物富有了人的丽质和生气,更为下文的由花及人作了铺垫。于是乃引出了"去年今日此门中,人面桃花相映红"式的回忆:"记年时,隐映新妆面"两句,就是前两句唐诗的"翻版"。不过作者在此之后又作了大段的渲染:"临水岸,春将半,云日暖,斜桥转,夹城西。草软莎平,跋马垂杨渡,玉勒争嘶。认蛾眉凝笑,脸薄拂燕脂。"这里就交代了会面的时间、地点、所见佳人之面容,但比前面两句唐诗更显得具体和细腻;而这后一点正就体现了宋词(长调)"铺叙展衍"的特长,以及《六州歌头》短句促节的"优越性"。读到此处,我们似乎见到了这样一幅画面:在那风和日丽、草软莎平的天气里,作者骑马赏花,忽于斜桥路转的垂杨渡口,遇到了"她"!她嫣然一笑,脸上顿时泛出了一阵艳如桃花的红晕。这或许就是他俩第一次的邂逅,这次"惊艳"给作者留下了难以忘怀的"终生印象",所以尽管事已过去,作者现在一见"娇如醉"的红桃,当年的种种情景(乃至细节)就都一一展现在眼前。这就难怪作者在描绘这一段情节时,要花费那么详细的笔墨,而从这么细致委婉的笔触中,我们也就不难感到作者的钟情之深了。但是,就在这个时候,词情忽生转折:"绣户曾窥,恨依依。"这两句中所包含的内容,或许比上面一大段所写还要来得丰富。它实际上概括了两人之间的爱情曲折(或波折):"绣户曾窥"写他寻访、追求佳人的过程,"恨依依"则写他寻人不遇或未能如愿的惆怅失意。作者在此一笔带过,不去为它多花笔墨。这是因为,这一段情节不是本词的重点,它只在上文的"初遇惊艳"和下文的"别后相思"中占着一个"过渡"的地位。所以下片就转入第二次详细的描写——对于今日此地睹花而不见伊人之懊恼情绪的尽情描绘。

下片以一"共"字转接后文。仍在当年"共携手处"(这就暗示他在"窥户不遇"之后终于与她会面、结合了。这中间省去许多情节,细心的读者自不难体会出来)徘徊,可现今所见之桃花却已非往日的艳桃娇花可比,它早变得落红随步、香薄似雾,因而作者不由得要埋怨起春光的迟暮了。接下去四句则继言自身面对落花而垂泪的相思苦痛："消瘦损，凭谁问？只花知，泪空垂。"由于伊人已不复可见，所以自己因别离的折磨所致的消瘦、憔悴，只有桃花可以作证，而她则或不知闻，这就更添了一层愁闷。这上面六句，又是从花写到人，以落花的凋谢来映衬自身的伤逝心情。行文至此，心绪益发紊乱，故下文就错杂写来，越见其触物伤情、哀绪纷呈："旧日堂前燕，和烟雨，又双飞"，这是由"旧日堂前"的双燕所对照引起的"孤栖"心绪（其中暗用了刘禹锡《乌衣巷》诗句）；"人自老，春长好，梦佳期"，则从上文的"人不如燕"再次引出"春好人老"的悲感，且又以"梦佳期"三字绾合、呼应前面的"共携手"；"前度刘郎，几许风流地，花也应悲"，又一次扣住桃花，抒发了自己"刘郎重到"（暗用刘禹锡"桃花尽净菜花开""前度刘郎今又来"的诗意，又兼用刘晨、阮肇于天台逢仙女的典故）的伤逝心情。经过这一番缠绵往复的咏叹，最后结以"但茫茫暮霭，目断武陵溪，往事难追"，点明了感伤往事、旧梦难续的主题。因为"武陵"一语中暗藏着"桃花源"典故，所以仍与题面"桃花"关合。

　　总体来看，此词借着"桃花"这条咏物的线索，或明或暗地叙述了一段恋爱的故事：先在桃花似锦的良辰相遇，后在桃花陌上携手同游，再后来则旧地重来，只见桃花飘零而不见如花人的踪影，于是只能踯躅徘徊于花径，唏嘘生悲。而在诉说这段爱情故事时，作者又始终紧扣着"桃花"这个题面，曲折尽致地抒发了自己的愁绪。所以确切说来，这首词是"咏物"与"咏怀"的集合体，它是借物以抒情，借物以怀人。比之崔护那首结构较简单的七绝诗来,别有一种委婉的风情和绮丽的文采。而这,又是与作者活用《六州歌头》长调的特有声情分不开的。

选自《唐宋词鉴赏辞典》(上海辞书出版社 1988 年版)

水调歌头

闻采石战胜

张孝祥

　　雪洗虏尘静,风约楚云留。何人为写悲壮,吹角古城楼?湖海平生豪气①,关塞如今风景,剪烛看吴钩②。剩喜③然犀处④,骇浪与天浮。　　忆当年,周与谢,富春秋。小乔初嫁,香囊未解,勋业故优游。赤壁矶头落照,肥水桥边衰草,渺渺唤人愁。我欲乘风去⑤,击楫誓中流⑥。

　　在古典诗词中,我们常可发现这样的现象:写"喜"之作远少于写"愁"之作,而写"喜"的佳作则更少于写"愁"的佳作。有之,杜甫的《闻官军收河南河北》可以算得是唐诗中的一首"快诗";

---

①湖海平生豪气:《三国志·陈登传》载许汜语:"陈元龙(登)湖海之士,豪气不除。"此言其平生以陈登之豪气自负。

②吴钩:指刀。

③剩喜:剩,尽也,甚也。剩喜,甚喜、非常喜。

④然犀处:指采石矶。《晋书·温峤传》载温峤奉命平苏峻之反,"至牛渚矶(即采石矶),水深不可测,世云其下多怪物。峤遂毁犀角而照之,须臾见水族覆火,奇形异状"。

⑤乘风:《南史·宗悫传》记宗少时曾有"乘长风破万里浪"之愿。

⑥击楫誓中流:《晋书·祖逖传》载:祖逖统兵北伐时,渡江至中流,击楫而发誓说:"祖逖不能清中原而复济者,有如大江!"

而在南宋词中，则张孝祥的此篇也大致可以算上一首。——之所以说是"大致"，这是因为，它尽管从总体气氛上看可属"快词"，但其中却又夹杂着相当浓重的悲绪。喜中寓愁，壮中带悲，这就是我们通读此词后的整体印象。

先从题目"闻采石战胜"说起。《宋史·高宗本纪》：绍兴三十一年（1161）十一月，虞允文督建康诸军"以舟师拒金主（完颜）亮于东采石，战胜却之"。具体些讲：这年十一月，中书舍人、督视江淮军马府参谋军事虞允文，指挥宋军大败南下的金兵于东采石（在今安徽马鞍山），金主完颜亮也因此役失利而遭部下缢杀，于是金兵不得不败退。这在宋室南渡以来，可谓是振奋人心的一次大捷。消息传来，爱国将吏无不为之感到欢欣。于是我们的词人也受到了莫大鼓舞，所以此篇开笔即是"雪洗虏尘静"这样的快语壮辞。"雪洗"句当然可以释为"大雪洗净战尘"，观陆游"楼船夜雪瓜洲渡"可知，但若把此"雪"理解为"洗雪"之"雪"来理解，即把"虏"所扬起的战尘扫除一空，归之平静，则更富有气势和声威。这句既点明了"采石战胜"的题面，作者也因"闻"此捷报而顿起"飞往前线"之念。可惜"风约楚云留"，风儿和云儿却把我留在了此地！其中一个"楚"字，即侧面交代了自己的身滞"楚地"后方。当时作者正往来于宣城、芜湖间（据宛敏灏《张孝祥年谱》），不得亲与参战。这不能不使他引为憾事。所以下两句即借闻听军号之声而抒其悲壮激烈的情怀："何人为写悲壮，吹角古城楼？""写"通"泻"，意为：不知谁在城头吹角，倾泻下来这一片悲壮的从军乐？一个"写"字既写出了鼓角声的雄壮悲凉，同时也写出了自己胸次的沉郁苍凉。作者在同时所作的《辛巳冬闻德音》诗中写道:"鞑靼奚家款附多,王师直入白沟河。……小儒不得参戎事,剩赋新诗续雅歌。"正同样表达了这种"不得参戎事"而又欲一试身手的复杂感情。"湖海平生豪气,关塞如今风景,剪烛看吴钩"三句中,"湖海"句自抒襟怀,言自己向来即有陈登那种廓清天下的豪气壮怀,"关塞"句暗用《世说新语》中周颛"风景不殊,正自有山河之异"的典故,写出自己遥对宋金对峙的关塞所生的"恢复(中原)"之情,因而接着又写其剪烛看刀的豪迈举动。杜甫诗"少年别有赠,含笑看吴钩"(《后出塞》),李贺诗"男儿何不带吴钩,收取关山五十州"(《南园》),作者就借助于"看吴钩",且是"剪烛"夜看的动作,来表达自己杀敌建功的迫切愿望和强烈冲动。但是愿望总归只是愿望,身子却被"楚云"留住,因此他就只好让自己的想象飞骋采石:"剩喜然犀处,骇浪与天浮!""然犀"用温峤在采石矶"然犀"的典故,一以点明地点,二来又含有把敌兵比作妖魔鬼怪之意。这两句一方面热烈祝贺采石之战的大胜,另一方面又夸张地想象采石之战的雄伟场面。苏轼昔年曾以"乱石穿空,惊涛拍岸,卷起千堆雪"来勾勒"强虏灰飞烟灭"的雄奇背景,张孝祥则把采石鏖战的激烈战况构想成"骇浪与天浮"的画面,这亦足证张的豪放词风近似于苏。史载,虞允文之拒敌于采石矶,"布阵始毕,风大作"。虞命宋兵以海鳅船冲敌舟,并高呼"王师胜矣"。金人惨败,"舟中之人往往缀尸于板而死"(《续资治通鉴》卷一三五)。张孝祥用"骇浪"上与"天浮"的句子来想象、再现这场战役,确有惊心动魄之感,端的是气象阔大、声势雄壮。而由于在此之前又冠以"剩喜"一词,就充分表达了他对这场大战获胜的无限喜悦与祝贺。所以通观上片,它主要反映了作者

"闻捷"以后的高兴、亢奋心情；但在同时，却又包含有"关塞如今风景"和"何人为写悲壮"这样的悲慨情绪。

换头几句歌颂主将虞允文的勋业，并暗写自己遥学古人、意欲大建功业的雄心壮志："忆当年，周与谢，富春秋。小乔初嫁，香囊未解，勋业故优游。"由于采石之战既是一场战胜强敌的大战，又是一场水战，所以词人很自然地会联想到历史上的赤壁之战与淝水之战。故而即以指挥这两场大战的周瑜、谢玄来比拟、赞美虞允文。"富春秋"者，春秋鼎盛、年富力强也（周瑜大破曹军，年三十四岁；谢玄击败前秦大军，年四十一岁。故云），张孝祥以此语来赞扬虞允文（时年已五十二岁），意在颂扬他的"来日方长"和"再建奇功"；言外之意，也不无含有自负年少有为（其时才三十岁）、更欲大展雄图之情在内。"小乔初嫁，香囊未解，勋业故优游"，前二句分承周、谢而来，第三句则作一总括。周郎"小乔初嫁了，雄姿英发"的形象是人所熟知的，语出苏轼《念奴娇》；谢玄"少年时好佩罗香囊"（《晋书·谢玄传》），这儿又被张孝祥"融化"为"香囊未解"之句。它们都为第三句"勋业故优游"作了衬垫，意为：虞允文深得周、谢风流儒雅之余风（"小乔初嫁""香囊未解"即写此意），故能从容不迫、优闲自得地建立了不朽勋业。这样的形容，自然并不符合事实（这正如周瑜并不在"小乔初嫁"的年龄指挥赤壁之战，而虞允文以文吏督战也并不"优游"那样），但其目的第一正在于极力歌颂英雄人物，其次又在于表达作者自己的政治抱负和生活理想。而在这后一方面，我们又清楚地看到了张孝祥和苏轼之间的相似之处。我们注意到，东坡在描绘火烧赤壁满江红的鏖战时，却又"忙中偷闲"地腾出手来写上"小乔初嫁"这一笔,此中正包含着他对于政治事业和个人生活这两方面的双重理想,也反映了相当一部分宋代士大夫文人集"建功立业"与"风流情种"于一身的生活情趣。张孝祥不论其为人还是词风,都深受东坡的影响,且写作此词时又正值风华正茂的年岁,所以笔之所到,自然地流出了此种"刚健含婀娜"(苏轼诗)、豪气中有柔情的情趣和笔调,并不足怪。但行文至此,词情又生新的转折:"赤壁矶头落照,肥水桥边衰草,渺渺唤人愁。"这三句既是由近及远的联想,又是借古讽今的暗示:周郎破贼的赤壁矶头,如今已是一片落日残照;谢玄杀敌的淝水桥边,也已变得荒芜不堪。这实际是暗写长江、淮河以北的广大失地,尚待规复;而真正能振臂一呼、领导抗战如虞允文者,却实不多见,因而词人不禁要触景而伤情,唤起心中无限的愁绪了。作者在前面刚刚进入热情赞扬英雄人物的亢奋状态,现在一下子又忧从中来,不可抑止。他那种忧国的精神面貌,至此便跃然于纸上矣。然而,作者毕竟是位热血青年,故而接言"我欲乘风去,击楫誓中流"!他要"乘长风、破万里浪"地高翔而去,直飞采石前线,做一个新时代的祖逖,击楫中流,扫清中原!词情发展至此,又从刚才的低沉中重新振起,并进而推向了高潮。古代英雄(宗悫、祖逖)的英魂"复活"在苏轼式的豪放词风("我欲乘风去"明显即从东坡"我欲乘风归去"中化出)中,这就使本词的结尾显得慷慨激昂、豪情飞扬。而作者那种踔厉风发的青年英雄的"自我形象"至此也已"完成"。

　　上面,我们已把词的思想内容和感情脉络作了简要的分析。合起来讲,此词从"闻采石战胜"的兴奋喜悦写起,歌颂了抗战将领的勋业,抒发了自己从戎报国的激情,但又暗写了对于中原失地的怀念和对于异族入侵的悲慨,可谓是喜中寓愁,壮中带悲。全词笔墨酣畅,音节振拔,奔放中有顿挫,豪健中有沉郁,读后令人深受鼓舞。

选自《唐宋词鉴赏辞典》(上海辞书出版社 1988 年版)

念奴娇①

过洞庭

张孝祥

　　洞庭青草,近中秋、更无一点风色。玉鉴琼田三万顷,着我扁舟一叶。素月分辉,明月共影,表里俱澄澈。悠然心会,妙处难与君说。　　应念岭表经年,孤光自照,肝胆皆冰雪。短发萧疏襟袖冷,稳泛沧溟空阔。尽吸西江,细斟北斗,万象为宾客。扣舷独啸,不知今夕何夕!

　　宋人胡仔曾说:"中秋词,自东坡《水调歌头》一出,余词尽废。"(《苕溪渔隐丛话》后集卷三十九)此话极度地推崇了苏轼的中秋词("明月几时有"一阕),不过又显得有些绝对化。这是因为,"江山代有才人出",后起的作者却也未必就在苏词面前停步。这里要谈的张孝祥的《念奴娇·过洞庭》,就堪称可与苏词媲美的中秋词中的双璧。它在宋末周密所辑的《绝妙好词》一书中,就高踞在首卷首篇的醒目位置,这就可知后人对它的推崇。

　　公元1166年秋,张孝祥因"被谗言落职",由广西桂林北归,途经湖南洞庭湖(词中的"洞庭""青草"两湖相通,总称洞庭湖)。

---

①此文原题《被"宇宙意识"升华过的人格美——谈张孝祥的〈念奴娇·过洞庭〉》。

时近中秋,那宽广的平湖秋月夜景,深深诱发了词人深邃的"宇宙意识"和勃然诗兴,于是援笔写下了这首声蜚千古的名作。此词之妙,借用作者所言,确是只能"悠然心会"而"难与君说"的。不过,文学鉴赏的任务就是要挖掘作品的美感,所以照我们的理解,此词之妙,就妙在它写出了作者经过"宇宙意识"升华后的人格美。

　　说到诗歌表现"宇宙意识",我们便会想到唐人诗中的《春江花月夜》和《登幽州台歌》。不过,宋词所表现的"宇宙意识"和唐诗比较起来,又毕竟有所不同。具体来讲,张若虚的诗中,流泻着的是一片如梦似幻、哀怨迷惘的意绪。你看:"江天一色无纤尘,皎皎空中孤月轮。江畔何人初见月?江月何年初照人?人生代代无穷已,江月年年只相似。不知江月待何人,但见长江送流水。"在这种水月无尽的"永恒"面前,作者流露出无限的怅惘;而在这怅惘中,又夹杂着某种憧憬、留恋和对人生无常的轻微叹息。它是痴情而纯真的,却又带有涉世未深的稚嫩。陈子昂的诗则更多地表现出一种深广的忧患意识:"前不见古人,后不见来者。念天地之悠悠,独怆然而涕下。"诗人的心中,积聚着从《诗经》和《楚辞》以来无数敏感的骚人墨客所深深感知着的人生的、政治的、历史的沉重感。比起前诗来,它的思考就显得深刻和深沉多了;但是同时却又显现了很浓厚的孤独性:茫茫的宇宙上下前后似乎都是与诗人对立着的,因此他深感孤立无援而只能独自怆然而泪下。然而,随着社会历史的演进和人类思想的发展,出现在几百年后的宋人作品中的"宇宙意识",就表现出"天人合一"的品格了。试读苏轼《前赤壁赋》:"客亦知夫水与月乎?⋯⋯盖将自其变者而观之,则天地曾不能以一瞬;自其不变者而观之,则物与我皆无尽也。"这种徜徉在清风明月的怀抱之中而感到无所不适的快感,这种打通了人与宇宙界限的意念,其获得实在并不容易。它标志着以苏东坡为典型的宋代一部分士人,已逐渐从前代人的困惑和苦恼中摆脱出来,而达到了一种更为"高级"的超旷的思想境地。这个"进步",反映了封建社会的走向"成年",同时也反映出这一代身受多种社会矛盾折磨的文人在经历了艰苦曲折的心路历程之后,在思想领域里终于找到了一种自我解脱的精神武器。

张孝祥其人,无论从其人品、胸襟、才学、词风来看,就都与苏轼有着很多相似之处。因此,他作于贬谪之后月夜过洞庭湖的这首《念奴娇》词中,就糅合着苏赋和苏词的某些意境,依稀可辨东坡居士的某种身影。不过,凡是优秀的作家,特别像张孝祥这样一位有个性、有才华的作家,除了向前人学习之外,更会有他自己的独创。对于生活,他有自己的经历;对于宇宙,他有自己的领悟;而对于如何在文学作品中提炼自己的人生经验以及如何通过文学形象来"翻译"出宇宙的"密码",他都有着自己特殊的艺术本领。张孝祥的这首词,在继轨苏轼的道路上,以他高洁的人格和高昂的生命活力作为基础,以星月皎洁的夜空和辽阔浩荡的湖面作为背景,创造出了一个光风霁月、坦荡无涯的艺术意境和精神境界,从而为宋代词坛乃至整个古典诗坛提供了一件不可多得的杰作。

词的开头即在我们面前展现了一幅静谧、开阔的画面。"气蒸云梦泽,波撼岳阳城",现实中的洞庭湖,其实是极少风平浪静的。因此词人所写的"近中秋、更无一点风色",与其说是实写湖面的平静,还不如说是有意识地要展现其内心世界的恬宁,它的真实用意乃在进一步展开下文"天人合一"的"澄澈"境界。果然,"玉鉴琼田三万顷,着我扁舟一叶"这两句就隐约地暗示了此种"物我和谐"的快感。在别人的作品中,一叶扁舟与汪洋大湖的形象对比中,往往带有"小""大"之间的悬差意念,而张词却用了一个"着"字,表达了他如鱼返水的无比欣喜,其精神境界就显与他人不同。试想,扁舟之附着于万顷碧波,不就很像"心"之附着于"体"吗?心与体本是相互依存、相互一致的。照古人看来,"人"实在就是"天地之心""五行之秀"(《文心雕龙·原道》),宇宙的"道心"本就体现在"人"的身上。因此"着我扁舟一叶"之句中,就充溢着一种皈依自然、天人合一的"宇宙意识",而这种意识又在下文的"素月分辉,明河共影,表里俱澄澈"中表露得更加充分。月亮、银河把它们的光辉倾泻入湖中,碧粼粼的细浪中照映着星河的倒影,此时的天穹地壤之间一片空明澄澈,就连人的"表里"都被洞照得通体透亮。这是多么纯净的世界,又是多么晶莹的世界!词人的心,早已被宇宙的空明净化了;而宇宙的景,则又被词人的心纯洁和净化了。人格化的宇宙,宇宙化了的人格,打成一片,浑成一体,顿使我们的词人陶醉了。他兴高采烈,他神情飞扬,禁不住要发出自得其乐的喁喁独白:"悠然心会,妙处难与君说。"在如此广袤浩森的湖波上,在如此神秘冷寂的月光下,词人非但没有常人此时此地极易产生的陌生感和恐惧感,反而产生了无比的亲切感和快意感。这不是一种物我相惬、天人合一的"宇宙意识"又是什么?这里当然包含着"众人皆浊我独清,众人皆醉我独醒"的自负,却没有了屈子那种"颜色憔悴,形容枯槁"的苦闷;这里当然也有着仰月映湖"对影成三人"的清高,却又没有了李白那种"行乐当及时"的烦躁。词人感到了前所未有的恬淡和宁静。在月光的爱抚下,在湖波的摇篮里,他原先躁动不安的心灵终于找到了最好的休憩和归宿之处。人之回归到大自然母亲的怀抱之中,人的开阔而洁净的心灵之与"无私"的宇宙精神的"合二而一",这岂不就是最大的快慰与欢愉?此种"妙处",又岂是"外人"所能得知?所以,张孝祥的这几句"绝妙好词",真是道出了千古难说的"道心",泄漏了千古未泄的"天机",向我们展示了宇宙的"永恒的微笑"。诗词之寓哲理,至此可谓已达化境。

那么,为什么这种"天人合一"的妙处只能由词人一人所独得?词人真是一个"泠然、洒然"、不食"烟火食"的人(陈应行《于湖词序》语)吗?非也。张孝祥此行,刚离谗言罗织的是非场不久,因而说他是一个生来就"遗世独立"的文人,并不符合事实。事实却是,他有高洁的人格,有超旷的胸怀,有"迈往凌云之气"和"自在如神之笔"(同上),所以才能跳出"小我"的圈子而悠然心会此间的妙处和写出此潇洒飘旷的词篇。其实他心境的"悠然"绝非天生,"世路如今已惯,此心到处悠然"(《西江月·丹阳湖》),这两句词就足证明:他的"悠然"是在经历了"世路"的坎坷艰险以后才达到的一种"圆通"和"超脱"的精神境界,而并非是一种天生的冷漠或自我麻醉。所以他在上面两句词后接着写道:"寒光亭下水连天,飞起沙鸥一片。"天光水影,白鸥翔飞,这和"素月分辉,明河共影,表里俱澄澈",就是一种同样的超尘拔俗、物我交游的"无差别境界"。这种通过矛盾而达到了矛盾的暂时解决、通过对于人生世路的"入乎其内"而达到的"出乎其外"的过程，很容易使我们联想到苏轼的《六月二十七日望湖楼醉书》诗："黑云翻墨未遮山，白雨跳珠乱入船。卷地风来忽吹散，望湖楼下水如天。"这是在写望湖楼上所见之实景，但也未尝不是在写他所经历的心路历程：在人生道途中，风风雨雨随处有；然而只要保持人格的纯洁和思想的达观，则一切风雨终会过去，而那种澄澈空明的心境也必将复现。不过，苏诗所写的心路历程是顺叙，而张词所写却用倒叙。因而我们接着就来欣赏《念奴娇》的下片：

"应念岭表经年，孤光自照，肝胆皆冰雪。"这就触及了词人的"立足点"。词人此时刚从"岭表"（广西地区）的一年左右的官场生活中摆脱出来，回想自己在这一段仕途生涯中的人格及品行都是无瑕可摘的，高洁得连肝胆都如冰雪般晶莹而无杂滓；但此种心迹却不被人所明晓而反蒙受冤枉，故而只能让寒月之光来洞鉴自己的纯洁肺腑。"中秋谁与共孤光，把盏凄然北望"（苏轼《西江月》），张孝祥尽管没有像东坡那样明说，但言外之意，却也不无凄然和怨愤。所以这里出现的词人形象，就是一位有着愤世情绪的现实生活中的"凡人"了；而相对而言，前面那种"表里俱澄澈"的形象却是他"肝胆冰雪"的人格经过"宇宙意识"的升华而生成的艺术结晶体。写到这里，作者的慨世之情正欲勃起，却又立即转入了新的感情境界："短发萧疏襟袖冷，稳泛沧溟空阔。"这儿正是作者那旷达高远的襟怀在起作用："任凭风浪起，稳坐钓鱼台。"何必去理睬那辈小人们的飞短流长呢？我且泛舟稳游于洞庭湖上！非但如此，我更还要"精骛八极，心游万仞"地作天人之游呢。因此尽管头发稀疏，两袖清风，词人的兴会却格外高涨了，词人的想象也更加浪漫了。于是便出现了下面的奇语："尽吸西江,细斟北斗,万象为宾客。"这是何等阔大的气派,又是何等开阔的胸襟!词人要吸尽长江的浩荡江水,把天上的北斗七星当作勺器,而邀天地万物为宾客,高朋满座地细斟剧饮起来。这种睥傲人世而"物我交欢"的神态,正是词人自我意识的"扩张"和其人格的"充溢",表现出了以我为主体的新的"宇宙意识"。至此,词情顿时掀起了"高潮":"扣舷独啸,不知今夕何夕!""今夕何夕"? 答案本来是明确的:今夕是近中秋的一夕。但是作者此时似乎已经达到了"忘形"的兴奋地步而把人间的一切都遗忘得干干净净了;因此那些富贵功名、宠辱得失,更已一股脑儿地抛到九霄云外。在这一瞬间,时间似已凝止,空间也已缩小,幕天席地之间,上下古今之中,就只让一个"扣舷独啸"的词人形象独占画面中心而又在他周围响起了风起浪涌、龙吟虎啸的"画外音"。先前那个"更无一点风色"、安谧恬静的洞庭湖霎时间似乎变成了万象沓至、群宾杂乱的热闹酒座,而那位"肝胆冰雪"的主人也变成了酒入热肠、壮志凌云的豪士了。

历史上的张孝祥,是一位有才华、有抱负、有器识的爱国志士。他曾在建康留守席上悲歌《六州歌头》词,使得主战派张浚为之动容罢席,是足证其气节之高。他在过黄陵庙时曾赋《西江月》词云:"波神留我看斜阳,放起鳞鳞细浪。"是足证其文辞之奇。而在这首作于特定环境(洞庭月夜)的《念奴娇》中,上述两方面的质素却通过了一种特殊的方式折射出来。作者的高洁人格、高尚气节以及高远襟怀,都融化在一片皎洁莹白的月光湖影中,变得"透明""澄澈";而经过了"宇宙意识"的升华,它又越发带有了肃穆性、深邃性和丰厚性。作者奇特的想象、奇高的兴会以及奇富的文才，又溶解在一个廖阔高远的艺术意境中，显得超尘、出俗；而经过了"宇宙意识"的升华，它也越发带有了朦胧性、神秘性和优美性。所以总观此词的妙处，就妙在它的物我交游、天人合一，妙在它把作者的人格美经过"宇宙意识"的升华而转现为一种光风霁月的艺术美。如果说，苏轼的中秋词借着月亮倾吐了他对人类之爱的挚情歌颂的话，那么张孝祥的这首中秋词就借着月光抒发了他对高风亮节的尽情赞美。岂止是在"中秋词"的长廊中，而且是在整个古典文学的长廊中，它都算得上是一块卓特的丰碑。而载负着它的深厚伟力，就在于那经过"宇宙意识"升华过的人格力量和艺术力量。

选自《唐宋词纵横谈》(苏州大学出版社 1994 年版)

更漏子

赵长卿

　　烛消红，窗送白，冷落一衾寒色。鸦唤起，马踟行，月来衣上明。　　酒香唇，妆印臂，忆共人人①睡。魂蝶乱，梦鸾孤，知他睡也无？

　　此词相当通俗发露。上片描写自己旅店中晨起上路的情景，下片则写旅途夜宿时回忆和怀念伊人的情思，通篇充满了一种凄清缠绵的气氛。

　　写离人早行，最为有名的莫过于温庭筠的"鸡声茅店月，人迹板桥霜"（《商山早行》）两句，它只把几件具有代表性的事物叠合起来，就给人们勾勒了一幅"早行"的图画。欧阳修曾称赞它写道路辛苦见于言外（《六一诗话》），手法确是不凡。比较起来，赵长卿此词的功力自然不及。不过，赵词却也另有它的妙处，那就是描写细致，善于使用动词（温诗中则全是名词的组合，无一个动词）。试看"烛消红，窗送白，冷落一衾寒色"三句，其中就很富动态：红烛已经燃尽，窗外透进了晨曦的乳白色，折射到床上的被衾，使它显得凄清、冷落，则此一夜间之孤衾冷卧可知。"冷落一

――――――――――

①人人：那人，人儿。对女子的昵称。旧校云"人人"下应脱一字。

衾寒色",更如"寒山一带伤心碧"那样,直接以词人的主观情绪"涂抹"在客观物象之上。这是上片的第一层:写"早行"二字中的"早"字,或者也可说是写"早行"之前的"待发"阶段。接下来再写"早行"之中的"行"字(当然它仍紧紧扣住一个"早"字):"鸦唤起,马跎行,月来衣上明。"首句写"起",次句写"行",第三句回扣"早"字。窗外的乌鸦已经聒耳乱啼,早行人自然不能不起。鸦自鸣耳,而词人认作是对他的"唤起"。诗词中写鸟声每多以主观意会,此亦一例。"唤起"后,词人只得披衣上马,由马驮着,开始了他一天的跋涉。"跎"同"驼",通"驮"。词人由马驮之而行,写其了无意绪,不得不行之情状亦妙。《西厢记》写张生长亭分别后有句云"马迟人意懒",可为"马跎行"句注脚。自己的心绪怎样呢?词中没有明说,只用了"月来衣上明"一句婉转表出。前人词中,温庭筠曾以"灯在月胧明"来衬写"绿杨陌上多离别"的痛楚(《菩萨蛮》),牛希济也以"残月脸边明"来衬写他"别泪临清晓"的愁苦(《生查子》)。赵长卿此词亦同于他们的写法,它把离人上马独行的形象置于月光犹照人衣的背景中来描绘,既见出时光之早,又见出心情之孤独难堪,其中已隐然有事在。此为上片。

　　旅情词中所谓"事",通常是男女情事,或为夫妻,或为情侣之别后相思。但是上片写到结束,我们似乎还只见到了男主角,而另一位女性人物却尚未见"出场"。因此下片就通过词人的回忆来补写出她的形象。"酒香唇,妆印臂,忆共人人睡",这是本片的第一层:追忆离别前的两件事。第一是临寝前的相对饮酒,她的樱唇上喷放出酒的香味;第二是共睡时啮臂誓盟,她的妆痕竟至到现在还残留在自己的臂膀上(此句亦化用元稹《莺莺传》的某些意境)。这两件事,一以见出她的艳美,二以见出她的多情。所以当词人在旅途中自然会把她的音容笑貌、欢会情事长记心头。第二层三句,则衔接上文的"睡"字而来:既然分别前共睡时如此温存,那么这一夜又如何了呢?"魂蝶乱,梦鸾孤,知他睡也无",这三句实为倒装,意为:自别后不知她入睡了没有? 即使她没有失眠,那么夜间做梦也肯定不会做得美满。"魂蝶乱"与"梦鸾孤"实是互文,合而言之的意思是:梦魂犹如蝶飞那样纷乱无绪,又如失伴的鸾鸟(凤凰)那样孤单凄凉。词人在此所作的"设身处地"的猜想,既表现了他那番"怜香惜玉"的情怀,又何尝不可以看作是他此刻"自怜孤独"的叹息,同时又补写出自己这一夜岂不也是这样。

在宋代大量描写男女恋情和别绪的词篇中,赵长卿的这首《更漏子》算不上是什么名作。词中某些场面,甚至还稍涉艳亵。不过,由于它的词风比较通俗直露,语言比较接近口语,加上作者感情的真挚深厚,所以读后仍能感到一种伤感缠绵的气氛,亦不失为抒写别情离愁的一篇可读之作。赵长卿词名《惜香乐府》,此亦足以觇其香艳词风之一斑。

选自《唐宋词鉴赏辞典》(上海辞书出版社 1988 年版)

水龙吟

程　垓

　　夜来风雨匆匆,故园定是花无几。愁多怨极,等闲孤负,一年芳意。柳困花慵,杏青梅小,对人容易。算好春长在,好花长见,元只是、人憔悴。　　回首池南①旧事,恨星星、不堪重记。如今但有,看花老眼,伤时清泪。不怕逢花瘦,只愁怕、老来风味。待繁红乱处,留云借月,也须拚醉。

　　这首词的主要内容,可以拿其中的“看花老眼,伤时清泪”八个字来概括。前者言其“嗟老”,后者言其“伤时”(忧伤时世)。由于作者的生平多不可考,所以先有必要根据其《书舟词》中的若干材料对上述两点作些参证。

　　先说“嗟老”。作者本是四川眉山人。据《全宋词》的排列次序,他的生活年代约在辛弃疾同时(排在辛后)。前人有认为他是苏轼的中表兄弟者,实误。从其词看,他曾流寓到江浙一带。特别有两首词是客居临安(今浙江杭州)时所作,如《满庭芳》(时在临安晚秋登临)云:“旧信江南好景,一万里、轻觅莼鲈。谁知道、吴侬未识,蜀客已情孤。”又如《凤栖梧》(客临安,连日愁霖,旅枕

---

①池南:苏轼《和王安石题西太一》诗:“从此归耕剑外,何人送我池南。”程词
　　恐系泛指。

无寐,起作)云:"断雁西边家万里,料得秋来,笑我归无计。"可知他曾长期淹留他乡。而随着年岁渐老,他的"嗟老"之感就越因其离乡背井而增浓,故其《孤雁儿》即云:"如今客里伤怀抱,忍双鬓、随花老。"这后面三句所表达的感情,正和这里要讲的《水龙吟》词完全合拍,是为其"嗟老"而又"怀乡"的思想情绪。

再说"伤时"。作者既为辛弃疾同时人,恐怕其心理上也曾蒙受过完颜亮南犯(1161)和张浚北伐失败(1163前后)这两场战争的影响。所以其词里也感发过一些"伤时"之语。其如《凤栖梧》云:"蜀客望乡归不去,当时不合催南渡。忧国丹心曾独许。纵吐长虹,不奈斜阳暮。"这种忧国的伤感和《水龙吟》中的"伤时"恐怕也有联系。

明乎上面两点,再来读这首《水龙吟》词,思想脉络就比较清楚了。它以"伤春"起兴,抒发了思念家乡和自伤迟暮之感,并隐隐夹寓了他忧时伤乱(这点比较隐晦)的情绪。词以"夜来风雨匆匆"起句,很使人联想到辛弃疾的名句"更能消几番风雨,匆匆春又归去"(《摸鱼儿》),所以接下便言"故园定是花无几",思绪一下子飞到了千里之外的故园去。作者旧曾在眉山老家筑有园圃池阁(其《鹧鸪天》词云"新画阁,小书舟",《望江南》自注"家有拟舫名书舟"),现今在异乡而值春暮,却怜伤起故园的花朵来,其思乡之情可谓深极。但故园之花如何,自不可睹,而眼前之花飘零却是事实。所以不禁对花而叹息:"愁多怨极,等闲孤负,一年芳意。"杨万里《伤春》诗云:"准拟今春乐事浓,依然枉却一东风。年年不带看花眼,不是愁中即病中。"这里亦同杨诗之意,谓正因自身愁多怨极,所以无心赏花,故而白白孤负了一年的春意;若反

过来说,则"柳困花慵,杏青梅小",转眼春天即将过去,它对人似
也太觉草草("对人容易")矣。而其实,"好春"本"长在","好
花"本"长见",之所以会产生上述人、花两相孤负的情况,归根到
底,"元只是、人憔悴"!因而上片自"伤春"写起,至此就点出了
"嗟老"(憔悴)的主题。

过片又提故园往事:"回首池南旧事。"池南,或许是指他的
"书舟"书屋所在地。他在"书舟"书屋的"旧事"如何,这里没有
明说。但他在另外一些词中,曾经约略提到。如:"葺屋为舟,身
便是、烟波钓客"(《满江红》),"故园梅花正开时,记得清尊频倒"
(《孤雁儿》),可知是颇为闲适和颇堪留恋的。但如今,"恨星星、
不堪重记"。发已星星变白,而人又在异乡客地,故而更加不堪重
忆往事。以下则直陈其现实的苦恼:"如今但有,看花老眼,伤时
清泪。""老"与"伤时",均于此几句中挑明。作者所深怀着的家
国身世的感触,便借着惜花、伤春的意绪,尽情表出。然而词人并
不就此结束词情,这是因为,他还欲求"解脱",因此他在重复叙述
了"不怕逢花瘦,只愁怕、老来风味"的"嗟老"之感后,接着又言:
"待繁红乱处,留云借月,也须拚醉。""留云借月",用的是朱敦儒
《鹧鸪天》成句("曾批给雨支风券,累上留云借月章")。连贯起
来讲,意谓:乘着繁花乱开、尚未谢尽之时,让我"留云借月"(尽量
地珍惜、延长美好的时光)、拚命地去饮酒寻欢吧!这末几句的意
思有些类似于杜甫的"且看欲尽花经眼,莫厌伤多酒入唇"(《曲
江》),表达了一种且当及时行乐的颓唐心理。

总之,程垓这首词,用着委婉哀怨的笔调,曲折尽致、反反复
复地抒写了自己襞积重重的"嗟老"与"伤时"之情,读后确有"凄

婉绵丽"（冯煦《宋六十一家词选例言》评语）之感。以前不少人
作的"伤春"词中,大多仅写才子佳人的春恨闺怨,而他的这首词
中,却寄寓了有关家国身世（后者为主）的思想情绪,因而显得比
较深沉。

选自《唐宋词鉴赏辞典》（上海辞书出版社 1988 年版）

浪淘沙

石孝友

　　好恨这风儿，催俺分离！船儿吹得去如飞，因甚眉儿吹不展？叵耐风儿！　　不是这船儿，载起相思？船儿若念我孤恓①，载取人人②篷底睡，感谢风儿！

　　这是一首俚俗之作，通篇借"风"与"船"这两件事物展开。劈头两句就是"无理而有情"的大白话："好恨这风儿，催俺分离！"其实，催他与恋人分别的并不真是风，然而他却怪罪于风，这不过是他"怨归去得疾"（《西厢记》崔莺莺长亭送别张生时的唱辞中语）的另一种表达方式。正如睡不着却怪枕头歪那样，这种"正理歪说"的俏皮话中其实包含着难言的离别之痛。以下三句便紧接"风儿"而来，越加显得波峭有趣："船儿吹得去如飞，因甚眉儿吹不展？叵耐风儿！"它所怨怪的仍是这个"该死"的"风儿"，不过语意更有所发展。意谓：既然你能把船儿吹得像张了翅膀一样飞去，那你又为什么不把我的眉结吹散（侧面交代作者的愁颜不展、双眉打结），真是"可恨可恶"（"叵耐"本指"不可耐"之义，这里含有"可恨"之意）透顶！眉心打结，本是词人自己的心境

---

①孤恓（xī）：孤寂烦恼之意。
②人人：那人。对所爱者的昵称，多指女子。

使然。俗语云："心病还须心药医。"词人不言自己无法解脱离别的苦恼，却恨起毫不相干的"风儿"来，这真是一种"匪夷所思"的"怪语"和"奇想"，亦极言其"怨天尤人"的烦恼之深矣。人的感情，每到那种极深的境界时，往往便会产生某种程度的变态。石孝友的这些词句，便故意地利用这种"变态心理"来表现自己被深浓的离愁所折磨而扭曲了的心境，确实收到了很好的艺术效果。

上片主要写"风"，顺而及"船"。下片则索性从船儿写起。"不是这船儿，载起相思？"这是第一层意思。意谓：若不是偌大一个船儿，自己这一腔相思怎能装得下、载得起？"相思"本无"重量"可言，这里便用形象化的方法把它夸张为巨石一般的东西。说只有船儿才能把它载起，则"相思"之"重"、之"巨"不言自明。在"感谢"船儿帮他载起相思之情之后，作者又"得寸进尺"地向它提出了一个新的要求："船儿若念我孤恓，载取人人篷底睡。"意谓："救人须救彻"，你既然帮我载负了相思之情，那就索性把好事做到底吧！——因此，你若真念我孤寂烦恼得慌，何不把那个人儿（她）也一起带来与我共眠在一个船篷下呢？但这件事儿光靠"船儿"还不行，那就又要转而乞求"风神"——请它刮起一阵怪风，把她从远处的岸边飞载到这儿来吧。如是，则不胜"感谢"矣，故曰："感谢风儿！"

全词通过先是怨风、责风，次是谢船、赞船，再是央船、求风，最后又谢风、颂风，曲折而形象地展示了词人在离别途中的复杂心境：先言乍别时"愁一箭风快"（周邦彦《兰陵王》）的痛楚，次言离途中"黛蛾长敛（这里则换了男性的双眉而已），任是春风吹不展"（秦观《减字木兰花》）的愁闷，最后则忽发异想地写他希冀与恋人载舟同去的渴望。这三层心思，前二层是前人早就写过的，但石孝友又加以写法上的变化，而第三层则可谓是他的"创造"。这种大胆而奇特的想象，恐怕与他接受民间词的影响有关。比如敦煌词中就有很多奇特的想象，如"枕前发尽千般愿，要休且待青山烂，水面上秤锤浮，直待黄河彻底枯"，又如"夜久更阑风渐紧，为奴吹散月边云，照见负心人"等等。

　　我们知道，习见的文人词在描写离情别绪时，特别喜欢用"灞桥烟柳""长亭芳草""绣阁轻抛""浪萍难驻"之类的香艳词藻。即如石孝友自己，也写过"立马垂杨官渡，一寸柔肠万缕。回首碧云迷洞府，杜鹃啼日暮"（《谒金门》）之类的"雅词"。然而此首《浪淘沙》却一反文人词常见的面貌，出之以通俗、风趣、幽默、诙谐的风格，却又并不妨碍它抒情之"真"、之"深"，故而可称是首别具"谐趣"和"俗味"的佳作。在读惯了那些浓艳得发腻的离别词后，读一读这首颇有民歌风味的通俗词，真有点像吃惯了鱼腥虾蟹之后尝到山果野蔌那样，很富有些新鲜的感觉。

选自《唐宋词鉴赏辞典》(上海辞书出版社 1988 年版)

谒金门

耽冈迟陆尉

赵师侠

沙畔路,记得旧时行处。蔼蔼①疏烟迷远树,野航②横不渡。　　竹里疏花梅吐,照眼一川鸥鹭。家在清江江上住,水流愁不去。

"耽冈",恐是地名;有人说,地在江西吉安城南,下临赣江。全词写得极清淡,而清淡之下却藏着浓挚的离愁别情。

起首从山冈上的沙路写起。"沙畔路,记得旧时行处",已伏有"怀旧"心理,可能作者与友人当年即曾同行此路。以下四句拓开写景,清新可喜,淡雅如画。放眼而望,但见疏烟密雾,笼罩远树,却看不到友人的来影;而沙外水边,只有一二小舟,落寞地横卧在冷寂的水面之上。唐人韦应物的名篇《滁州西涧》:"独怜幽草涧边生,上有黄鹂深树鸣。春潮带雨晚来急,野渡无人舟自横。"本词中某些意境,恐即来源于韦诗,它含蓄地表达了作者盼友不至的寂寥心境。"竹里疏花梅吐,照眼一川鸥鹭"则另换了两个"镜头"。前句脱胎于苏轼《和秦太虚梅花》诗"竹外一枝斜更

---

① 蔼蔼:霭霭,云雾密集之貌。
② 野航:停泊于荒野之舟船。

好",写时令已至早春,梅花吐蕾,风物可喜;后句言河中的鸥鹭,在春光下闪耀着令人眼目为之一亮的白色,亦令人感到"春江水暖"。但是这两个"镜头"所引起的心理快感只是一瞬而过的:因为自然界既永是这般冬去春来、节序转换,而人生呢,却又在这悄悄的"量变"中流驰过去了一截。因此前已怀藏的"怀旧"心理,便和现今由春日景物所引起的淡淡的人生怅触,一时交集为一种复杂难言的愁绪。"家在清江江上住,水流愁不去"两句,便轻轻一转,折到本词的主题——离愁上去。原来,作者家居清江(其《浣溪沙》词有云"清江江上是吾家"),因而面对赣江之水,便触发了思乡的满怀离愁,引出了"水流愁不去"的浩叹。行文至此,前文"疏烟迷远树,野航横不渡"中所含之愁闷心绪,由竹里疏梅、水边鸥鹭所"对照"而生的人生寂寥感,都一齐交集成为"一江春水向东流"式的"感情形象"而凸现在读者眼前。"记得旧时行处"与"水流愁不去",终于前后呼应地点明了词中那幅看似清淡雅丽的"山水画"后所怀藏的浓挚愁情。

　　作者赵师侠,号坦庵,是南宋孝宗时期的一位词人。人称其"模写风景,体状物态,俱极精巧"(尹觉《坦庵词序》),又称他的词"能作浅淡语"(见毛晋《坦庵词跋》)。从上面这首词看,他的写景本领确是高超的,而尤妙的是他能在"淡语"之中,寓有深情。

选自《唐宋词鉴赏辞典》(上海辞书出版社1988年版)

满江红

中秋夜潮

史达祖

　　万水归阴,故潮信盈虚因月。偏只到、凉秋半破,斗成双绝。有物揩磨金镜净,何人擎攫银河决?想子胥今夜见嫦娥,沉冤①雪。　　光直下,蛟龙穴;声直上,蟾蜍窟②。对望中天地,洞然如刷。激气已能驱粉黛,举杯便可吞吴越。待明朝说似与儿曹,心应折③!

　　中秋海潮,是天地壮观之一。早在北宋,苏轼就写过《八月十五看潮五绝》,其首绝曰:"定知玉兔十分圆,已作霜风九月寒。寄语重门休上钥,夜潮留向月中看。"南宋辛弃疾也写过《摸鱼儿·观潮上叶丞相》等佳作。史达祖这首题为"中秋夜潮"的《满江红》,在某种程度上看,就正是继轨苏、辛"豪放"词风之作,它写出了夜潮的浩荡气势,写出了皓洁的中秋月色,更借此而抒发了自

---

①沉冤:伍子胥辅佐吴王夫差有大功,然而夫差信谗言,竟令子胥自刎,将其尸沉于江中。子胥死后,传说有人见他乘素车白马在潮头之中,见《太平广记》卷二九一《伍子胥》。

②蟾蜍窟:即月宫。古代传说月中有蟾蜍。

③心折:江淹《别赋》:"使人意夺神骇,心折骨惊。"折,碎裂。

己胸中的一股激情,令人读后产生如闻钱塘潮声鼓荡于耳的感觉。

因为是写"中秋夜潮",所以全词就紧扣海潮和明月来写。开头两句"万水归阴,故潮信盈虚因月",即分别交代了潮与月两个方面,意谓:水归属于"阴",而月为"太阴之精",因此潮信的盈虚——潮涨潮落,皆与月亮的圆缺有关。这里所用的"归"和"盈虚"两组动词,就为下文描写江潮夜涨,蓄贮了巨大的"势能"。试想:滔滔江河归大海,这其中本就蓄积了多少的"力量"。现今,在月球的引力下,它又要返身过来,提起它全身的气力向钱塘江中扑涌而去,这更该有何等壮观惊险! 故而在分头交待过潮与月之后,接着就把它们合起来写:"偏只到、凉秋半破,斗成双绝。"意为只有逢到每年的中秋(即"凉秋半破"时),那十分的满月与"连山喷雪"而来的"八月潮"(李白《横江词》"浙江八月何如此? 涛似连山喷雪来"),才拼合("斗成":拼成)成了堪称天地壮观的"双绝"奇景。它们"壮"在何处、"奇"在何处呢? 以下两句即分写之:"有物揩磨金镜净"是写月亮,它似经过什么人重加揩磨,越发显得明亮澄圆;"何人擘攞银河决"是写江潮,它就像银河被人挖开了一个决口那样,奔腾而下。对于后者,我们不妨引一节南宋人周密描绘浙江(即钱塘江)观潮的文字来与之参读,以加强感性认识。《武林旧事》卷三《观潮》条里写道:"浙江之潮,天下之伟观也。自既望以至十八日为最盛。方其远出海门,仅如银线;既而渐近,则玉城雪岭,际天而来。大声如雷霆,震撼激射,吞天沃日,势极雄豪。"至于前者(中秋之月),则前人描写多矣,不烦赘引。总之,眼观明月,耳听江潮,此时此地,怎能不引起惊叹亢奋之情？但由于观潮者的身世际遇和具体心境不同，所以同是面对这天下"双绝"，其联想和感触亦自不同。比如宋初的潘阆，他写自己观潮后的心情是"别来几向梦中看，梦觉尚心寒"（《酒泉子》），主要言其惊心动魄之感；苏轼则在观潮之后，"笑看潮来潮去，了生涯"（《南歌子》），似乎悟得了人生如"潮中之沙"（"寓身化世一尘沙"）的哲理；而辛弃疾则说："滔天力倦知何事？白马素车东去。堪恨处，人道是、子胥冤愤终千古。"（《摸鱼儿》）在他看来，那滔天而来的白浪，正是伍子胥的冤魂驾着素车白马而来！但是史达祖此词，却表达了另一种想象与心情。"想子胥今夜见嫦娥，沉冤雪。"这里的一个着眼点在于"雪"字：月光是雪白晶莹的，白浪也是雪山似的喷涌而来，这岂不象征着伍子胥的"沉冤"已经洗雪干净！张孝祥《念奴娇·过洞庭》写他时近中秋月夜泛湖的情景道："素月分辉，明河共影，表里俱澄澈。"又云："孤光自照，肝胆皆冰雪。"这实际是写他"通体透明""肝胆冰雪"的高洁人品。史词的"子胥见嫦娥"则意在借白浪皓月的景象来表出伍子胥那一片纯洁无垢的心迹，也借此而为伍子胥一类忠君爱国而蒙受冤枉的豪杰昭雪冤愤。按嘉泰四年五月，韩侂胄在定议伐金之后上书宁宗，追封岳飞为"鄂王"；次年四月，又追论秦桧主和误国之罪，改谥"谬丑"。韩氏之所为，其主观目的姑且不论，但在客观上却无疑大长了抗战派的威风，大灭了投降派的志气，为岳飞申张了正义。史达祖身为韩侂胄的得力幕僚，他在词里写伍子胥的沉冤得以洗雪，恐即与此事有关。它使我们明白：史氏虽身为"堂吏"，胸中亦自有其政治上的是非爱憎，以及对于国事的关注。

　　下阕继续紧扣江潮与明月来写。"光直下，蛟龙穴"是写月，兼顾海：月光普泻，直照海底的蛟龙窟穴；"声直上，蟾蜍窟"是写潮，兼及月：潮声直震蟾蜍藏身的月宫。两个"直"字极有气势，极有力度，充分显示了中秋夜月与中秋夜潮的伟观奇景。"对望中天地，洞然如刷"，则合两者写之：天是洁净的天，月光皓洁，"地"是洁净的"地"，白浪喷雪；上下之间，一派"洞然如刷"，即张孝祥所谓"表里俱澄澈"的晶莹世界。对此，词人的心又一次为之而亢奋、高昂起来："激气已能驱粉黛，举杯便可吞吴越。待明朝说似与儿曹，心应折！"这前两句，正好符合了现今所谓的"移情"之说。按照这种"移情论"，在创作过程中，物我双方是可以互相影响、互相渗透的。比如，把"我"的情感移注到"物"中，就会出现像杜甫《春望》"感时花溅泪，恨别鸟惊心"之类的诗句；而"物"的形相、精神也同样会影响到诗人的心态、心绪，如人见松而生高风亮节之感，见梅而生超尘拔俗之思，见菊而生傲霜斗寒之情。史词明谓"激气已能""举杯便可"，这后两个词组就清楚地表达了他的这种激气豪情，正是在"光直下""声直上"的伟奇景色下诱发和激增起来的。当然，这也与他本身含有这种激气豪情的内在条件有关。在外物的感召之下，一腔激气直冲云霄，似乎能驱走月中的粉黛（美人）；这股激气又使他举杯酌酒，似乎一口能吞下吴越两国。这两句自是"壮词"。一则表现了此时此地作者心胸的开阔和心情的激昂；另外如果细加玩味的话，也不无包含有对于吴王夫差、越王勾践这些或者昏庸、或者狡狯的君王，以及那当作"美人计"诱饵的西施的憎恶与谴责，因为正是他们共同谋杀了伍子胥！所以这两句虽是写自己的激气与豪情，但仍是暗扣"月"（粉黛即月中仙女）、"潮"（吴越之争酿出子胥作涛的故事）两方面来展开词情的,故而未为离题。末两句则"总结"上文:若是明朝把我今夜观潮所见之奇景与所生之豪情说与你辈("儿曹"含有轻视之意)去听,那不使你们为之心胆惊裂才怪呢!词情至此,达到高潮,也同时戛然终止,令人如觉有激荡难遏的宏响嗡嗡回旋于耳畔。

史达祖本属一位"婉约派"的词人。前人所盛赞他的,主要是其婉丽细密的词风。其实,他的词风本不限于"婉约"一路。像这首《满江红》观潮之作,抒发了他胸中不常被人窥见的豪情激气(其中实际借古讽今地宣泄了自己对于现实政治生活的某种愤懑和感慨),在风格上也显得沉郁顿挫、激昂慷慨,这就很可从另一方面加深我们对其人、其词的全面了解。

选自《唐宋词鉴赏辞典》(上海辞书出版社 1988 年版)

满江红

书怀

史达祖

好领青衫①,全不向、诗书中得。还也费、区区造物,许多心力。未暇买田清颍尾②,尚须索米长安陌③。有当时黄卷④满前头,多惭德。　　思往事,嗟儿剧⑤;怜牛后,怀鸡肋⑥。奈稜稜⑦虎豹,九重九隔。三径就荒秋自好,一钱不值贫相逼。对黄花常待不吟诗,诗成癖。

---

①青衫:唐宋九品文官的服色。此言官小职微。

②买田清颍尾:于颍川附近买田归隐。清颍尾,指颍川一带(在今河南省)。该地旧多高士隐者,如巢父、许由及汉代"颍川四长"等。

③索米长安陌:索米,谋生。长安,借指临安(杭州)。

④黄卷:指书籍。古时用黄蘗染纸以防蠹,故名。

⑤儿剧:同"儿戏",儿童之游戏。凡处理事情轻率玩忽,也称"儿戏"或"儿剧"。

⑥怜牛后,怀鸡肋:牛后,语出《史记·苏秦传》"宁为鸡口,无为牛后",以喻地位之低微。鸡肋,喻乏味而又不忍舍弃之物。《三国志》载:曹操攻汉中,不能胜,意欲还军,即以"鸡肋"为军中口令。杨修即曰:"夫鸡肋,弃之如可惜,食之无所得,以比汉中,知王欲还也。"亦以比喻作者欲舍而不能的低微职位。

⑦稜稜:威严貌。

在常人心目中,史达祖往往以两种身份和面目出现着。一方面,他以堂吏的身份侍奉权相韩侂胄,似乎是个忠心耿耿、委身于权贵的幕僚文人。另一方面,他以婉约词人的面目活跃在当日的词坛上,看来又是位但知吟风弄月的文人雅士。但事实却非尽如此。史达祖的内心也郁藏着深刻的苦闷,因而其词中另有婉媚轻柔之外的别一种风格存在。此词就是明证。清楼敬思说:"史达祖,南渡名士,不得进士出身。以彼文采,岂无论荐,乃甘作权相堂吏,至被弹章,不亦降志辱身之至耶? 读其'书怀'《满江红》词'好领青衫,全不向、诗书中得','三径就荒秋自好,一钱不值贫相逼',亦自怨自艾者矣。"(张宗橚《词林纪事》引)这就说明,它是一首"怨艾词",一首"牢骚词"。这首词中所表露出来的思想状态,是一种由多层心理所组合成的矛盾、复杂的心态。"学而优则仕",封建时代的读书人一般都把中进士视为光宗耀祖的幸事和进入仕途的"正道"。然而,史达祖尽管熟读诗书却竟与功名无缘,只能屈志辱身地去担任堂吏的微职,这就不能不引起他对自身"命运"的嗟叹和对科举制度埋没人才的愤慨。所以此词劈空而来就是两句激烈的"牢骚语":"好领青衫,全不向、诗书中得。"此两句意含两层:一云自己空有满腹才华,到头来却只换得了一领"青衫"可穿,这个"好"字(实为不好)就含有辛辣的自嘲自讽和愤世嫉俗之意在内;二云这领可怜的青衫,却竟也非由"诗书"(即科举考试)中获得,"全不向"三字就清楚地表明了他对科举制度和社会现实的愤懑不满。两句中,既含"自怨"(怨命运之不济),又含"愤世"(愤世道之不公),怨愤交集。但光此两句犹不足尽泄其牢骚与不平,故又延伸出下两句:"还也费、区区造物,许多心力。"这一个低微的贱职，却也得来非易，它是"造物者"为我花了许多心力才获取的！"造物"本是神通广大的，而作者偏冠以"区区"(小而微也)二字，意亦在于自嘲并兼愤世。谚曰："各人头上一方天。"在别人头上的这方"天"，或许是魔法无边的；而唯独自己所赖以庇身的命运之神，却微不足道——故而它要花费偌大气力，才为我争得了这样一个职微而责重的地位。言外之意，更有一腔牢骚与愤懑在。

以上是上阕中的第一层意思：抒发身世潦倒坎坷的辛酸与愤慨命运之不公。接着就转入第二层：既然不满于这领非由科举而得的"青衫"，那么何不弃官归隐呢？于是，作者又向人们展示了他内心的苦衷："未暇买田青颍尾，尚须索米长安陌。"这就更深一层地交代了自己矛盾和苦闷的心理。这里，"未暇"二字只是表面文章，而"买田"二字才是实质性问题。须知在现实环境中，要想学习古代巢父、许由之类的"高士"，谈何容易！若无"求田问舍"的钱，那是无法办到的；而自己只是一介寒士，还得靠向权贵"索米"过活，则又何"暇"来"买田"隐居呢？读到这两句，不禁使读者联想起杜甫旅食长安十载时"朝扣富儿门，暮随肥马尘。残杯与冷炙，到处潜悲辛"的遭遇，以及顾况对白居易所说的"米价方贵，居大不易"的话语。在这第二层的两句中，词人那种因贫而仕、无可奈何的心理，便表露得十分清楚了。

但是，虽然词人因为生计所迫，不得不屈身为吏，其实他的内心却始终是无法真正平静的；一旦被外物所激，它就会掀起阵阵感情的涟漪。正如李商隐《无题》诗"莫近弹棋局，中心最不平"(弹棋，古代游戏名。棋局以石为之，中间高而四周平，故能引起诗人"中心最不平"的联想)所说的那样,词人旧日曾熟读诗书,一当瞥见往昔读过的旧书时,心中就难免会油然生起一缕辛酸痛楚的愧疚之情,故接言道:"有当时黄卷满前头,多惭德。""惭德"者,因以前之行事有缺点、疏忽而内愧于心也。词人在这里所言的"惭德",表面上是讲愧对"黄卷",因为读了这么多年书,却竟未能得中功名;故实际还是愤慨于世道不公的反语,不过比之前面所说的"好领青衫"等话来,更多地带有懊丧悔恨的情味。总观上阕八句,其感情的脉络依着先是怨愤、后是窘迫、再是懊恼的次序展开,而词笔也由"开"而"合"、由"昂"而"抑";词笔的蜿蜒起伏、顿挫推进,有效地表达了作者那矛盾复杂和激荡难平的思想感情。

上阕以"多惭德"的"合句"告结,换头则重以"思往事"三字拓开词情,振起下文。不过作者对于"往事"并不作正面和详尽的回顾,而只一语带过,简括以"嗟儿剧"(表面是悔恨往日作事有如儿戏,轻率投身于公门之内,实际还是讽刺"造物"无眼、埋投良材)三字,立即把"镜头"拉回现实:"怜牛后,怀鸡肋。奈稜稜虎豹,九重九隔。"此四句意分三小层,活画出词人进退两难的矛盾心态。"怜牛后"是第一小层。《史记·苏秦传》引谚语曰:"宁为鸡口,无为牛后。"张守节《正义》释曰:"鸡口虽小,犹进食。牛后虽大,乃出粪也。"作者自怜身为堂吏,须视权贵的颜色行事,丧失了自己的独立人格,故用"牛后"的典故,实含寄人篱下的痛楚之情在内。"怀鸡肋"则是第二小层。"鸡肋",以喻食之无味、弃之可惜之物。这里指自己的这领"青衫":丢掉它吧,无奈生计所需;穿上它吧,又要攒眉折腰地去侍奉人家。真是矛盾重重,苦衷难言！但是，在没有足够勇气跳出豪门羁縻之前，自己仍只能战战兢兢地为"主人"小心做好"奉行文字"的工作。因此"奈稜稜虎豹，九重九隔"便写足了他"身在矮檐下，不能不低头"的畏惧心理。"九重"，借指君门；"九隔"，汲古阁本作"先隔"。意谓：君门遥远，欲叩而先被威严可怖的虎豹所阻断。这里所言的"虎豹"究竟指谁，现已很难判定。若说就指韩侂胄，则从史载韩氏对史的"倚重"情况来看，似又不太像；若说另指其他权贵，则又缺乏足够的证据。所以我们不妨把它理解为"泛指"。屈原《离骚》云："吾令帝阍开关兮，倚阊阖而望予。"宋玉《九辩》云："岂不郁陶而思君兮？君之门以九重！猛犬狺狺而迎吠兮，关梁闭而不通。"又宋玉《招魂》云："君无上天些，虎豹九关，啄害下人些。"……这些作品中所表达的"虎豹当道、君门阻隔"之叹，就正是史词之所本。故而在这两句词中，又深藏着词人对于朝政昏暗、贤材不得重用的感慨，也曲折地反映了他的政治怀抱：思欲扫清奸佞，有所作为。以上是下阕中的第一层次。

　　然而，理想是理想，现实却又是现实。作者毕竟只是一位处人篱下、身不由己的小小幕僚，因此他就很快跌入到现实环境中来。"三径就荒秋自好，一钱不值贫相逼"，两句用典。"三径就荒"用陶渊明《归去来兮辞》"三径就荒，松菊犹存"的成句，却续之以"秋自好"三字，意谓田园正待我归去隐居，秋光正待我前去欣赏，然却不能归也（一个"自"字即表明此意）；"一钱不值"用《史记·魏其武安侯列传》成句（"生平毁程不识不直一钱"），用以补足"不能归"的原因在于自身所处地位之卑微和贫困之所迫。这就重又回到上阕所言过的老矛盾上来了："未暇买田青颍尾，尚须索米长安陌。"不过这里并非仅仅在作"同义反复",而又在"反复"的基础上萌生了新意:第一,它描摹出了眼前秋光正好的真实情景,使人更加激起归隐的欲望,而"秋自好"三句的"自"(空自)字又加剧了欲归不能的矛盾感;第二,它以"一钱不值"和"贫相逼"形象真切地写出了无钱"买田"的窘迫相,使人如睹其寒伧贫困的模样而在目前;第三,更为重要的是,它又为下文的第三层作了铺垫。

第三层次的"对黄花常待不吟诗,诗成癖"即明显承上而来:因为"贫相逼",所以无心吟诗去附庸风雅;但秋光正好,却又不能不激起自己的创作欲望。这两句更是在一种矛盾的心理中展开其词情的。它意味着这样两小层意思:第一,作者因生计窘迫、心情不佳,故而无甚兴致去吟诗作词,这实在是加言其"贫相逼"也;第二,作者面对秋光黄花,却又无法抑勒自己的创作冲动,甚至进而说爱诗已成了自己的终身"癖好",在这个"诗成癖"中我们便越加深刻地感受到了他内心深处的勃郁苦闷。——文学本是"苦闷的象征"(厨川白村语),史达祖之所以本不欲吟诗(词)而最后却吟诗(词)成癖,岂不表明他有一腔在现实生活中无法解脱的苦闷情绪,现今要在文学创作中得到宣泄吗?词人在韩侂胄的相府中,只是一个走卒堂吏,现今在孤高瘦傲的"黄花"诗(词)中,才一度重现了自己的"自由之身",才曲折而醋畅地舒展了自己的平生怀抱,这又岂非快事一桩!

总观全词,它尽情地抒发了自己复杂而矛盾的思想感情:有怀才不遇的愤懑,有寄人篱下的辛酸,有"欲归不能"的苦闷,有"误入歧途"的懊恨,还有身不由己的难言之痛……总之,它在一定程度上，反映出旧时代知识分子的悲剧性命运，也从一个侧面透露了作者内心的怀抱：痛恨朝政昏暗、奸人当道，思欲"采菊东篱""买田清颍"。而在上两种理想无法实现之前，他就只能借艺术（文学）去暂时地摆脱和宣泄自己的苦恼！

从词的艺术风格言，此词在全部《梅溪词》中堪称"别调"。第一，它所选用的词汇与平昔所用，可谓经过了一番"换班"：再不见"钿车""梨花""红楼""画栏"之类词藻，而代之以"鸡肋""牛后""三径就荒""一钱不值"的"生硬"字面；第二，它的笔调也一改往日"妥帖轻圆""清新闲婉"之风，而变得老气横秋、激昂排宕。这些，都是因着抒情言志的需要而发生变化的。简言之，那就是：由于"中心最不平"的复杂意绪，便生发出了这种用典使事、拉杂斑驳的词风。不过，又由于作者巧妙地嵌入了某些色彩鲜明的形象性字句（如"青衫"愧对"黄卷"，"清颍"之志暂时寄寓于"黄花"之诗等），因此就多少冲淡了"掉书袋"的沉闷气息，增加了词的可读性。

选自《唐宋词鉴赏辞典》（上海辞书出版社 1988 年版）

龙吟曲

陪节欲行,留别社友

史达祖

　　道人越布单衣①,兴高爱学苏门啸②。有时也伴,四佳公子③,五陵年少④。歌里眠香,酒酣喝月,壮怀无挠。楚江南,每为神州未复,阑干静,慵登眺。　　今日征夫在道,敢辞劳,风沙短帽?休吟稷穗,休寻乔木⑤,独怜遗老。同社诗囊,小窗针线,断肠秋早。看归来,几许吴霜染鬓,验愁多少!

---

①越布单衣:用越地之布所制单衣。《后汉书·独行·陆续传》载陆续祖父陆闳喜着越布单衣,光武见而好之,自是常敕会稽郡献越布。南朝梁刘孝绰《谢越布启》称此布"既轻且丽"。

②苏门啸:《晋书·阮籍传》载:"籍尝于苏门山遇孙登,与商略终古及栖神导气之术,登皆不应。籍因长啸而退。至半岭,闻有声若鸾凤之音,响乎岩谷,乃登之啸也。"

③四佳公子:《史记·平原君列传赞》:"平原君,翩翩浊世之佳公子也。"战国时,齐有孟尝君、魏有信陵君、赵有平原君、楚有春申君,后世合称四公子。此处指贵族子弟。

④五陵年少:亦指贵家子弟。五陵,长安附近西汉五朝皇帝陵墓所在地,多聚居贵族。

⑤乔木:《孟子·梁惠王下》:"所谓故国者,非谓有乔木之谓也,有世臣之谓也。"后因以乔木(高大的树木)代称故国的遗迹。

词题有"陪节欲行"之语，《绝妙好词笺》云："按梅溪曾陪使臣至金，故有此词。"词中有"断肠秋早"句，是行期在初秋。查《金史·章宗纪》，每年九月朔日为金章宗完颜璟生辰，称为天寿节，南宋例于六月遣使往贺；《金史·交聘表》记在八月，则为宋使抵达燕京之期。盖六月派遣，七月初启程。史达祖得以陪行，应在他为韩侂胄堂吏时。韩侂胄于宁宗庆元元年（1195）执政，至开禧二年（1206）北伐（此年宋金交兵，不遣使），这十一年中间，派遣史达祖随行使金都有可能。《四库全书总目·梅溪词提要》谓"必李壁使金之时（按为开禧元年事），侂胄遣之随行觇国（侦察金人动静）"，此说可备参考。

词为将离临安时留别诗社社友之作。内容主要有两方面：一是写他平昔的生活和思想感情，二是写他出发时的心情，从中多少反映了他感叹中原未复的忧愤。

词的上阕写其第一方面的内容，共分三层意思。"道人越布单衣，兴高爱学苏门啸"是第一层，写他平日仰慕高人逸士的隐逸和狂放情趣。他把自己称为修道、学道的"道人"，身穿越布单衣而爱作孙登、阮籍一类高士隐者的狂啸长吟。这正是南宋一般文人常可见到的形象。"有时"以下六句则写他的另一种生活情致：自己经常陪伴着贵族子弟，过着"歌里眠香，酒酣喝月"（"喝住明月不令落"）的豪奢生活。但是以上两层还只是"表面文章"，就其内心深处而言，则还有更深一层的思想感情，那就是对于"神州未复"的深沉遗憾和感叹。此处用了"慵登眺"，其实是反说，其"正说"即是不敢登眺。词人之深心于此可窥。

承着上阕的末句，词情展开了新的曲折："今日征夫在道，敢辞劳,风沙短帽?"自己平时连登楼北望都懒,这次却要甘冒风沙去作万里之行! 这里,他插以"敢辞劳"一个短语,表达了公务在身、不得不行的无可奈何意绪,其内心深处则是"休吟稷穗,休寻乔木,独怜遗老":此去金邦,将见到故国乔木,中原遗老,将勾引起自己满怀的"黍离"之悲。悲伤故国沦于榛芜,忍着不去吟出"彼黍离离,彼稷之穗"(《诗·王风·黍离》)的诗句吧;故国的遗踪废址,忍着不去寻访凭吊,免得引起悲感吧,但总不免要碰见那些中原遗老,他们"忍泪失声询使者,几时真有六军来"(范成大使金纪行组诗中《州桥》句)的久盼恢复而不得的神态,怎能不引动我相怜之情?"休"字两句是正话反说,"独怜"句则是正意拍合,预想此行必将引起的故国之悲。以上是下阕中的第一层意思。紧接着上文"征夫"之情,以下又设身处地地写"留者"之情。"同社诗囊"是写朋友之情,他们平昔结社吟诗,每有佳句即分置诗囊;"小窗针线"是写家室之情,她每于小窗拈线缝衣,伴他读书,而这两种深情厚爱,却都要在这早秋天气的离别中一下子被"扯断"! 所以作者在此用了"断肠秋早"一语,意即断肠于此早秋季节。下三句则更加拓开词境,言此去异邦尚不知要几多时日,但待我重归杭城,只要看一看我头上新添了多少如霜白发,就完全可以验证我在外面经受了多少离愁的折磨! 以上便是下阕中的第二层意思。至此,"陪节欲行"与"留别社友"两方面的情意便都写出,相当切题。

这首词从思想内容和艺术手法方面来看,算不上是一首突出的佳作。但却有两点值得注意:一是他突破了史氏本人所常写的题材内容,于中表现了自己一定程度的忧国之情;二是在用笔方面,也显得比较清淡,不像他其他一些作品那样浓丽。清人楼敬思评曰:"史达祖南渡名士,不得进士出身;以彼文采,岂无论荐,乃甘作权相(指韩侂胄)堂吏,至被弹章,不亦降志辱身之至耶?……然集中又有留别社友《龙吟曲》'楚江南,每为神州未复,阑干静,慵登眺',新亭之泣,未必不胜于兰亭之集也。"(《词林纪事》卷十三引)此话实为"知人"之论。

选自《唐宋词鉴赏辞典》(上海辞书出版社 1988 年版)

齐天乐

中秋宿真定驿

史达祖

　　西风来劝凉云去,天东放开金镜。照野霜凝,入河桂湿①,——冰壶②相映。殊方路永。更分破秋光,尽成悲境。有客踌躇,古庭空自吊孤影。　　江南朋旧在许,也能怜天际,诗思谁领?梦断刀头,书开蛮尾③,别有相思随定。忧心耿耿。对风鹊残枝,露蛩荒井。斟酌姮娥,九秋官殿冷。

　　史达祖伴随宋朝派赴金国贺金主生辰的使节北行,六月离临安,八月中秋到达真定(今河北正定),夜宿馆驿中,作此词。以一个南宋士人而身入原是北宋故土的"异邦",又恰逢中秋月圆之夜,这两重背景就决定了这首词的悲慨风格。

　　上阕先从"中秋"写起。头两句即是佳句:"西风来劝凉云去,天东放开金镜。"其中共有四个意象:西风、凉云、天东、金镜,它们共同组成了一幅"中秋之夜"的图象。而其妙处尤在于"来劝"

---

①桂湿:桂指月,因传说月中有桂树,故称。月影倒映入水中,故云"湿"。
②冰壶:盛冰的玉壶,比喻清洁明净。鲍照《白头吟》:"清如玉壶冰。"
③蛮尾:本形容女子头发卷曲,此处形容笔法劲锐。王僧虔《论书》称索靖字势曰银钩蛮尾。

"放开"这两组动词的运用，它们把这幅静态的"图象"变换成了动态的"电影镜头"。原来，入夜时分，天气并不十分晴朗。此时，一阵清风吹来，拂开和驱散了残存的凉云——作者在此用了一个"来劝"，就使这个风吹残云的动作赋有了"人情味"：时值佳节，就让普天下团圆和不团圆的人都能看到这一年一度圆亮如金镜的中秋明月吧。果然，老天不负人望，它终于同意"放行"，于是一轮金光澄亮的圆月马上就在东边地平线上冉冉升起。所以这两句既写出了景，又包含了自己的情愫，为下文的继续写景和含情伏了线。"照野霜凝，入河桂湿，——冰壶相映"三句，就承接上文，写出了月光普洒大地、惨白一片的夜色，以及大河中的月影与天上的圆月两相辉映的清景，于中流露了自己的乡思客愁。李白诗云"床前明月光，疑是地上霜。举头望明月，低头思故乡"（《静夜思》），苏轼词云"明月如霜"（《永遇乐》），史词的"照野霜凝"即由此化出，并体现了自己的思乡愁绪。"殊方路永"一句，语似突然而起，实是从题中"真定驿"生出。从临安出发，过淮河，入金境，便是殊方异国，故云"殊方"；到这里真定，已走过一段漫长的途程，但再到目的地燕京还有相当长的路要走，故云"路永"。这个四字押韵句自成一意，起了转折和开启下文的作用：上面交待了中秋月色，至此就转入抒情。"殊方路永"四字读来，已感到伤感之情的深切，而令人难堪的更在今夜偏又是中秋节！故而"独在异乡为异客"与"每逢佳节倍思亲"的两重悲绪就交织在一起，终于凝成了下面这两句："更分破秋光，尽成悲境。"中秋为秋季之中，故曰"分破秋光"，而"分破"的字面又分明寓有分离之意，因此在已成"殊方"的故土，见中秋月色，便再无一点欢意，"尽成悲境"而已矣！下两句即顺着此意把自己与"真定驿"与"中秋"合在一起写："有客踌躇，古庭空自吊孤影。"月于"影"字见出。驿站古庭的枯寂气氛，与中秋冷月的凄寒色调，就使作者中夜不眠、踌躇徘徊的形象衬托得更加孤单忧郁，也使他此时此地的心情显得更凄凉悲切。王国维《人间词话》十分强调词要写"真景物"和"真感情"，谓之"有境界"。此情此景，就使本词出现了景真情深的"境界"，也使它具有了"忧从中来"的强烈艺术效果。

不过，在上阕中，词人还仅言其"悲"而未具体交待其所"悲"为何，虽然在"殊方路永"四字中已经约略透露其为思乡客愁。我们只知道，词人踌躇，词人徘徊，词人在月下独吊其孤影，然而尚未直探其内心世界的堂奥。这个任务，便在下阕中渐次完成。它共分两层：一层写其对于江南朋旧的相思之情，这是明说的；另一层则抒其对于北宋故国的亡国之悲，又是"暗说"的。先看第一层："江南朋旧在许，也能怜天际，诗思谁领？"起句与上阕末句暗有"勾连"，因上阕的"孤影"就自然引出下阕的"朋旧"，换头有自然之妙。"在许"者，在何许也，不在身边也。"也能怜天际"是说他们此刻面对中秋圆月，也肯定会思念起远在"天际"的我。"诗思谁领"则更加进了一步，意谓：尽管他们遥怜故人，但因他们身在故乡，因而对于我在异乡绝域思念他们的乡愁客思终乏切身体验和领受，故只好自叹一声"诗思谁领"（客愁化为"诗思"）。从这无可奈何的自言自语的反问句中，我们深深地感知：词人此时此刻的愁绪是其他人都无法代为体会、代为领受的。其感情之深浓，于此可知。接下"梦断刀头，书开蚕尾，别有相思随定"，就续写他好梦难成和写信寄情的举动，以继续抒发自己的相思之愁。

这里,他使用了两个典故:"刀头"和"蚕尾",其主要用心则放在前一典故上面。《汉书·李陵传》载李陵降匈奴后,故人任立政出使匈奴,意欲暗地劝说李陵还汉。他见到李后,一面说话,一面屡次手摸自己的刀环。环、还音同,暗示要李归汉。又刀环在刀头,后人便以"刀头"作为"还"的隐语。唐吴兢《乐府古题要解》说《古绝句》中"何当大刀头"一句云"刀头有环,问夫何时当还也",即此意。此处说"梦断刀头"即言思乡之好梦难成,还乡之暂时无法,所以便开笔作书("书开蚕尾"),"别有相思随定",让自己的相思之情随书而传达到朋旧那里去吧。以上是第一层。第二层则把思乡之情进而扩展。先点以"忧心耿耿"四字。这耿耿忧心是为何?作者似乎不便明言。以下便接以景语:"对风鹊残枝,露蛩荒井。"这两句既是实写真定驿中的所见所闻,又含蓄地融化了前人的诗意,以这些词语中所贮蓄的"历史积淀"来调动读者对于"国土沦亡"的联想。曹操诗云:"月明星稀,乌鹊南飞。绕树三匝,何枝可依?"(《短歌行》)史词的"风鹊残枝"基本由此而来,不过它又在鹊上加一"风",在枝上加一"残",这就使得原先就很悲凉的意境中更添入了一种凄冷残破的感情成分。至于"露蛩荒井"的意象,则我们更可在前人寄寓家国之感的诗词中常见。比如较史达祖稍前一些的姜夔,他就有一首咏蟋蟀(蛩即蟋蟀之别名)的名篇《齐天乐》,其"露湿铜铺,苔侵石井,都是曾听伊处",即与史词意象相似。因而读着这"风鹊残枝,露蛩荒井"八字,读者很快便会生出姜词下文"候馆迎秋,离宫吊月,别有伤心无数"的悠悠联想。作者巧以"景语"来抒情的功力既于此可见,而作者暗伤北宋沦亡的情感也于此隐隐欲出。但作者此词既是写中秋夜宿真定驿,故而在写足了驿庭中凄清的景象之后,又当再还到"中秋"上来。于是他又举头望明月,举杯酌姮娥(即与姮娥对饮之意),其时只见月中宫殿正被包围在一片凄冷的风露之中。这两句诗从杜甫《月》诗"斟酌姮娥寡,天寒奈九秋"中化出,既写出了夜已转深、寒意渐浓,又进一步暗写了北宋宫殿正如月中宫殿那样,早就"冷"不堪言了。前文中暗伏而欲出的亡国之痛,就通过"宫殿"二字既豁然醒目、却又"王顾左右而言他"(表面仅言月中宫殿)地"饱满"写出!

　　全词以中秋之月而兴起,又以中秋之月而结束,通过在驿庭中的所见所闻、所思所感,展现了作者思乡怀旧、忧思百端的复杂心态,具有一定的思想深度和艺术感染力。从词风来看,此词也一改作者平昔"妥帖轻圆"的作风,而显出深沉悲慨的风格,在某种程度上带有了辛派词人的刚劲苍凉气格(比如开头五句的写景,结尾两句的写人月对斟和中秋冷月)。这肯定与他的"身之所历,目之所见",是有密切关系的。清人王昶说过:"南宋词多《黍离》《麦秀》之悲。"(《赌棋山庄词话》卷一引)从史达祖这首出使金邦而作的《齐天乐》中,就很可见出此点。

选自《唐宋词鉴赏辞典》(上海辞书出版社 1988 年版)

喜迁莺

许棐

　　鸠雨细，燕风斜。春悄谢娘家。一重帘外即天涯，何必暮云遮？　　钗金寒，钿玉冷。薄醉欲成还醒。一春梳洗不簪花，孤负几韶华。

　　在唐宋词中，女子的"闺怨""春思"，可算是写熟、写滥了的题目；但也正因如此，便增加了写作的难度，不易"出新"。特别像本词的作者许棐，已是晚宋理宗时人；在他之前，词坛上早已涌现了不知几多的优秀"闺怨"词作，因此真要能够有所新意，那确实是颇为不易的。

　　可是，这些担心似乎是多余的。作者在这首短短的小令中，用他简洁而又优雅的笔触，成功地塑造了一个有些类似于《牡丹亭》中杜丽娘式的少女形象。她的伤春情绪，她的不甘于深锁闺房的反抗精神，以及她对爱情和人生的追求与留连，都给我们留下了深刻难忘的印象。

　　词从暮春景色写起。"鸠雨细，燕风斜"二句，用笔极深细，极优美，一上来就给人以美的享受。本来只是细雨斜风，倒装成雨细风斜，意思的重点便落在"细"字、"斜"字上；再加以"鸠"字、"燕"字缀成"鸠雨""燕风"，又巧妙地把风雨加上了季节的特点。

鹁鸠将雨时鸣声急,故有"鸠唤雨"之说,诗词中常二字连用;鹁鸠,古时亦称布谷鸟。布谷催耕,是常与连绵的细雨连在一起的(如元好问诗云"莘川三月春事忙,布谷劝耕鸠唤雨")。燕儿的飞翔,又常与春风"作伴"(如杜甫诗云"细雨鱼儿出,微风燕子斜")。所以上面六个字,就甚为准确、形象地交代出了暮春的季节特点,为后文点明"春悄"之"春"字,作了伏笔和铺垫。不仅如此,布谷鸟在细雨中自由地鸣叫,小燕子在斜风中快乐地飞舞,这声音、这动作,又和下文"春悄谢娘家"的幽静、寂寥,形成了心理氛围上的对比。谢娘,原指东晋王凝之妻谢道韫;这里借以暗示词中的女主角是一位贵族人家的才女(至于有些作品中以"谢娘"来指妓女,则本词不是此意)。试想,窗外早已是一片生机勃勃的春天景象,而窗内却是一片静悄悄、闷沉沉的气氛(更何况,被深锁于此的又是一位年轻活泼的姑娘),所以两相对照,女主角那种爱慕于大好春光、不甘囿于深闺的心理,就含蓄而丰满地隐隐写出。清人周济论词有云:"驱心若游丝之胃飞英。"(《宋四家词选目录序论》)从这三句中就不难见到作者用心之深,下笔之细。果然,接下两句,就一反上面那种隐而不露的写法,而出之以"怨语":"一重帘外即天涯,何必暮云遮?"看来时光已抵傍晚,天又老不放晴,一块浓重的暮云更遮断了少女凝望天边的视线,故而她就发出了这样的怨恨之语。其意即谓:一重帘子就已把我阻隔在深院内室,使得帘外之近(尽管近在咫尺)竟变成了"天涯"之遥(此亦暗示自己不得随便跨出深闺),更何况天上还有重重乌云来遮隔呢? 从这两句来看,则在她内心深处,自藏有一个"心上人"的影子在。她想要与他会面,奈何家规和礼教却绝不允许这么做,所以怨恨之极,竟至于从"尤人"发展到了"怨天"——但出于大家闺秀的身份,她却又不能直言其埋怨父兄之情,而只能把一股怨气尽发之于帘子和暮云。这中间的曲折三昧,尽在文字之外。于此亦可见得作者揣摩和刻画人物内心世界的深湛功夫和高妙技巧。李商隐诗云"刘郎已恨蓬山远,更隔蓬山一万重",讲的是相爱的男女之间阻隔着重重障碍,但他用的是"一万重"这样的"重量级"形容词;而"一重帘外即天涯,何必暮云遮"则用的是"一重(帘)""(一块)云"这样的"最轻量级"形容词(这似乎更能确切地体现一位闺中少女的居处环境),但二者却有"异曲同工"之妙。这又不能不使人感叹作者的善于翻化前人语意和勇于创新。

　　既然充满了怨恨,那么她必然就会有所反抗。但是,她可没有后来《西厢记》中那位莺莺小姐的勇气和机会,因此她只能采取比较"消极"和宛转的反抗形式。"钏金寒,钗玉冷。薄醉欲成还醒"以及"一春梳洗不簪花"这几句就是写她的这种"消极反抗"。摘下了手臂上的金钏,拔下头发上的玉钗,甚至一整个春天都不愿插花打扮,这实际是暗向心上人表示自己"岂无膏沐,谁适为容"(《诗·卫风·伯兮》)的心意,同时又是向她父兄的一种"示威"行动。这是本片的第一层意思。可是,她的这种举止行动却并没有收到多大的效果——父兄并没有放她走出深闺,而所怀的恋人也并不能因此而得见,所以她的心又一次堕入了痛苦之中。"钏金寒"的"寒"字,"钗玉冷"的"冷"字,就反衬了她得不到安慰与温暖的失望心理。而"薄醉欲成还醒"更表明她内心的苦闷远非醉酒所能暂时排遣。最妙的则还在词尾:尽管她一春不愿簪花

打扮(看似不对春光和鲜花略感兴趣),然而最后却吐出了一句
"真话":"孤负几韶华!"也就是说:让一春的春光白白流驶,让一
春的鲜花白白丢抛,从真心而言,实在又是舍不得的。"韶华"是
最美妙的时光:从一年而言在于春天;从一生而言,则在于青春年
少。"孤负",对不住、白白浪费。这两个词合在一起,语既极为沉
重,内蕴又极为丰富。它所表达的,就正是杜丽娘所唱出的感叹:
"则为你如花美眷,似水流年,是答儿闲寻遍,在幽闺自怜。"因而,
从它所包含的对于青春易逝的惋惜和对于宝贵人生的眷恋来看,
极能代表封建社会中广大青年妇女(特别是有才之女)所普遍怀
有的悲剧心理,具有相当深刻的典型意义。这是本片的更深一层
意思。

　　总之,这首词的题材内容虽仍跳不出一般婉约词描写"春思"
"闺怨"的窠臼,但从它所写到的反抗心理和悲剧心理来看,却又
不乏某种新意。它从常见的怀人进而写到了对于命运的怨嗟,又
写到了对于人生(主要是青春和爱情)的执着肯定(这些都从"反
面"可以看出),都显示了它思想内蕴之深厚。而从艺术风格来
看,它也成功地继承了前代小令的传统,写得哀怨缠绵,文雅工
致;特别是下片的暗藏曲折,更为细腻微妙地再现了一位闺中才
女的心曲,堪称是善于刻画女性婉曲心理的佳作。

选自《唐宋词鉴赏辞典》(上海辞书出版社 1988 年版)

谒金门

李好古

花过雨，又是一番红素。燕子归来愁不语，旧巢无觅处。

谁在玉关劳苦？谁在玉楼歌舞？若使胡尘吹得去，东风侯万户。

李好古，生平不详。宋代姓李名好古或字好古者，约有四五人之多。其中有一位李好古曾作过《碎锦词》。而本词的作者《全宋词》置于宋末元初的陈允平和刘辰翁之间，据此可以作为晚宋人来看待。

南宋末期，由于强敌（北方的蒙古兵）压境，频频侵扰，所以实际处于一种风雨飘摇、朝不保夕的危险境地中。但此时的统治集团，却不以国事为虑，依然过着花天酒地、醉生梦死的享乐生活。据周密《武林旧事》记述，这一辈贵族官僚"朝歌暮嬉，酣玩岁月"，简直不知道人生还有"忧患"二字！所以面对这种极不协调、极不合理的现实，一大批忧国忧民的词人们，忧心如焚，纷纷拿起笔来，以词来揭露矛盾，以词来抨击时政，这就使得南宋后期词坛上出现了为数不少的"政治批判词"，本词就是其中的一首。

词从春景起兴。"花过雨，又是一番红素"，这"又是"二字中，就深嵌着作者深沉的感叹。此二句从表面看意谓：日子过得好快呀,不知不觉间又是春雨催花、百花盛开("红素"指红红白白的花卉)的季节了;而其言外之意却是:汝辈赏花的达官贵人们可知道,春景依然而"人事"却已悄悄在那儿"偷换",像这样的"好日子"还能再过多久?果然,接言两句就点出了现实境况的可悲可忧:"燕子归来愁不语,旧巢无觅处。"刘禹锡诗:"朱雀桥边野草花,乌衣巷口夕阳斜。旧时王谢堂前燕,飞入寻常百姓家。"(《乌衣巷》)这里变化刘诗,写出了燕子归来而旧巢无觅的愁苦,隐喻了战争(在临安城外已不断进行)所带来的破败景象,并暗寓着对于即将"覆巢"(指彻底亡国)的忧虑。词笔至此,则前文"花过雨""一番红素"的表面绚丽景象,尽被"愁不语"三字抹上了一层浓重的"惨色"矣。

上片借物寓情,下片就"直抒胸臆"地吐露其情了。"谁在玉关劳苦?谁在玉楼歌舞?"这二句反问句,对比强烈,揭露有力,深刻地揭示了乐者自乐、苦者却苦的不合理现实。据历史记载,蒙古兵围襄阳四年,城中"撤屋为薪"、艰苦奋战;城破后很多宋朝将吏赴火自焚、慷慨就义。而此时的奸相贾似道却在西湖葛岭"起楼阁亭榭,作半闲堂","取宫人叶氏及倡尼有美色者为妾,日肆淫乐"(《宋史纪事本末》卷一〇五),这真是"事无两样人心别"(辛弃疾《贺新郎》)!它以戍守边塞者的辛苦反衬出玉楼赏歌者的"全无心肝",语极简短而意极沉痛。最后两句则用拟人的笔法无情地嘲笑当权者:"若使胡尘吹得去,东风侯万户。"意思是说:倘若东风能把罨天胡尘吹走,那就封它一个"万户侯"!这实际是在作"反言",表现出作者对统治者的彻底"绝望",并嘲讽他们:你们不是整日在作"赏春探花"之游吗,那就何不让"东风"去驱退敌兵呢？由于运用了"正话反说"的手法,所以就分外表达出词人的愤懑与感叹,显得无比辛辣,使贾似道等尸位素餐者的无耻而又无能的面目暴露无遗。

选自《历代小令词精华》(岳麓书社 1993 年版)

柳梢青

春感

刘辰翁

　　铁马蒙毡,银花洒泪,春入愁城。笛里番腔,街头戏鼓,不是歌声。　　那堪独坐青灯,想故国、高台月明。辇下风光,山中岁月,海上心情。

　　"独在异乡为异客,每逢佳节倍思亲。"每逢佳节(特别在月圆之夜的元宵、中秋等节日之夜),人们便会油然而生思念亲朋之情。刘辰翁的这首"春感"词,实际就是一首"元宵思亲"之词。尽管他其时正身在故乡(江西庐陵),但由于南宋已经覆亡(元兵于1276年攻占临安,并掳幼帝及太后等北去),所以面对元宵的明月,他心中升起的便是一种"恍若隔世"的"易代"之悲。在这月圆而社稷却已破碎的时刻,他的思绪不禁飞向了沦陷在元兵铁蹄下的南宋故都临安,更飞向了此刻还在海南一带坚持"抵抗运动"而艰苦斗争着的朋友们……

　　本词基本从想象与联想落笔。上片是他遥望今夜临安城里"过节"的情景。元宵节本是汉民族极为欢乐的节日。古往今来,无数文人曾为它留下过许多优美的诗篇。如唐代苏味道诗云:"火树银花合,星桥铁锁开。暗尘随马去,明月逐人来。游妓皆秾李,行歌尽落梅。金吾不禁夜,玉漏莫相催!"(《正月十五夜》)它就活画出都城庆祝元宵节的盛况。可是刘辰翁笔下的元宵之夜,却已迥然不同了:"铁马蒙毡,银花洒泪,春入愁城。笛里番腔,街头戏鼓,不是歌声。"此时的临安城里,一队队披着毡毯的蒙古骑兵,正在到处狂驰突奔,这哪还有半点节日的喜庆气氛? 联想到不久之前元兵入城的大肆搜捕屠杀以及人民的流离死亡(光宫女投湖自杀者就数以百计),词人想象今年的元宵灯花,似乎还在为死者们流泪志哀。而如果对比于昔年(宋亡前)"金吾不禁"的"不夜城",则现今的临安城简直就成了一座"愁城"! 这里,作者特意把"春"与"愁城"紧连在一起写,更显出了"以乐景衬哀"的对比效果,给人以"国破山河在"的强烈悲恸。当然,词人还想象:此时的临安城中,也还是有人在"过节"的,但那已是蒙古"新主人"们,而不再是原先生活于此的汉族人民。因之,那游牧民族的横笛所吹奏出的"番腔",和那街头演出的充满异族风味的鼓吹杂戏,就再不是昔年承平时代的歌舞。其言外之凄然与愤慨,就不言而自明。过片"那堪独坐青灯,想故国、高台月明",既交代了词人自身所怀的悲凉心情,又起了收束上文和领起下文的作用。刘辰翁在1275年曾参加过文天祥的幕府,从事过短期的抗元活动,兵败后退隐故乡过着"遗民"的生活。"那堪独坐青灯"句,就用独对荧荧如豆之油灯的"画面",勾勒出了词人悲凉孤愤的自我形象,而"想故国、高台月明"则化用李煜《虞美人》词意("故国不堪回首月明中")抒写他感怀故国沦丧却又无力回天的哀痛。这两句既点明上文所写,均系对于故国之所"想"(想象),又很自然地引发出下文三个"跨度"甚大却又"勾成一团"的并列短句来。这三个短句中,"辇下风光"是指故都临安元宵之夜的繁华旖旎风光,"山中岁月"是指自己蛰居乱山的凄凉寂寞岁月,而"海上心情"则又把词境拓宽,使自己的思念飞向了南海之畔的崖山,和此刻还在那里孤军奋战的抗元将士"心心相通"……其间,既包含着对于社稷变置、故国覆亡的"改朝换代"之悲感,又包含着对于自身窜伏深山、晚境落拓的"劫后余生"之痛悼,更包含着对于文天祥、张世杰等爱国志士们的无限关心与景仰,堪称语极精炼而意极丰富。刘辰翁词,人称"情辞跌宕"(况周颐《蕙风词话》)。此词全从元宵之夜而"独坐青灯"之所"想"所"感"写起,"纵跨"了宋亡前后的两个朝代,"横跨"了临安、庐陵、海南三处地域,表达了亡国之后百感交集的悲苦心情,真称得上是情真意深、跌宕有致的佳构。

选自《历代小令词精华》(岳麓书社 1993 年版)

唐多令

邓　剡

　　雨过水明霞，潮回岸带沙。叶声寒，飞透窗纱。堪恨西风吹世换，更吹我，落天涯。　　寂寞古豪华，乌衣日又斜。说兴亡，燕入谁家？惟有南来无数雁，和明月，宿芦花。

　　元人小令云："枯藤老树昏鸦，小桥流水人家，古道西风瘦马。夕阳西下，断肠人在天涯。"（马致远《天净沙》）邓剡此词的词境，与它有点儿类似，也是运用一系列有关寒秋的萧瑟意象，来抒发他"断肠人在天涯"的流落之悲。不过，马致远的"断肠"，主要还是关乎个人身世之苦，而邓剡词中的"堪恨西风吹世换，更吹我，落天涯"则在流落他乡的"客愁"之外，更带有了"易代"之悲。邓词的这种思想内涵，当然又是与它所赖以诞生的特定时世有关的。

　　邓剡是位抗元志士，临安失陷后曾参加文天祥等人组织的抗元斗争。崖山兵败，他投海殉国，为元兵救起俘获，后被放还。劫后余生，流落金陵；面对着这座历经沧桑变易的历史古城，俯仰人世，感怀身世，不禁悲从中来，便借"悲秋"和"吊古"为题，写下了这篇充溢着亡国之痛的词篇。词分两片。上片主要是"悲秋"，借秋景以抒发其"换世"之慨叹。下片则主要是"吊古"，借古今之对比而诉说他的"兴亡"之感。合而观之,随处都浸润着他悼念故国兼自伤身世的恻恻凄情。

上片头四句极写秋景之悲凄:"雨过水明霞,潮回岸带沙。叶声寒,飞透窗纱。"词人用轻迅的笔调,为读者勾画了一幅凄清的秋江叶落图。其中,"潮回"两字暗化了刘禹锡"潮打空城寂寞回"(《石头城》)的诗意,令人生出江山依旧、人事却改的联想。而"叶声"两句,更使我们感到那飒飒的叶落声岂止是"飞透"了窗纱,其实是"穿透"了词人的心扉!这种敏锐的心理感受,正如作者另首词中所写的"井桐一叶做秋声"(《浪淘沙》)一样,十分"饱满"地写出了他"一叶落知天下秋"的"惊秋"心情,既表现了他的对景而伤情,又为引出下文作了过渡。接着,词人就从对于外界事物的描述转向主观情志的抒发上来:"堪恨西风吹世换,更吹我,落天涯。""叶声"是因西风所致,而"西风"则不仅变换了自然界的季节(由夏变秋),更变换了人世间的"季节"(改朝换代)和我个人的命运!因而这里的"西风换世"就显得语意双关、内涵丰富了。它把词人深切的亡国之痛和悲凄的落流之感,含蓄但又清晰地尽情表出。

下片头四句拓开词境,转为对于金陵古城的凭吊:"寂寞古豪华,乌衣日又斜。说兴亡,燕入谁家?"这里明显化用刘禹锡《乌衣巷》("朱雀桥边野草花,乌衣巷口夕阳斜。旧时王谢堂前燕,飞入寻常百姓家")的意境,不过为强调(强调昔之"豪华"与今之凄寂的"对比")起见,故在四句之首特冠以"寂寞"二字,更在"乌衣"与"日斜"之间又嵌以"又"字,这就使其"昔盛今衰"的"兴亡"之感,表露得格外淋漓尽致。结尾三句"惟有南来无数雁,和明月,宿芦花"，有人认为有所寄托（"南来雁"借指"南下避兵者"，即乱离中的难民），表达了作者对于汉族人民的同情。但依我看来，倒不如径直作为"写景"看待，以使全词用秋景起始、又用秋景结束而构成为统一的整体。不过，这结尾的秋景又写得比开头的秋景显得更其萧飒和更其惨澹，因而也就愈加浓重地表达了作者凄苦异常的心境。试想，金陵本是"六朝繁华地"和"自古帝王家"，而现今却已变成了群雁栖宿的营地。那在秋风中瑟瑟抖动的遍地芦花，以及那"夜深还过女墙来"的秦淮旧月，就更把词人"悲秋"和"吊古"的伤感情怀"交织"起来，"物化"成为一片令人触目伤心的凄黯"意境"，故而全词气象衰飒，风格浑茫，在"悲秋"和"吊古"的"外衣"底下，实际蕴藏着一颗"暗伤亡国"（鹿虔扆《临江仙》）的哀哀"词心"。

选自《历代小令词精华》（岳麓书社 1993 年版）

一剪梅

杨金判

　　襄樊四载弄干戈,不见渔歌,不见樵歌。试问如今事若何? 金也消磨,谷也消磨! 　　《柘枝》①不用舞婆娑,丑也能②多,恶也能多! 朱门日日买朱娥,军事如何? 民事如何?

　　宋度宗咸淳四年(1268)九月,蒙古人发兵攻打襄樊,遭到了守城军民的顽强抵抗。战事一直延续了四年有余,被围困在城中的军民到了"食子爨骸"(即以小孩之肉为食,以人骨为薪)的悲惨地步;但是远在南宋首都临安城里的权奸们,却"怙权妒贤,沉溺酒色,论功周、召,粉饰太平"(以上引文均见陈世隆《随隐漫录》卷二),过着文恬武嬉、醉生梦死的无耻生活。这正应了前人的两句诗:"战士军前半死生,美人帐下犹歌舞。"只不过此词所描写的"美人歌舞"不在"帐下",换到了杭州城中的"朱门"那里去而已。

　　哪里有不平,哪里就会响起不平之鸣。这首《一剪梅》,就是一首愤怒辛辣的讽刺词。作者杨金判,名字不详,是州府的一位幕职官(金判或作"签判",是"签书判官厅公事"的省称)。他耳

----

①《柘枝》:一种舞曲。宋时发展为多人队舞,官乐有《柘枝》队。
②能:方言,如许、这等之义。

闻前线将士被困襄樊的惨况，目睹贾似道辈权奸卖国求荣、奢侈淫逸的罪恶行径和腐朽生活，终于忍不住自己的满腔悲愤，写下了这首尖锐揭露现实与猛烈抨击时政的"刺词"。

开头三句，写出了襄樊被困的紧急情况。"襄樊四载弄干戈，不见渔歌，不见樵歌"，是写襄樊一带战事进行了四年有余，人民的和平生活全遭破坏，那就何来什么"渔歌""樵歌"？然而，尽管襄樊粮尽援绝，守将频频告急，贾似道却隐瞒军情，匿而不报，这就更加增添了襄樊困极无援的艰难和濒于破城的危险。所以如果明白了当时的实际情况，则再读上三句词，就益发可知事态的严重了。

但是，身为当权派的贾似道之流又怎样对待国事呢？"试问如今事若何？金也消磨，谷也消磨！"他们只知拿钱粮（金帛）去纳"岁币"，去向蒙古乞求"和平"。这三句就是冲着贾似道的卖国行径而发的。据史载，贾似道一方面在江南推行"经界推排法"，大肆搜刮民脂民膏，一方面又无耻地向蒙古政权"进贡"财宝，希冀他们自动退兵。但这样下来，一方面弄得国穷民匮，另一方面又并不能满足对方的贪欲，所以弄得战事一发不可收拾，亡国之危险已经迫在眉睫。"试问如今事若何？"即包含了无穷的忧国之情在内。（另一种解释也可成立，即把"金也消磨，谷也消磨"理解为襄樊城中金谷消尽、财源枯竭。本文不用此说。）

下片头三句则从上文的忧虑国事转为直斥权奸。"《柘枝》不用舞婆娑，丑也能多，恶也能多"，就直接以"丑恶"两字抨击贾似道之流的可耻行径。"朱门日日买朱娥，军事如何？民事如何？"又重申上意，而更以结尾的两个反问句沉痛地斥责他们误国殃民的罪恶。《宋史·贾似道传》载："时襄阳围已急,似道日坐葛岭,起楼阁亭榭,取宫人娼尼有美色者为妾,日淫乐其中。"这就是本词中"《柘枝》舞婆娑"和"朱门买朱娥"的事实根据。国家至此,焉得不亡?作者就在这样愤慨的语调中结束了本词。

这首词给人的突出印象,第一是它的勇敢和大胆,第二是它的对比鲜明。首先,它敢于尖锐揭露社会矛盾,抨击腐朽朝政,这在贾似道权势熏天、一手以遮天下的情势下,是难能可贵和令人钦佩的。从某种意义上讲,它的那种战斗性和讽刺性,就很有些民间作品的风味。其次,在进行讽刺和批判时,它所采用的方法是:让事实出来说话,亦即把襄樊前线的情况和临安城里的情况作一鲜明的对比,这样一来,贾似道之流的嘴脸就昭然若揭。所以此词虽然短小,风格也较直率发露,但它的艺术效果却还是相当不错的。在宋末涌现的许多"政治批判词"中,它是值得注意的一首。

选自《唐宋词鉴赏辞典》(上海辞书出版社 1988 年版)

虞美人

听雨

蒋　捷

　　少年听雨歌楼上,红烛昏罗帐。壮年听雨客舟中,江阔云低断雁叫西风。　　而今听雨僧庐下,鬓已星星也。悲欢离合总无情,一任阶前点滴到天明。

　　有谁经历过这样的人生道路吗:青少年生于"富贵温柔之乡",简直不知道世间还存在着一个"愁"字;步入中年以后,却饱经忧患,尝尽了人间伤乱离别的滋味;而到垂暮之年,更孤身只影地独栖僧庐之中——蒋捷这首词,就以"听雨"作为线索,又以"雨声"作为"道具",形象饱满地写出了自己所身经的"人生三部曲",妙在"不着一字"而"尽得风流"——试看,它写少年时的豪华生活,仅用歌楼、红烛和罗帐三个意象,就把其富贵而旖旎的氛围和情致,尽情表出;写壮年时的飘泊流浪,又用客舟中所闻见的断雁西风和所感知的风雨飘摇,含蓄表出;而更妙的还在写其"鬓已星星"的晚年,又改用一种"波峭"的笔法来写其"哀莫大于心死"的、近乎"麻木不仁"的心态,使读者从它表面看似"不动情"("悲欢离合总无情,一任阶前点滴到天明")的状态中,越发深窥其内心深藏着巨大悲哀,也越加反衬了这位从富贵之家而坠入困顿的老人那十分凄凉的晚景和异常孤寂的心境。照理来讲,人的一生中所经所历之事何止千件万件,人到晚年回顾往事时涌上心头的思绪又何止千头万绪,但作者仅用了类似于今天电影"蒙太奇"的三个"镜头",就把这"跨度"很大、"曲折"甚多的几十年生活,用短短一首小令精炼地勾勒了出来。这不能不使人钦佩其用笔之富有概括力和下字运语的精警优美。

　　但是,如果仅作以上理解,还是远远不够的。这是因为,"南宋词多黍离麦秀之悲"(谢章铤《赌棋山庄词话》卷一),特别在宋亡前后所作的词中,自不能不"折映"进亡国的阴影;更何况,作者蒋捷,又是一位极富民族感情的爱国文人。因此,这首小令,不仅可作蒋捷个人的"身世三部曲"来看待,同时也可作为整个南宋晚期士大夫的"生活缩影"来看待——在宋亡以前,他们听歌赏舞、留连风月,过着富贵而风流的生活;蒙古南侵,社稷倾覆,他们就像西风肃杀中的断鸿孤雁一样,四处飘散;宋亡之后,这些人中的不少人又像蒋捷一样,甘当"遗民",不仕新朝,默默孤栖在穷山僻壤、僧庐道观中,"痛定思痛"地"反思"着他们那紧紧依附在南宋王朝的"国运"之上的个人命运,"咀嚼"和"反刍"着自己那痛苦和不幸的人生遭遇。这样来读本词,就能倍感其深沉的感情蕴含和"历史深度"——它所咏写的,不仅是个人"听雨"的三段生活情景,而更是国破家亡后填塞胸间的无限辛酸与痛楚!

　　"帘外雨潺潺",五代的亡国之君李煜曾用雨声作为他抒发亡国之感的"起兴"。现在,宋亡之后的蒋捷又一次以雨声作为他"串联"一生经历、进行"今昔对比"的线索和"道具"。雨声本是自然界极为平凡的事物,但到了多情而卓越的词人笔下,却会"开掘"出如此丰蕴的感情因素,"寄托"进如此深沉的历史内容,这是不能不使人拍案叫好的。

选自《历代小令词精华》(岳麓书社 1993 年版)

一剪梅

舟过吴江

蒋　捷

　　一片春愁待酒浇。江上舟摇,楼上帘招。秋娘渡与泰娘桥,风又飘飘,雨又萧萧。　　何日归家洗客袍?银字笙调,心字香烧。流光容易把人抛,红了樱桃,绿了芭蕉。

　　本词所表现的感情内容,人们并不陌生。它主要抒写词人倦于浪游、急于归家的"客愁",和因季节转换所引发的"时光抛人"之感。这类题材,在唐宋词中可谓是随处可见。不过,这首词由于它那特别富于音乐感的清亮流利的音节,以及下字造句方面的富有创造性,所以在众多的同题作品中,显得别树一帜,赢得了无数读者的青睐。

　　作者本有一个幸福美满的小家庭。他在另一首词中曾经十分甜蜜地回忆道:"深阁帘垂绣,记家人、软语灯边,笑涡红透。"(《贺新郎》)这就可知其家庭生活之温馨怡乐。但由于种种原因,词人却不得不长期在外浪游,淹留他乡,这真是人间莫大的恨事。现今,词人终于泛舟归乡了。词的上片就生动地写出了他在"舟过吴江"途中既急迫、又烦闷的复杂心情。起句"一片春愁待酒浇",就挑明了春深似海而愁绪如云(故曰"一片")的无比烦闷,为全词布下了既"美丽"、又怅惘的感情氛围。以下五句,我们就可想象见他一边举杯独酌、一边眺望舱外的情景:"江上舟摇,楼上帘招。秋娘渡与泰娘桥,风又飘飘,雨又萧萧。"船在江(吴江)上飐飐轻摇,岸边酒楼上的酒帘似在向人频频招手,转眼之间,已驰过了秋娘渡与泰娘桥,而窗外仍淅淅沥沥地飘拂着撩人愁绪的风风雨雨。这几句描写,极为成功,一方面它甚为真切地表现出舟行江上的"流动"感;另一方面又以"舟遥遥以轻飐,风飘飘而吹衣"(陶渊明《归去来辞》)的情状衬托出内心思归的迫急意念,并以风雨如晦的恼人天气来"强化"其开头所言的"春愁"。不过,词人所乘的小舟一路上穿桥越洞,所过之处应是相当多的,而他却为何特意点出"秋娘渡"与"泰娘桥"这两个富有女性意味的地名?这就十分巧妙地"暗示"出了此刻荡漾在词人心头的一股"温情"——引得他归心似箭的,不就是家中那位秀媚温柔的"闺中人"吗?因此换头三句紧接着就描写他归家后"如愿以偿"的温馨生活:"何日归家洗客袍?银字笙调,心字香烧。"到家之后第一件事,就是快快脱去那身积满灰尘、望而生厌的"客袍",这意味着终于结束了"绣阁轻抛,浪萍难驻"的飘泊生活;而接下来的事便是让爱妻调弄起镶有银字的笙,点燃起熏炉里心字形的香,这又象征着夫妻团圆的"新生活"的重新开始。此种充满着"家庭气氛"的温馨画面(自然仅仅存在于"想象"与"盼望"中,观其句首所冠的"何日"可知),便与此际所面临着的"风又飘飘,雨又萧萧"的现实,形成强烈的"反差",从而在"对比"中完成了对于"客愁"的尽致描写。接下来,词人又进一步拓宽词境:"流光容易把人抛,红了樱桃,绿了芭蕉。"想我长期在外浪游,白白地浪费了许多宝贵的光阴;即使现在赶回家中,却也樱桃变红、芭蕉转绿,转眼之间人间最美好的春光又将逝去。这"流光容易把人抛"一句,就不仅包含了他对浪游生活的某种懊悔,更包含着他对流年如水、岁月匆逝的无限惋惜和喟叹,确是一位珍惜人生且在人生旅途中跋涉的"过来人"之语。词情至此,就不再仅仅局囿于一般的"客愁"之中,而赋有了更加深广的思想内涵。

《一剪梅》这个词牌,本有叶六个平韵和逐句叶韵(共十二韵)两种格式。如李清照那首"红藕香残玉簟秋"就用的前一种格式,而本词却选用了后一种写法。之所以要用后者,我们猜想,蒋捷定是有所考虑的:为着表现"江上行舟"的"流动"之感,为着表现风雨不止的"恼人"感,也为着表现回家后重新"调整生活"的"急迫"感和光阴如水的"流逝"感,逐句押韵的听觉效果及其所"转化"成的心理效果,明显就比只叶六韵来得"优越"。特别是其中四组排比句(如"江上舟摇,楼上帘招""风又飘飘,雨又萧萧"等),一经每句押韵,读之如听排箫,其音调之悠扬动听,真是妙不可言。所以细味全词,简直使人如入舟中,亲历那种"春水船如天上坐"的真切体验。

除了音节的清亮流利和它所产生的声情并茂效果之外,本词在下字造语方面也确有其创造性。对此不妨举出两点:一是意象的"组合"富有"对比感"。舟行江上,又逢风雨不止,这本是一幅相当凄寂的画面,然而词人却有意拈出"秋娘渡与泰娘桥"这样旖旎的地名来,又在下片中安排了"银字笙"和"心字香"这样华美的物件,这就更加烘衬出羁旅之苦和归家之乐,有效地表现其"客愁"之深。二是善于炼字和炼句。如其"流光容易把人抛,红了樱桃,绿了芭蕉"三句,色彩鲜明,用字准确,堪称"虽不识字人亦知是天生好言语"。

选自《历代小令词精华》(岳麓书社 1993 年版)

闻鹊喜

吴山观涛

周　密

　　天水碧,染就一江秋色。鳌戴雪山龙起蛰,快风吹海立。

　　数点烟鬟青滴,一杼霞绡红湿。白鸟明边帆影直,隔江闻夜笛。

　　"浙江之潮,天下之伟观也。"这是本词作者周密在其《武林旧事·观潮》一文中劈头而兴的惊叹语。确实,钱塘江八月十八日的潮汐,对于词人们来说,有着"勾魂摄魄"的吸引力,所以自白居易、潘阆、苏轼、辛弃疾以来,就多有所咏写。而在这么多的观潮之作中,周密此词却又另有其独到之处——它在充分写出观潮所感的"宏壮美"之同时,又细腻地写出了潮来之前与潮退之后的"优美"感;它在写景"逼真"之同时,又使这些景色赋有了绰约的"神韵"。

　　题目是"吴山观涛"。吴山,是春秋时吴国与越国的分界岭,位于西湖之东南和钱塘江之北。登临此山,左湖右江,杭城风光,尽收眼底。起首"天水碧,染就一江秋色",就隐隐点出"登山"而"观涛"的题意。因是登山,故而眼界煞是开阔,举目眺望,唯见天水相连,好一派浩荡无际的秋色,使人简直怀疑整条钱塘江似被

"染"过一般,显出极为纯净和极为醇厚的青碧颜色。这两句实际化用王勃"秋水共长天一色"和白居易"春来江水绿如蓝"的语意,经过"加工"后展衍出一幅异常优美的"秋江碧水图"。不过,这幅画面表面是一种"静物扫描",其实却寓藏着"动意",一个"染"字就暗示出"造物主"正在悄悄地作"运化"之功。果然,霎那之间,这幅平静美丽的画面顿时就变出了另一付"面孔":"鳌戴雪山龙起蛰,快风吹海立。"宏伟壮观的海潮终于在"静极"之后"勃动"起来了! 我们注意到,作者在其《观潮》中曾用这样的文笔描绘过钱塘江的大潮:"方其远出海门,仅如银线;既而渐近,则玉城雪岭,际天而来。大声如雷霆,震撼激射,吞天沃日,势极雄豪。"而这里由于篇幅的限制,他就改用了更为精炼的语言加以形容,其艺术效果却也不输于散文的记述。这两句的妙处一在于运用"博喻",把大潮之汹涌比喻成神龟背负的雪山,从睡梦中猛然惊起的巨龙,以及狂风卷飚下"耸立"而起的海水(苏轼《有美堂暴雨》诗"天外黑风吹海立"),使人"应接不暇"地感受其"势极雄豪";二在于富于"动态"和"力度",使人感受潮来时的咆哮奔腾、惊心动魄的"天风海雨"之势。下片接着又推出第三个"场景":"数点烟鬟青滴,一杼霞绡红湿。白鸟明边帆影直,隔江闻夜笛。"这几句置于上文狂涛奔涌的"宏壮美"之后,就分外显出它所别具的另一种"优美"感(王国维曾将美感分为"宏壮"与"优美"两种,见其《古雅之在美学上之位置》)。试想,刚才还是海奔涛立、风卷潮涌的"伟观",现在却已潮过涛息,风平浪静,远处笼罩在淡烟中的几点青山依然青翠欲滴,天边一抹红霞似还"湿淋淋"地残留着潮来时所沾的水珠,而白鸥则又趁着傍晚前的光亮,重又绕着直

立的风帆舞翔。这番静谧安详的景象对于刚刚领略过"鳌戴雪山
龙起蛰"的壮阔场面者而言，就像是在大型"轰鸣曲"后又听到了
一支"轻音乐"那样，自然会格外地感到"轻松""愉悦"。而更妙
的还在于全词的结尾——这"隔江闻夜笛"五字，既将前文所写的
种种视觉形象"转换"成听觉形象（这是因为时已入夜，故只能
"闻见"而不能"看见"），又使前文所写的种种实景，最后"融化"
在一片如梦如幻、飘渺悠扬的笛声中。这样的结尾，极富"神韵"，
真如张炎所曰，大有"有余不尽"之妙处（《词源》），使人读后产生
"曲终人不见，江上数峰青"的无限遐想和回味。

　　如前所说，浙江之潮，本是"天下之伟观"。因此一般词人的
"观潮"之作，都尽可能地把"重点"放在对于"潮来"时刻宏伟场
面的"逼真"刻画上，然而周密此词却另有其"描写角度"。试看
它不仅写出了潮来时的轰天而鸣，而且还细致优雅地写出了潮来
之前和潮退之后的如画美景；再看它不仅写景"逼真"，且又"传
神"和富于"韵致"（末句最能体现其"余韵袅袅"），这种"描写角
度"的转换与拓宽，不仅显示了作者在构思与写法方面的别具匠
心，而且显示了词人作为"雅士"（周密自命其堂为"志雅"）所特
有的那种"高雅""清脱"的审美意趣。因着这种审美意趣，他不
仅"发现"了潮来时的"宏壮美"，而且还能"发掘"出常人容易忽
略的潮来之前和潮退以后的"优美"感，并将自己"独得"的这种
美感通过优雅的词境极富"神韵"地表现出来，这是欣赏本词时所
不应忘记的。

选自《历代小令词精华》（岳麓书社 1993 年版）

南　浦

春水

张　炎

　　波暖绿粼粼,燕飞来,好是苏堤才晓。鱼没浪痕圆,流红去,翻笑东风难扫。荒桥断浦,柳阴撑出扁舟小。回首池塘青欲遍,绝似梦中芳草。　　和云流出空山,甚年年净洗,花香不了? 新绿乍生时,孤村路,犹忆那回曾到。余情渺渺,茂林觞咏如今悄。前度刘郎归去后,溪上碧桃多少。

　　此词恐为结社题咏之作。吴自牧《梦粱录》云:"(南宋)文士有西湖诗社,此乃行都缙绅之士及四方流寓儒人,寄兴适情赋咏,脍炙人口,流传四方。"张炎就是这类"西湖诗(词)社"中的一位著名词人,人称他"仰扳姜尧章、史邦卿、卢蒲江、吴梦窗诸名胜,互相鼓吹春声于繁华世界,飘飘征情,节节弄拍,嘲明月以谴乐,卖落花而陪笑,能令后三十年西湖锦绣山水,犹生清响……"(郑思肖《山中白云词序》)。这首《南浦·春水》词,就是他在宋亡前驰名词坛的"成名之作",还因此而获得了一个"张春水"的佳名。

　　"临安风俗,四时奢侈,赏玩殆无虚日。西有湖光可爱,东有江潮堪观,皆绝景也。"(《梦粱录》)因此,要写西湖之美,则西湖的一泓湖水,便是词人们"练笔""竞技"的好题目。而湖水之美,又特别表现在春季发"桃花水"的当口。其时波光潋滟,风软尘香,绿柳飘拂,飞燕轻翔,勾起了词人们多么浓郁的才思和多么丰富的想象。故而,同时的词人王沂孙写下了《南浦·春水》词,而张炎也"不甘示弱"地创作了这首同题同调的词篇,其意即在"争价一句之奇"也。所以此词的佳处其实并不在于寄托什么深刻的情志,而在于它文辞的优美、状物的工巧,以及词风的婉丽清雅等方面。

词分四层。首层先咏西湖湖水。起头五字,即已交代了题目,点出了"春水"二字。试看,湖光粼粼,绿波荡漾,这里的一"暖"一"绿",就透出了春日温煦之意,写足了春水溶泄之状。下二句写燕归苏堤,前者仍补写"春"字而后者则暗写湖水(苏堤在西湖)。"鱼没浪痕圆"一句,则堪称是体物写景的妙语,极工细,极稳称,使鱼儿没入湖水、波翻涟漪之状在目前一般。杜甫曾有"细雨鱼儿出,微风燕子斜"的名句,深得后人赞赏。张炎此词则以"燕飞来"勾引起"鱼没"之句,亦有异曲同工之妙。"流红去,翻笑东风难扫"两句,"转换角度"去写落花与东风,实质仍扣"春水"二字,谓之"形散而神不散"。表面是说:湖水流动,带走了缤纷狼藉的落花,它(指湖水)当然要嘲笑东风之无法吹净残瓣也;但其实还是在形容春光之阑珊与湖水之浩渺,不过是"换种写法"而已。而在此种春光骀荡、落红纷披之际,西子湖里,游人如云,游舟如织,即使是荒僻冷落的小桥下,断绝不通的水滨中,也时见有小船从柳阴深处翩翩撑出。周密说"荒桥"二句"赋春水入画",是矣。

第二层从湖水拓开,继咏池水。南朝谢灵运有诗:"池塘生春草,园柳变鸣禽。"据说它们得之于梦境,很有些神奇色彩。张炎借用旧典,翻出新意,变为:"回首池塘青欲遍,绝似梦中芳草。"意谓今日池塘四周长满青草,绝似当年谢氏梦中所得之意境。这种以实比虚的写法,把眼前所见之实境,引入梦幻所感之虚境,就使词情增添了若干朦胧的意氛,也使读者借助于谢灵运的诗意引出了许多美丽的联想。而"池塘青欲遍"之句,仍暗切"春水"("池塘生春草")二字,可谓成句活用,空灵有致。杭城多水,除西湖之外,还多"池塘"。如"涌金池,在丰豫门里,引西湖水为池";还有圣母池、白龟池、金牛池、龙母池(《梦粱录》)等等。写过苏堤"湖水"之后,再写"池水",亦以补足"春水"之无处不盈、无处不绿(青)也。

第三层继续拓开词的空间,再咏溪水。西湖之水,本由溪水汇集而成,所以这里描绘溪水一方面由湖水、池水而上溯其源头,另一方面又由"湖光"引到了"山色"。湖光山色,打成一片,由此便构成了西湖美不胜收的佳景。你看,词人下笔是何等的雅丽:"和云流出空山,甚年年净洗,花香不了?"它并不直接写"溪水",而是"赋水不当仅言水,而言水之前后左右"地描写溪水周围前后的景物:云、山、花、香,在此类极为优美香蒨的意象群中"簇拥"出这一曲可爱的溪水来。它不仅继续咏写了春天的云、春天的水、春天的花,又为下文的睹景生情、回忆旧游,打下了伏笔。这是因为,这两句中嵌有"年年"二字;既云"年年",则今年之游已非往年之游,今年之水载流红亦非往年之水流花落,由此便生发出了下一层的对景抒情,草蛇灰线,行笔细密。

在上三层写足湖水、池水、溪水之状及"春水"之美的基础上,词情即转入第四层的感怀旧游上来。前已谈过,张炎等"西湖词友",曾在西子湖畔结社赋咏、四时游赏。他们或孤村踏青,或郊野觞咏("茂林觞咏":晋代王羲之曾与谢安、孙绰等四十一人游于山阴之兰亭,其《兰亭集序》有云"此地有崇山峻岭,茂林修竹","一觞一咏,亦足以畅叙幽情"),但现今却都分散四方,因而作者即由眼前之景而追写到往日之游:"新绿乍生时,孤村路,犹忆那回曾到。"但盛时不再,因而又生唏嘘感叹之慨:"余情渺渺,茂林觞咏如今悄。"感慨之余,则益发怀念起旧时相聚于其下的碧桃树了:"前度刘郎归去后,溪上碧桃多少。"有人认为,此处用一"刘郎归去"的字面,乃从刘禹锡"玄都观里桃千树,尽是刘郎去后栽"诗中化出,因而寓有家国之感。其实不必作此深解。这是因为,友朋之聚散,本是生活之常事;《红楼梦》中不就有人于热闹欢聚之时感叹过"千里搭长棚,没有个不散的筵席"吗?所以见韶景而伤感时序之迁移、光阴之易逝,也实是旧时代文人墨客极常怀有的感情。观之另一版本此末四句为"伤觞事杳,茂林应是依然好。试问清流今在否,心碎浮萍多少"(可能是宋亡后所改,据张惠言说),则此处的"余情渺渺"恐指一般的友朋离情(苏轼《前赤壁赋》"渺渺兮予怀,望美人兮天一方"),而别本的"心碎"云云,才可能指的亡国之痛。此层从"新绿乍生"开始,到"溪上碧桃"结束,又紧扣"春水"二字。

总之,全词从咏西湖春水起,以追怀往日春游水滨之情结,处处绾合题目("春"与"水"),写得不粘不脱,活灵活现,文辞既美,词风又雅。特别其观察之细致、下字之工巧(如"波暖绿粼粼""鱼没浪痕圆"等句),以及巧翻前人典故,都足令人称道。因而邓牧评曰:"《春水》一词,绝唱千古。"(《山中白云词序》)不过从它的抒情内蕴来看,其实也只平常,并无太多的新意或挚情在内。故而末几句严格些说,似有"补凑"之嫌疑。从今天的眼光看,它主要向我们显示了作者在写景、体物、用典、运语等方面的深厚功力和高妙技巧,余则无足多论也。

选自《唐宋词鉴赏辞典》(上海辞书出版社 1988 年版)

高阳台

西湖春感

张　炎

　　接叶巢莺,平波卷絮,断桥斜日归船。能几番游?看花又是明年。东风且伴蔷薇住,到蔷薇、春已堪怜。更凄然,万绿西泠,一抹荒烟。　　当年燕子知何处?但苔深韦曲,草暗斜川。见说新愁,如今也到鸥边。无心再续笙歌梦,掩重门、浅醉闲眠。莫开帘,怕见飞花,怕听啼鹃。

　　这首词是作者在南宋灭亡以后重游西湖所作。词中抒发了他的亡国之痛。

　　上片先以景起。"接叶巢莺,平波卷絮",开头两句用平缓的笔调写出了春深时的良辰美景。杜甫《陪郑广文游何将军山林》诗有云"卑枝低结子,接叶暗巢莺",张词的头一句就化用杜诗,意谓密密麻麻的叶丛里,莺儿正在筑巢歌唱。第二句则写轻絮飘荡,被微波缓缓地卷入水中。在此之后,承接着第二句的"平波",又自然地引出了"断桥斜日归船"之句。"断桥",一名段家桥,地处里湖与外湖之间,其地多栽杨柳,"万柳如云,望如裙带",是游览的好去处。据周密《曲游春》词小序记载:"盖平时游舫,至午后则尽入里湖,抵暮始出断桥,小驻而归。"张炎在这里写的,正是

"抵暮始出"（故曰"斜日"）的"归船"。不过，游船虽仍是旧日所习乘，而"游人"的心情却已非往日可比，所以下文就紧转出新的文情。

"能几番游？看花又是明年。"文笔至此，就陡然一转，我们仿佛觉得词人的心突然"收缩"了：原来，这样的良辰美景，却已是接近"尾声"的事了；再能游览几番，就要等到明年此时才能重睹芳春！一种对于"春逝"的哀感由此便油然而生，真可谓是"悲从中来，不可断绝"。所以接着他又用惨然的口气挽留春天，"东风且伴蔷薇住"，东风呀，你且伴随着蔷薇住下来吧，这是因为，一年花事已经开到了蔷薇花；而蔷薇花开，则预示着春天的即将结束。明眼人可知，作者在这里暗用了周邦彦的几句词："愿春暂留，春归如过翼，一去无迹。为问花何在？夜来风雨，葬楚宫倾国。"（《六丑·蔷薇谢后作》）因此他又说"到蔷薇、春已堪怜"，意谓春光已无几时，转眼就要被风风雨雨所葬送。写到这儿，作者留春不住的情意已经相当酣畅。谁知他笔下又生一个顿挫，接用一个"更"字荡开一笔，逗出下文："更凄然，万绿西泠，一抹荒烟。"——尽管春天尚未归去，但是西泠桥畔，却已是一片触目惊心的荒芜景象了。如果说前面所写的景致和意绪，仍是一般词人所常写的惜春、怜春、伤春情景的话，那么这句"一抹荒烟"就触着了亡国之痛的主题了。原来，西泠桥边，本是一个极为繁华的地方。《武林旧事》卷三记载："都人士女，两堤骈集，几于无置足地。水面画楫，栉比如鱼鳞，亦无行舟之路。歌欢箫鼓之声，振动远近，其盛可以想见。"但是而今呢？尽管春光如旧，却只剩下了一抹（"抹"字用得极好，写足了一望无际的荒凉烟景）凄凉的野烟。

今昔对比的亡国之痛于此便淋漓出焉。

下片起句,又用了一个问句("当年燕子知何处"),以之振起下文。张炎《词源》论词的作法时曾说:"最是过片不要断了曲意,须要承上接下。"这里的"过片"(即下片的首句)就是既承接上片,又引出下片。因为上片结尾已提到西泠的"万绿",而在那绿树丛生而人迹稀少的骀荡春光中却自有燕子翱翔,所以下片便很自然地以燕作为转接之物。"朱雀桥边野草花,乌衣巷口夕阳斜。旧时王谢堂前燕,飞入寻常百姓家。"(《金陵五题》之一)刘禹锡的诗以燕子作为线索,写出了昔盛今衰的兴亡之感;张炎则袭用了刘的诗意,进一步点明了自己的故国之思。"韦曲",本是长安城南一个地名,唐时韦氏世居于此。杜甫《赠韦七赞善》诗自注引当时谚语云:"城南韦、杜,去天尺五。"意谓此地所居的韦、杜世族,门阀甚高。"斜川",在江西星子县,陶渊明曾作《游斜川》诗,这里便借斜川以指西湖边文人雅士游览集会之地。"苔深""草暗",则都是形容荒芜冷落之状。也就是说,当年的繁华风流之地,而今只见一片青苔野草;就连昔日曾经飞翔在绮罗丛中、歌吹声中的燕子如今也已找不到它的旧巢。而且不光如此,"见说新愁,如今也到鸥边"——甚至像白鸥这样的悠闲①之物,如今竟也生了"新愁"。词人在此又暗用了辛弃疾的两句词"拍手笑沙鸥,一身都是愁"(《菩萨蛮》)。照辛弃疾和张炎看来,白鸥之所以全身发白(特别是它的"白头"),似乎都是因"愁"而"白"的,因此作

① 黄庭坚《演雅》诗:"江南野水碧于天,中有白鸥闲似我。"陆游《曾原伯屡劝居城中……》诗亦有"闲似白鸥虽自许"之句。

者于此就巧妙地借用沙鸥的白头来暗写自己的愁苦之深。张炎在宋亡前本没有出仕，他基本上只以一个"承平贵公子"和"隐士雅人"的身份自居。所以这儿选用燕和鸥来作比拟，就很恰切地写出了自己的双重身份。故而下文接云："无心再续笙歌梦，掩重门、浅醉闲眠。"这前一句即承他贵公子的身份，后两句又承他的隐士身份，在错综交织的写愁中仍有清晰的脉理可寻。最后三句，又层层翻出："莫开帘，怕见飞花，怕听啼鹃。""开帘"与"掩门"照应，"飞花"与"卷絮"照应，"啼鹃"与"巢莺"照应，使全词首尾呼应，被笼罩在一片飞花蒙蒙、杜鹃哀啼的凄凉气氛中。"正销凝，黄鹂又啼数声"（秦观），"江晚正愁予，山深闻鹧鸪"（辛弃疾），"正销魂，又是疏烟淡月，子规声断"（陈亮），前人的词中很多是以鸟声作结的。张炎此词也用此法，这就使词的结尾响彻着凄切哀苦的杜鹃啼泣之声，留给读者以袅袅不尽的哀绪余音，收到了很好的艺术效果。

这首词在写法上有几点值得注意。

一是虚实结合。写春天的景色(莺、燕、花、絮)和西湖的荒凉(苔、草、烟、鹃)是实写，而写内心的亡国之痛则是虚写。以实带虚，虚实结合，在实写的"景"后隐含着深沉的"情"，这种写法就被陈廷焯赞之为"郁之至，厚之至"（《白雨斋词话》卷二）。由于感情是粘胶着形象隐约出现的，所以耐人寻味，耐人咀嚼，而不显得单薄率直。

二是章法上的振起与绾合。一首好词应该是一个完整的统一体。这首词共用了两句问句（"能几番游""当年燕子知何处"），分别在词情开展的紧要处振起"词气"，使得词情不显冗缓,而有"劲气暗换"之感。又用了"且""更""也""莫"和两个"怕"字,绾合上下,使得整首词既具整严的章法,又不失自然流动之势。

三是词风的柔软和蕴藉。我们不妨比较一下刘辰翁的一些伤春词,如"春去,尚来否?正江令恨别、庾信愁赋"(《兰陵王》),"春汝归欤?风雨蔽江,烟尘暗天"(《沁园春》),那种追念故国之情便是直接倾泻而出的。而张炎作为一个传统的婉约派词人,他习惯于用一种"欲说还休"的笔法来写。你看他最后所说"莫开帘,怕见飞花,怕听啼鹃",那种既伤亡国而又不忍目睹的痛楚心情不就是通过一种软弱的语调和含蓄的方式流露出的?张炎这种柔软、蕴藉的词风,既反映了他思想、性格方面的软弱性,又显示了他在婉约词的创作实践中所积累起来的较深学养。

选自《唐宋词鉴赏辞典》(上海辞书出版社 1988 年版)

壶中天

夜渡古黄河，与沈尧道、曾子敬同赋

张　炎

　　扬舲万里，笑当年底事，中分南北。须信平生无梦到，却向而今游历。老柳官河，斜阳古道，风定波犹直。野人惊问，泛槎何处狂客？　　迎面落叶萧萧，水流沙共远，都无行迹。衰草凄迷秋更绿，唯有闲鸥独立。浪挟天浮，山邀云去，银浦横空碧。扣舷歌断，海蟾飞上孤白。

　　这是一首描写古黄河的词，并借以抒怀。"扬舲万里"，乃化用《楚辞·涉江》"乘舲船予上沅兮"句意，一开头就流露出对万里征发的消极情绪。下句"笑当年底事，中分南北"，一种"山河破碎"之感就油然而生。昔人曾经感叹长江把南北隔开（《文选》卷十二郭璞《江赋》李善注引《吴录》：魏文帝临江叹曰："天所以隔南北也。"），张炎在这里是借长江而言黄河，因为黄河的气派堪与长江相比。他借"追昔"（六朝时以长江为界分为南北两方）而"抚今"：当年的金（金亡后是蒙古）与南宋对峙，犹有南北并列之势，而今却连这种形势都不复存在了。因此他选用了一个"笑"字。"笑"，本是喜悦的字眼，这里却是无可奈何的苦笑，表达了他那种不可言状的复杂感情。这两句看似发问，实则却是"大局已定""无力回天"的哀叹。

"须信平生无梦到,却向而今游历。"这两句开始接触"正题"。看他用了"须信"和"却向",就知道他是怀着无可奈何心情北上的。生在江南锦绣之乡的贵公子,以前是做梦都梦不到这块荒凉地方的,然而现实却偏偏迫使他长途跋涉至此,所以"游历"云云,乃是自己骗自己的遁词,世上哪有这种满怀凄凉的"游历"!原来,本年上半年,元朝统治者为了给徽仁皇后造福扬名,大兴写经之役,下诏选征各地能书善画之士,赶赴大都写金字《藏经》①。张炎本是个多才多艺的文人,这次也在征召之列。他和同行的沈尧道、曾子敬②的心情并不相同,他们或许是想借此机会施展才能,企求得到提拔,而张炎则有其不得已的苦衷在心,所以虽然王命在身,不得不行,然而内心是苦闷的。因此面对着"中分南北"的古黄河,他不由要发出痛楚的声音来。

"老柳官河,斜阳古道,风定波犹直。"这三句写出了一个"南人"眼中的黄河面目:"老""古",极写其古老;"风定波犹直",极写其水流之峻急,如昔人所谓"急湍甚箭"。这里是写实,也体现出词人心中的警动。

"野人惊问,泛槎何处狂客?""野人"原指朴野之人,此处借

---

①据《元史·世祖本纪》:"至元二十七年,缮写金字《藏经》,凡糜金三千二百四十四两。"

②沈尧道:名钦,汴人。曾子敬:疑即曾遇(心传)。曾遇,华亭人,工书画,后入仕于元,任湖州安吉县丞。江昱据张炎《风入松·别心传》词中有"满头风雪昔同游,同载月明舟"之句而认定曾子敬即曾遇(见《山中白云词疏证》卷八)。沈尧道与曾子敬此次同与张炎结伴赴元都写经。

言河边的土著居民。他们带着诧异惊讶的语气向这群旅行者发问:你们是从何处来的客人,竟然跑到这儿来了?"泛槎"原有一个典故。旧说:天河与海相通。有人某年八月从海上乘浮槎(木筏)竟误达天河(事见张华《博物志》)。这儿以天河比黄河,这是借本地居民的惊讶来反衬此行出乎常情之外以及路途跋涉的艰辛。

以上是上片。上片主要写情,以情带出景;下片则主要写景,而以景带出情。"迎面落叶萧萧,水流沙共远,都无行迹",极写黄河气象之萧疏空阔,令人想起杜甫"无边落木萧萧下,不尽长江滚滚来"(《登高》)之句,而"艰难苦恨"之情也就隐寓其中了。

"衰草凄迷秋更绿,唯有闲鸥独立。""绿"者,黄绿色也。时值深秋,北地早寒,所以放眼望去,是一派衰草凄迷之状。这和"青山隐隐水迢迢,秋尽江南草未凋"(杜牧诗)的南国秋光是大异其趣了。"唯有闲鸥独立",既是写眼前实景(寥廓的河面上唯见孤鸥闲立),又暗露心中之意(茫茫世间只有沙鸥才是自由的,人却不能独立自主)。

"浪挟天浮,山邀云去,银浦横空碧"此三句写黄河一带的壮阔气象,实是警策。当年东坡曾用"乱石穿空,惊涛拍岸,卷起千堆雪"来描绘长江的惊心动魄,而在这幅壮丽的画面上"推出"了周瑜这样雄姿英发、儒雅风流的人物;张炎此处也用苍凉悲壮的笔触写出了黄河的惊涛骇浪,却在这种意境中流露出自己迷惘的心绪。

"扣舷歌断,海蟾飞上孤白。"写到这里,词人激动的心情达到了"高潮"。他万感交集,百哀横生,禁不住敲击着船舷狂歌浩叹起来。而尾句"海蟾"（指月亮，古人相信月出海底）飞上"孤白"（一片孤零、凄白的光景），更是以海上飞月的下半夜奇绝光景来衬出自己孤寂难禁的痛苦心情。

此词在写作上最可注意的一点是它的"词风"问题。本来，张炎是一个祖述周邦彦、姜白石词风的婉约派词人。然而，此时此地，他的遭遇和心情却发生了巨变。他在这里，写的是"渡（黄）河"，而不是"游（西）湖"，无论是写情写景，都带有古黄河那种苍劲寂寥的风味。所以，他就十分自然地向苏、辛词风靠拢。试看，煞尾的"扣舷歌断，海蟾飞上孤白"，就多像张孝祥的"尽吸西江，细斟北斗，万象为宾客。扣舷独啸，不知今夕何夕"（《念奴娇》）的气势！

选自《唐宋词鉴赏辞典》（上海辞书出版社 1988 年版）

八声甘州

张　炎

　　辛卯岁①，沈尧道②同余北归③，各处杭越④。逾岁，尧道来问寂寞，语笑数日，又复别去。赋此曲，并寄赵学舟⑤。

　　记玉关⑥、踏雪事清游，寒气脆貂裘。傍枯林古道，长河饮马，此意悠悠。短梦依然江表⑦，老泪洒西州⑧。一字无题处，落叶都愁。　　载取白云归去⑨，问谁留楚佩，弄影

---

①辛卯岁：元世祖至元二十八年（1291）。

②沈尧道：名钦，张炎之友。

③北归：1290 年，张炎与沈尧道等人同赴元都（今北京）为元政府书写金字《藏经》，于次年从北方回归南方。

④各处杭越：沈回南后居住杭州，张居住越州（今浙江绍兴）。

⑤赵学舟：名与仁，亦赴北写经之伴。别本一作曾心传。

⑥玉关：玉门关。此处泛指北方。

⑦江表：江南。

⑧老泪洒西州：西州，古城名，在今南京西。《晋书·谢安传》说羊昙受到谢安的推重，谢安扶病还都时曾从西州城门而入，谢死后羊昙就避而不走西州路；曾因大醉误至西州门，发觉后大哭而去。此言自己年岁已晚（时四十四岁），见故国而生悲感，不禁老泪洒落。当然，也可理解为张炎旧曾有一位像"谢安"一样提携过自己的人，现在则斯人已逝而生愧疚之泪。但因事实无考，故作前面之解释。

⑨载取白云归去：白云，象征隐居山林。此言沈氏来访后又归隐故居。

中洲①？折芦花赠远，零落一身秋。向寻常野桥流水，待招
来，不是旧沙鸥。空怀感，有斜阳处，却怕登楼②。

  《八声甘州》是个声情既激越又缠绵的高调（毛文锡《甘州
遍》："美人唱，揭调是《甘州》。"揭调，即高调），因上下阕共八韵，
故以"八声"为名。张炎择用此调来写他悲中带壮、凄怆怨悱的亡
国之痛，是恰到好处的。全词一气旋折，哀绪纷来，令人唏嘘生
悲，感慨万分，是他集中的佳篇。

  词以一个去声的"记"字领起，带出下文五句，显得气势开阔、
笔力劲峭。此五句中，概括了他前年冬季赴北写经的旧事，为我
们展现了一幅冲风踏雪、长河饮马的北国羁旅图。试看，北风凛
冽，寒气袭人，几匹瘦马羸骡正驮三两个"南人"在那枯林古道上
艰难行进，茫茫的大雪随又盖没了他们迤逦前行的足迹。此情此
景，真是何可胜言？这儿，作者仅用了"此意悠悠"来表达他内心
无限的忧思。这"悠悠"之意，正是《诗·王风·黍离》中"彼黍离
离，彼稷之苗。行迈靡靡，中心摇摇。知我者谓我心忧，不知我者
谓我何求。悠悠苍天，此何人哉"的"黍离之悲"，只是他不便明说
而已。旧事提过，又马上折入自北地回归后的情景。"短梦依然
江表，老泪洒西州"，说自己虽已回到南方故土，前不久那段被迫

---

①"问谁留"两句：《楚辞·湘君》："捐余玦兮江中，遗余佩兮澧浦"，"君不行
 兮夷犹，蹇谁留兮中洲。"此两句化用上述成句表现自己送别友人时的依
 恋之情和彷徨之感。
②登楼：王粲有《登楼赋》，抒其思乡怀人之情。

赴京的屈辱经历也如噩梦那般过去,但所见故国之地却早也成了他人的"乐土",所以仍只能老泪洒落、无欢可言("西州"本为东晋首都之地,这里借言南宋故都杭州)。自从回到南方以后,自己与尧道分处杭、越,年来未通音讯。故人或许会怪我何以不致书问候,则答曰:"一字无题处,落叶都愁。"原来自己并非不想借红叶以题诗赠友(借言通信),但实在是提不起任何兴致来。在作者看来,随那西风而飘落的片片红叶上,似乎处处都写满了"亡国"两字,处处都触人以深浓的愁情,因此无法再在上面题诗,这点还得请老友给予谅解。故而上阕实际写了三层意思:一是回忆同赴元都写经的凄凉旧事,二写同返南方后重见故土的悲感,三写近年来不通讯问的苦衷,真是一气写来,越"旋"越深,把自己内心这种种哀绪愁情饱满而含蓄地托出。在这四韵而三层的词情中,我们尤堪注意的是,开头这两韵五句,其意境相当苍凉阔大,有"唐人悲歌"(陈廷焯评语,见《云韶集》卷九)的气概,着实为全词增添了一点"北国型"的"壮美"之感。但这种"高音调"刚一"抛"起,就像那个"记"字(去声)声调的由高而降那样,下两韵的声情马上就落入了一种低咽的调门中去,"短梦依然江表……落叶都愁"这四句就显得多么缠绵低回。此中,便不免看出作者把握《八声甘州》词调音节转换的"准确性",以及他善于"一气旋折"(谭献《复堂词话》评语)的高妙本领。

下阕则从眼前的"又复别去"写起。张、沈两人在回南后一年之内久疏讯问,此次承尧道"来问寂寞,语笑数日",这曾给作者孤寂的生活带来了一些慰藉和温暖。但接着,故人又要回去。面对此景,作者当然又会感慨生悲。"载取白云归去"是言尧道将重返"白云深处"去过他的闭门隐居生活,而"问谁留楚佩,弄影中洲"

两句就写出了自己与他难舍难分、两情依依的彷徨之感。由于使用了湘君与湘夫人"捐玦""赠佩"的典故，便使这两位本是同性的友人之离情，显得分外的缠绵悱恻。这是本阕的第一层。接下来的三韵八句便进入第二层：遥想别后境况。故人别后，自难相见；相思渴念之时，当然会赠物以表情谊。但所赠之物，非复前人常赠之梅花，而只能是一枝芦花。从这枯瑟的芦苇身上，老友也就不难想见赠者零落如秋叶的身世和心情了。张炎好以秋日的残叶枯苇自比，如其《声声慢》云"莫向长亭折柳，正纷纷落叶，同是飘零"，如《疏影》云"石老云荒，身世飘然一叶"；这儿，他又以芦花来比己"零落一身秋"的凄况，其中实饱寓着他"生不逢时"、家破国亡的痛感。所以他别出匠心地把前人常用的"折梅赠远"典故，改为了"折苇赠远"，这既是抒情的需要，也见其"推陈出新"的技巧。而故人既远，虽然自己所处的"野桥流水"（喻其境况之差）附近也能招集到三朋二友，但终非沈尧道、赵学舟之类故交了。写到这里，他就顺便"照顾"了序中所提到的另一位老友（赵学舟）。惆怅寂寞之极，自只能靠登楼远望（古诗云"远望可以当归"）来排遣愁情，但他马上又想到，登楼所见，只能是"斜阳正在，烟柳断肠处"（辛弃疾《摸鱼儿》）的伤心景色，所以顿又缩回了脚步！这第二层的八句之中，既把自己对故友（词中所谓"旧沙鸥"是也）的深情写得凄清绵邈，更把自己飘零如秋叶的身世之感和愁怀故国的亡国之痛写得哀哀动人，读来如闻断雁惊风、哀猿啼月。所以通观全首，由壮及悲，由友情而及国仇家恨，均由那一股悲怆回荡的"词气"所操纵、所左右、所次第展开，因而读者既可从中感到那种"刀挥不断"的"行云流水"之妙，又随着词情的发展而越来越沉浸到那种越"旋"越深的感情境界中去。

选自《唐宋词鉴赏辞典》(上海辞书出版社 1988 年版)

解连环

孤雁

张 炎

　　楚江空晚，怅离群万里，恍然惊散。自顾影欲下寒塘，正沙净草枯，水平天远。写不成书，只寄得相思一点。料因循误了，残毡拥雪，故人心眼。　　谁怜旅愁荏苒？漫长门夜悄，锦筝弹怨。想伴侣犹宿芦花，也曾念春前，去程应转。暮雨相呼，怕蓦地玉关重见。未羞他双燕归来，画帘半卷。

　　大致来讲，两宋的"咏物"之作，北宋重在借物抒情（如苏轼《水龙吟》之咏杨花实抒闺情），南宋重在摹写物态（如史达祖《双双燕》之描摹双燕神态），而到了宋末元初，更朝着"比兴寄托"的方向发展而去。张炎此首"孤雁"之咏，即可谓是第三种情况的一首代表作品。它借孤雁的形象，曲折而又淋漓尽致地抒写了自己脱离了抗元斗争、却又不愿依附新朝的孤凄心情。

　　词题既是"孤雁"，全词词情的展开即紧扣这一"孤"字进行。通过对雁的孤独形象的多角度、多层次的刻画，词人本身那种孤凄的心境便和盘托出。故而此词的最大妙处即在于以物比人、二者之巧合而无垠。上片分两层进行描摹。第一层六句，尽力刻画孤雁本身的"孤"字：首句"楚江空晚"，先为孤雁的出场布置了一个空阔而又暗淡的背境,在此背境的衬垫之下,"主角"孤雁登场矣。下句"离群万里",承接上文之"空"字,言其无家可归的失群心情;而"恍然惊散"又暗合上文之"晚"字,言其刚脱灾难、余悸犹在之黯然心情,亦雁亦人,使人不由联想到作者家庭所遭的巨大变故及同时代广大汉族士人所经历的亡国悲剧。"恍然惊散"四字,触目惊心,真有"一字千斤"之力。以下具体描绘孤雁欲栖而无止身之地的徘徊和凄凉:前人有诗曰:"暮雨相呼失,寒塘欲下迟。"(崔涂《孤雁》)又曰:"潇湘何事等闲回?水碧沙明两岸苔。"(钱起《归雁》)张炎化用前人诗句而出以变化:"水碧沙明"变成了"水平天远",而"两岸苔"则变成了"沙净草枯";一片萧索枯荒的景象,使得孤雁欲下而不下,只得顾影自怜、孑飞哀鸣。元人灭宋之后,兵荒马乱、田园荒芜之状于此若隐若现。统览上述六句,虽未挑明"孤"字而意已写足,真可谓"不着一字,尽得风流"。第二层五句则转入另一角度的描写。雁足传书,本是咏雁的极好材料,但因常人用得过多,易生滥俗之感。而张炎却能旧典新用,自萌新意。他把离群之孤雁排不成雁阵和雁足(不能)传书二事合成一体,先言它"写不成书",然后"扫处即生"地引出下文:"只寄得相思一点。"此"相思"系何人所寄? 接着又引出"误了"三句。意谓:尽管"残毡拥雪"者(此用苏武典,苏武被匈奴拘禁北地,被迫禁食,即啮雪与毡毛咽之。此可视为暗喻囚禁在北地的不肯屈服的南宋爱国志士)无法托雁传书带信,然其眷念故国之拳拳深情,却是关山不能阻隔断的。这一层次的作用就在于:一方面,继续写出雁之孤单,以强化上文的表达效果;另一方面,又展出新的内容,表明自己虽然未曾参加抗元斗争的队伍,而心却时时萦念着这辈高风亮节的故人。既不脱离词的本题，却又不作单调的重复，此足见词人擅长于发展"意脉"之妙。

下片换头起以"谁怜旅愁荏苒"一问句，主体仍是孤雁而描写又进入一新的层次。"长门夜悄""锦筝弹怨"（晋桓伊抚筝而歌《怨诗》，曾使谢安泣下。筝柱斜列如雁行，故由雁及筝）皆人间哀事，而张炎以人间之哀事与孤雁联写，也是一种"不离不即""似花非花"的妙法（其源盖出乎白石之以促织与思妇、离人层层夹写），一则以人间的悲剧渲染孤雁羁旅孤况之愁绪，另一则又把词情从物推向"人"，暗示写雁最终还是写"人"。"长门"句似指宫室被掳之凄惨心理，"筝怨"句似指士人失国之哀痛心情。从雁及人，真有"不胜清怨却飞来"之致。此三句为一层。下七句则为全词的第四层，它从"拟人"的角度进一步描摹孤雁之"心情"。其情感发展之轨迹则由近而推远：先由自己之孤单联想到"伴侣犹宿芦花"的境况；再由自己思念同伴的心情而推想到它们悬念、企盼自己的心情；最后又幻想总有一天能够久别重逢——其时那种悲喜交加、百感交集的心情将是何等深浓！尽管彼此重见时都已憔悴、困穷不堪，但却决不羡慕那些依附在新贵人堂前的"双燕"。这是因为自己"君子固穷"却坚持了自己的操守！故此层的写法，先由雁拟人（"伴侣"之语即是证明），再又由人而复归到雁、燕的对比，其思想的内蕴既已深化，而咏物（"孤雁"）之"外壳"却始终未曾丢掉。所以综观全词，一方面既生动而深刻地刻画出了孤雁的物态（如"顾影欲下寒塘""一点"之类描写）和神情（如"恍然惊散"之类描写），达到了咏物词的基本要求；另一方面，又能"以物喻人""托物言志"，达到了咏物词的更高境界。这就使它在思想意义上超出了前期的"春水"之咏。而在艺术技巧上它却仍旧保持着以往状物精细的传统特色而又有所发展。像"写不成书,只寄得相思一点"之句,就曾被元人赞为警句而广为传诵。此外如铸语之新警、用典之灵活,以及描绘之曲折层深,也都是本词之优点。

选自《唐宋词鉴赏辞典》(江苏古籍出版社 1986 年版)

满庭芳

小春

张　炎

　　晴皎霜花，晓融冰羽，开帘觉道寒轻。误闻啼鸟，生意又园林。闲了凄凉赋笔，便而今、懒听秋声。消凝处，一枝借暖，终是未多情。　　阳和能几许？寻红探粉，也恁恼人。笑邻娃痴小，料理护花铃。却怕惊回睡蝶，恐和他、草梦都醒。还知否，能消几日，风雪灞桥深？

　　南宋后期，"咏物"之词蔚然成风。张炎就是一位善写咏物词的名手（他早年以"春水"词著称词坛，后期又以"孤雁"词擅名词场），这首"小春"词就是他描写节序风光的又一首咏物佳作。

　　据词意猜测，这首"小春"词约作于元仁宗延祐二年（1315），其时元朝政府为了笼络汉族士人，决定重开已经停止了近四十年的科举。一些生长在元朝的汉族青年，以为"阳和"重布，跃跃欲试。这时，年已六十八岁的张炎，早已看清了元廷一面镇压、一面拉拢的真实面目，便借着"小春"的题目，谆谆告诫着这批后生小子：切莫上当。词的真实意图，便借着"小春"的乍暖还寒，巧妙而曲折地展开。

　　"小春"，也就是通常所说的"十月小阳春"。《荆楚岁时记》说："十月天气和暖如春，故曰小春。"南宋《梦粱录》说得更具体："十月孟冬，正小春之时。盖因天气融和，百花间有开一二朵者，似乎初春之意思,故曰小春。"这个时候,本是从秋向冬过渡之际,但因江南地气偏暖,所以有时也会出现"返秋回春"的迹象,"百花间有开一二朵者";但是这种现象其实却只是一种假象,因为北方的冷空气随时都会南下,严寒肃杀的天气正在后头呢。

张炎的词篇,正是紧紧地扣住了这种物候的特点而"不即不离"地寄寓着他的政治感慨。

上片的前五句,先写天气的转暖。"晴皎霜花,晓融冰羽,开帘觉道寒轻",写人们(包括词人)一早卷帘开窗,发觉地上的霜花一片皎白,待会儿红日东升,这冷如冰、薄如羽的浓霜很快就会融解干净,所以都感到了寒意的减退。这起首的两句,属对精巧工致,已显示了作者善于"状物"的深湛功力。这是前五句中的第一层意思。但是,凭着作者饱经风霜的老眼看来,这种"寒轻"的感觉实在只是一种骗人的假象,所以下两句一方面继续写"春意"的"重返"园林,一方面又暗暗把这些假象一笔勾销。这集中体现在他所冠的一个"误"字上:"误闻啼鸟,生意又园林。"这里并非讲大家的感觉有误(因为啼鸟确实在叫),而是说这些啼鸟有"误",它们误以为春天又重新来到了。这种"张冠李戴"的写法一则突出了"误"字(以之放在句首)的"份量",二则也显示了他炼句峭拔(不走软熟一路)的特色。所以,啼鸟叫得越是欢快,越是显示出它们的幼稚无知;"生意"写得越浓,作者对于那真正的"春天"(南宋)就越是悼念。言婉而意深,言此而意彼,张炎对于元朝重开科举和士子无知的态度,在这里含蓄而冷冷地写出。

此片的后几句写自己的心情。也分两层写:第一层说既然天气暂时回暖,那就不必再写欧阳修《秋声赋》那样凄凉悲伤的文字了,且让我也稍微休憩、放松一下紧张的心情吧。这是词情的一个"顿挫"之处,它为下文的重新振起作了一点"休整"。所以接下来的第二层意思便重又展开:"消凝处,一枝借暖,终是未多情。""消凝",即是"消魂凝魄"之简说,意在表明一种感怀伤神的精神状态。为何要"消凝"?原来,园中偶尔开放的一两朵花,在词人看来,不过是一种"借暖"(并非"真暖")而已,因此并不能真正引起词人的兴致("未多情"也),恰恰相反,这反而惹起了他的伤感情绪:要不了多久,你们的"下场"将可悲着呢。

果然,下片就发生了词情上的转折。"阳和能几许?"凭空一转,就用"反问"的形式把前文的"生意又园林"全部否定光。这一句"换头",笔力警峭而又转得空灵,起到了结束上文和转出下文的"转接"作用,不愧是善写"过片"的一个典型例子。"阳和"源出《史记·秦始皇本纪》:"时在中春,阳和方起。"原指春天温暖之气,后世又往往用它来比拟皇家的恩泽①。所以一句"阳和能几许",既指出了"小春"天气的不会持久,又暗示了元朝廷的"恩泽"只是骗人之举,言近旨远,一语双关,其妙处即在抒情与咏物的巧相浃洽、"不即不离"。但是此句只是写词人自己的心理,那辈稚嫩的孩童们是不可能理解的,他们纷纷出动,去寻红探粉,好不快活("忺人",使人惬意也),有的还高高兴兴地在花枝上系上了"护花铃"以防鸟啄,似乎春天真正来到一般。所以,作者在这四句的中间,插进了一个"笑"字,以表示他感到可笑,甚至是苦笑。然而,幼童的无知还不足令人担心(因而只是一笑了之),使

---

①阳和:《胡笳十八拍》:"东风应律兮暖气多,知是汉家天子兮布阳和。"即以"阳和"喻君恩。

张炎更感忧虑的是:那辈隐居蛰伏着的"遗民"(这里用草间睡蝶比之),可千万不能薾里薾腾地跟着这批小儿辈一起去上当呀;否则,后果更不堪设想。对于上述两种人,他发出了一个总的警告:"还知否,能消几日,风雪灞桥深?"这个警告,以问句提起人们的警惕和深思,揭示严酷的后果:可知道过不了几天,又将是北风猛吹、灞桥雪深的恶劣天气了;到那时,再到哪里去寻什么"阳和"和"春意"呢! 整首词从"寒轻"的景色写起,又以"寒重"的景色结束,紧扣题目,显得浑然一体。

　　从全词来看,它有两个显著的妙处。一是准确地写出了"小春"天气的特征,那就是乍暖还寒("暖"是实写,"寒"是虚写;"暖"是正面写足,"寒"是背后预示),使人深深地感受到了它的冷暖不定、"暖"后有"寒"。其中写太阳的融化冰霜,小鸟的啼鸣,孩童的探芳,睡蝶的将醒,都很传神;与此同时所夹写的"误""笑""怕""恐"的心情,以及"风雪灞桥深"的可怕景象,又补充写出了这只是"小春"而不是"阳春"。既能恰如其分、又能生动形象地描摹出事物的特征,这本是"咏物"词首先必须达到的艺术要求,对此,张炎的这首"小春"词是做到了的。二是它在描摹自然界的"小春"气候时,又巧妙、婉曲地写出了政治"气候"的冷暖多变、未可乐观,从而寄托了自己语重心长的政治告诫。从表面上看,语语都是写物;从骨子里看,句句却都在"言志"。苏轼咏杨花有云:"似花还似非花。"看似花却又非花,看是咏物,却是抒情,这首"小春"词即是如此。

选自《唐宋词鉴赏辞典》(上海辞书出版社 1988 年版)

绮罗香

红叶

张　炎

　　万里飞霜,千林落木,寒艳不招春妒。枫冷吴江,独客又吟愁句。正船舣、流水孤村,似花绕、斜阳归路。甚荒沟、一片凄凉,载情不去载愁去。　　长安谁问倦旅。羞见衰颜借酒,飘零如许。谩倚新妆,不入洛阳花谱。为回风、起舞尊前,尽化作、断霞千缕。记阴阴、绿遍江南,夜窗听暗雨。

　　此词无明确纪年,但据词情看,当作于 1290 年初冬,地在元都(北京)。其年张炎四十三岁,为应元政府写经之征召而被迫北行,栖止京都,举目有山河之异,遂借眼前所见之"红叶",抒其家国身世之感慨。

　　"红叶"之意象,经前代诗人叠用,已含有相当丰富复杂之意蕴。杜牧诗"停车坐爱枫林晚,霜叶红于二月花",此处之"红叶"含有傲风霜之品格;崔信明诗"枫落吴江冷",贾岛诗"秋风生渭水,落叶满长安",此处之"枫叶""落叶"象征着秋气之肃杀;而古诗中使用"红叶"字面者,则更多的是与"红叶题诗""红叶为媒"等香艳故事联结在一起的。张炎"红叶"之咏,既糅合了关于此方面的典故、成句,又加以了改制和组合,做到了"用事(而)不为事所使"(《词源》),使它成为表达自己此时此地心情的特定意象。起首"万里飞霜,千林落木"二句写气候之严冷与百卉之凋零,既见北地之苦寒,又令人联想到元朝统治的淫威。第三句"寒艳不招春妒"承上而出,意有几层:时已深秋初冬,寒气袭人,一也(此承上而来);越是寒冷,红叶却越见其"艳"(红),二也(此转出下文);"艳"则易招人妒,然而此时春花早谢,无法相妒,三也;而从红叶本身来言,虽然"霜叶红于二月花",其本心却实在并不欲与众花争艳斗妍,故春卉(似指那些投靠新朝而富贵者)大可不必生妒意,此其四也。此句虽短,实为一篇中之主旨所在。但上文"寒艳"二字犹不足"缴足题面",如红梅亦可称为"寒艳",故下文即以"枫冷吴江"补点题目,兼抒"独客"("独在异乡为异客")之愁,由此而引出自南方初入京师之所见所感。"正船舣、流水孤村,似花绕、斜阳归路",采用"流水对"的灵巧方法,既写出了船之行进、泊岸过程,又写出了目睹红叶飞舞似花而令人魂萦"归路"的心理活动,形神兼备,活而不滞。且把秦观名句"斜阳外,寒鸦万点,流水绕孤村"分拆暗藏于此中,作为描绘"红叶"的背境,显得既凄又丽,启人联想。船入京师,渐近"御沟",由于作者心情之恶,故从其眼中看来,"御沟"只是一条"荒沟",其中流泻着的红叶,早无艳情之诗题载于上而仅能载愁而去!张炎本擅抒写艳情之词,此处所说,只是反话而已,目的是为抒写自己凄苦已极的愁情服务,故不惜作"翻案"文字,此即善"使事"之处。以上为上片,主要写沿途及初入京城之景象。

下片写身在京都而生的家国身世之感,亦以自身与红叶层层夹写,显得自然浑化。换头先写自身。"长安谁问倦旅","长安"

借指元都,"倦旅"之"倦"则暗示作者此行,绝非为"求官"而来,否则才至京师不久,正该上下奔走才是,何来倦意?"羞见衰颜借酒",化用前人"衰鬓霜供白,愁颜酒借红"(郑谷),"发短愁催白,颜衰酒借红"(陈师道)诗意,为自己"画照"。其中暗藏"霜"与"红"二字,故下句即由人绾合到经霜而变红的落叶之上。"飘零如许",不独人之酒面与叶同红,且人之飘零、憔悴身世亦同于落叶也。更可注意者乃下二句:"谩倚新妆,不入洛阳花谱。""倚新妆"语出李白诗:"借问汉宫谁得似?可怜飞燕倚新妆。"指杨贵妃及牡丹(芍药)花之富贵、妍丽。然于其上,冠一"谩"(徒、空之意)字,意有反指,即:红叶虽"艳",然其品格属于"寒艳",而非"春艳";且从严格意义上讲,红叶非"花",故不入《洛阳牡丹记》《群芳谱》之类花谱,群芳自不必前来相妒。此句一则自负才华(张炎于诗、词、书、画皆有特长),二则自明其志(内心实不欲与新朝合作),三则也含讽刺新贵之意在内。红叶既不能讨"赏花者"之喜爱,则其身世之可怜宜然也,"为回风"四句即写其随风舞落于夕照晚霞之中的飘零遭遇。而于此四句之后,词情又作新的振起:"记阴阴、绿遍江南,夜窗听暗雨。"意谓:今日残败不堪之落叶,在昔(特别点出"江南"字面,意味深长)也自有过绿荫如盖的盛况,不过此种"承平"时的景象,早已逝去,只为今日"夜窗听暗雨"、雨打残叶之景增添万分的惆怅而已。今昔盛衰,故国兴亡之感,全借此红叶之咏曲折写出。

东坡咏杨花词(《水龙吟》)有云:"似花还似非花。"前人评其妙处在于"不离不即"(刘熙载《艺概》卷四)。张炎"红叶"之咏,亦深得其妙。红叶似花,却又非花,有群花之"艳"而无群花之

"媚",写出其"身分"虽卑而品性甚高(耐寒)之特点;"红叶"是物,却又是"人",观其今昔盛衰之对比,何尝不是自身遭遇之缩影? 故张炎此作,亦为咏物之佳构,《四库提要》谓之"即景抒情,备写其身世盛衰之感,非徒以剪红刻翠为工"者是也。

选自《唐宋词鉴赏辞典》(江苏古籍出版社 1986 年版)

长亭怨

旧居有感

张　炎

　　望花外、小桥流水,门巷悄悄,玉箫声绝。鹤去台空,佩环何处弄明月?十年前事,愁千折、心情顿别。露粉风香,谁为主?都成消歇。　　凄咽,晓窗分袂处,同把带鸳亲结。江空岁晚,便忘了、尊前曾说。恨西风、不庇寒蝉,便扫尽、一林残叶。谢杨柳多情,还有绿阴时节。

　　这一首词里,隐藏着张炎一生中最悲惨的一段遭遇。只有把它的“本事”挑明,才能比较深切地体会它的感情内容。

　　张炎出身于贵族世家。他的六世祖张俊,是南宋初期的显赫“功臣”,位至“清河郡王”(后追封“循王”)。直到宋亡以前,这一家族的子弟们都还过着锦衣玉食的富贵生活。南宋末年,元朝发兵攻打宋军,其时张炎的祖父张濡正带兵驻守独松关(在临安西)。他的部下误杀了元主派遣来说降的使者廉希贤(官拜礼部尚书)等人,惹怒了元主,元兵因而一举攻克南宋首都临安。1276年二月,廉希贤之子抓获张濡,把他“磔杀”。不久,又抄没张家资财以作廉家之抚恤(以上据《元史·廉希贤传》及《钱塘纪事》卷八)。这样一来,张炎一家就经历了一场“灭顶”之灾。张炎的父亲以及他的妻妾，就在这场变故中或被杀，或被掳（元人常把掳来的妇女转卖为奴隶或官妓），而他本人，可能因某种原因，得以事先逃脱而未罹灾，但已被弄得家破人亡、妻离子散。

世间最悲伤的事，当然是这种亡国破家的灾祸；但最难堪的感情，却又是重访故地、回想往事所引起的再度悲感。张炎这首重临旧居的词，就写的是这种不堪回首的痛楚心情。

张炎旧居即是有名的"南湖"（他的曾祖父张镃所营建），其地有花鸟泉石、亭台楼阁之胜。因此此词一开头就用"望花外、小桥流水"两句描摹出它的无比幽美；但马上又用了"门巷愔愔，玉箫声绝"两句跌出下文。熟悉宋词的读者读了这四句之后，马上会联想到周邦彦的那首名篇《瑞龙吟》的起首几句："章台路，还见褪粉梅梢，试花桃树。愔愔坊陌人家，定巢燕子，归来旧处。"但周词所写，是对一个旧日歌妓的重访，而且那位歌妓还活在人世；而张词所写，却是对于他那洒下过血和泪的"旧居"的重访，而且他所念的那位女主角（爱妾）早已死亡。"玉箫声绝"，就用一个哀艳的典故，追叙了他往日与她吹箫拍曲的旧情，又暗示了"人去楼空""物在人亡"的不幸遭遇。所以下文紧接着又用了"鹤去台空"的典故以补足上文，并因此而发出"佩环何处弄明月"（杜甫曾写王昭君死后"环佩空归月下魂"）的深沉浩叹。"十年前事，愁千折"则点出此次重访，离开那次事变已有十年之遥，但十年时光之流逝，非但没有冲刷掉内心的哀怨，反而导致了今日重睹旧地时的愁肠千结、百感萦绕。"心情顿别"一语，就包含了这种十分复杂的今昔盛衰之感在内。"露粉风香，谁为主？都成消歇"，既是写昔日之花，也是借喻如花之人，它们全都已"玉殒香消"，变成了泉下之土。词的上片，即由初睹旧居而引出对于亡妾的悼念，在词风上体现出陈廷焯所谓的"凡交情之冷淡、身世之飘零，皆可于一草一木发之。而发之又必若隐若见，欲露不露，显示出反复缠绵"的"沉郁"的意味（《白雨斋词话》卷一）。

　　下片继续申述上片之意。换头"凄咽"二字先作一小的顿挫，从而由上文之悲感而引出下文之回忆，可说是"不断曲意"且"承上接下"。下面两句便追忆最后一别时的情景："晓窗分袂处，同把带鸳亲结。"这是一个多么情真意深、恋恋不舍的"特写镜头"，又是一个多么摧人肝肠的生离死别场面！她在亲结鸳鸯带、手斟别离杯时，还凄凄咽咽地对自己说了不少话，直到十年后"江空岁晚"的今天，犹未能忘（"便忘了"实是反说）。恨只恨当年的抄家灭门之变，来得太猝然、太惨烈，就像"西风扫落叶"一样冷酷无情，在它的猛烈"扫荡"之下，全家基本丧生、被掳，而自己也像一只寒蝉那样，再无定居栖身之地。"恨西风"四句，借着"比兴"的手法，写出了元朝统治者屠戮汉人的酷烈，使人于几百年后犹能感受其"余威"；也写出了身经其灾者的惊悸和可怜，读后令人不由生出同情之感。词情发展至此，已达高潮，故末尾几句，转入平婉。"谢杨柳多情，还有绿阴时节"，这两句前人释为"垂杨有转绿之时，而罗带无同携之日，王孙末路，亦杜牧重来也"（俞陛云《唐五代宋词选释》）。但这样解释，一个"谢"（多谢）字就无法落实。因此按照我的理解，应当是说，由于某种原因，张炎有可能赎回其故居中的一隅之室，作为重栖之地，因此他"多谢""命运"给了他"杨柳重绿"的一线生机——这样说，虽无直接根据，却有一个间接的旁证，那就是同是张族的另一位子弟张模（他是张炎的族叔）

曾经请人(戴表元)为他"失而复得"的"乔木亭"写过一篇《乔木亭记》(见戴表元《剡源集》卷一)。这个"乔木亭"就是张家产业之一。张炎是否也"失而复得"地收回过他房产的一部分?还是有这种可能的。所以最后这两句,乃是一种"不幸中遇大幸"的惨然之言,也表现了他软弱忍辱的生活态度。

　　张炎词中写到旧居的作品还有好几首。而这首词,实主要是写园中之"人",通过园在人亡、人去楼空的感叹,抒发了他悼念亡妾、追怀身世的无穷悲感。前已提及,旧地重睹的痛楚感是最令人难堪的。十年前的旧伤疤,今日重新划破,其痛之"钻心"可以想见。而在词风上,由于运用了"反复缠绵"和"比兴"的写法,也显出"噫呜宛抑"(戴表元《送张叔夏西游序》)的特色。清人江昱题张炎词集有云:"落魄王孙可奈何,暮年心事泣山河。商量未是人间调,一片凄凉不忍歌。"从这首词的基调、着色、押韵(押入声韵)等方面来看,它确是一首"凄凉"之歌。

选自《唐宋词鉴赏辞典》(江苏古籍出版社 1986 年版)

甘州

寄李筠房

张　炎

　　望涓涓一水隐芙蓉，几被暮云遮。正凭高送目，西风断雁，残月平沙。未觉丹枫尽老，摇落已堪嗟。无避秋声处，愁满天涯。　　一自盟鸥别后，甚酒瓢诗锦，轻误年华。料荷衣初暖，不忍负烟霞。记前度、剪灯一笑，再相逢、知在那人家？空山远，白云休赠，只赠梅花。

　　清人周济评论秦少游词，说它常"将身世之感打并入艳情"（《宋四家词选》）。此径一开，后人纷纷仿效。张炎的这首词就可以说是将家国身世之感"打并入"友情之作。李筠房，即李彭老，浙江湖州人。宋理宗淳祐年间曾任沿江制置司属官，和张炎父子有着相同的生活志趣与词学风尚。宋亡之后，大约隐居于龟溪（在今浙江衢县）一带。细味词意，张炎这首词约作于元兵攻占临安（1276）之后的一二年内，时间是在深秋。在此之前，张炎和李彭老曾在西湖聚首赋词，诗酒相酬，谁知一别之后国事顿变，江山易主。漂流他乡的词人只能寄词远慰隐遁在空山之中的老友，勉以梅花相赠，共保岁寒之贞。这就是本首词的主要内容。

　　词的上片，写因登临而生的思友及自伤之情。"望涓涓一水隐芙蓉，几被暮云遮"，这里既是实写，又是虚写。实写是写水中的荷花被傍晚的暮云所遮掩，几乎已看不大清。虚写是写所思之人（李氏），在那"暮云"四起（暗喻元朝的民族压迫）的时候，已经被迫躲藏了起来。六朝民歌中有这么几句："我念欢的的，子行犹豫情。雾露隐芙蓉，见莲不分明。"（《子夜歌》）其中以"芙蓉"谐"夫容"（丈夫的容貌），以"莲"谐"怜"。张炎借用这种双关谐声的手法，写出了他望故人而不见的黯淡心情。接下来就进一步抒发自己与故人同病相怜的登临之感。"正凭高送目，西风断雁，残月平沙。"一个"正"字，便与开头的"望"字呼应，把词的重心从思友转到自伤身世上来。举目所见，唯见西风中失群的孤雁，残月下大片的沙滩，把"雁落平沙"分成两句说。从这些凄凉灰暗的意象中，我们不难反窥出作者飘泊失伴的悲苦心境。其实，江南的秋景并不全如作者所描绘的那样萧飒、败落。"青山隐隐水迢迢，秋尽江南草未凋。"（杜牧《寄扬州韩绰判官》）特别是那一片经霜的枫叶，此时正显出一片"红于二月花"（杜牧《山行》）的"秋艳"来。然而，由于作者的心情使然，因此他只在这一派秋光中选择了令人悲感的景物来写，因而即使在"未老"的丹枫之中，他也感受到了无限的迟暮、凋零之感。所以"未觉丹枫尽老，摇落已堪嗟"两句中，就写出了他心情上的提前衰老。如果我们联系到词人其时正当盛年（三十岁左右），那么这种借物喻人、亦物亦人的"摇落"感，就更能说明他在经历亡国巨变之后的心理创伤之深重了。果然，下文即说："无避秋声处，愁满天涯。"一个"无避处"，一个"满天涯"，即表明了客观形势之险恶可怕和主观感受之抑塞悲凄；不管是自己还是老友，纵使跑到天涯海角，也都不能摆脱此种无所不在之政治压迫和由之而来的愁苦情绪。自伤身世与思念旧友，又在此融合为一体。

词的下片,则是直抒其"寄人"之情。

"一自盟鸥别后,甚酒瓢诗锦,轻误年华",自己在与李氏分手之后,却尽在赋诗饮酒的生活中消磨日子,以至白白浪费了许多宝贵的年华。张炎在宋亡之后回忆这些往事时,是带有几分忏悔之情的,因此,才产生了"轻误年华"的反省。但反省也罢,追悔也罢,均属过去之事,因此作者又面对现实,重新发出思念友人之辞:"料荷衣初暖,不忍负烟霞。"这两句化用前代诗文①,赞美李彭老在国破家亡之后,马上披上"荷衣"、陪伴"烟霞",去做义不臣元的隐士了。但由于兵乱,李氏的具体行踪已不可得知,故在句前冠一"料"字;而从这"世事茫茫难自料"的"料"字中,又自然引出"记前度、剪灯一笑,再相逢、知在那人家"的无穷感叹。重见既不可预测,在此就只能遥寄相思:"空山远,白云休赠,只赠梅花。"②其意为:你我今日既都已经隐遁空山,而山中则尽多"白云",所以自今后如欲两地相赠,以表友情的话,那就赠以梅花吧。梅为"岁寒三友"之一,它素来象征着不慕荣华、不畏冰霜的高洁品格。以此相赠,即明其不仕新朝之志。词情至此,主题已出,意未尽而辞已穷,就此收笔③。

---

①荷衣:化用《离骚》"制芰荷以为衣兮,集芙蓉以为裳"。烟霞:化用孔稚珪《北山移文》"使我高霞孤映,明月独举;青松落阴,白云谁侣"。
②这两句暗中化用下面两首诗。一是陶弘景《诏问山中何所有赋诗以答》:"山中何所有?岭上多白云。只可自怡悦,不堪持寄君。"二是陆凯《寄范晔》:"折梅逢驿使,寄与陇头人。江南无所有,聊赠一枝春。"
③张炎后来与李彭老重逢,是在不久之后的1279年,他们一齐在山阴参加《乐府补题》的词社活动,共同表达了亡国的哀痛。

　　张炎的词风如白云舒卷,爽气贯中,自有一种摇曳清空之致。这首词就很能体现出此种特色。上片起首用一"望"字振起全篇词情,三句之后又用一"正"字与之呼应承接,即已显出"腾挪"之妙(因按原意看,"望"下三句本是"凭高"之所见,此处却先"提前",这分明是为了使词情有所顿挫腾挪);而"未觉"与"已"字相搭配,在这一"退"一"进"之间,又以"退"扬"进",写出了"摇落"心理之深。"无避秋声处",原意应为"无处避秋声",这儿改动字序,使声情格外显得波峭拗折。再看其换头,"一自……别后",又从上片结尾的"愁"中暂时跳出,转入对于往事的回忆,有意造成时间上穿插差互,借此又引出了新的内容层次,丰满了今日之愁感,煞是巧妙自然。下文以"料"字重又振起词情,推开一层,然后以"记前度"与"再相逢"作往昔与今后之对比,发挥了"束上起下"的作用。最后三句从上文四句的"势差"中引出,"休赠"后紧接以"只赠",且一以宾语(白云)前置,一以宾语(梅花)后置,凡此种种,均见其用笔之老辣多变,于流畅中见挺拔之妙。所以总观全词,既不同于某些婉约词的软媚烂熟,又不同于某些豪放词的生硬突兀,而是在空灵流转的章法中寓有"波澜老成"之致,在整饬锤炼的字句中却又流露出"一气贯注"之妙。这种词风,得力于它的巧妙多变的结构、句式和善于运用虚字,表现出作者既勤于"锻炼"、又出之于"自然"(以上均见其《词源》所论)的词学功力。

选自《唐宋词鉴赏辞典》(上海辞书出版社 1988 年版)

声声慢

别四明诸友归杭

张　炎

　　山风古道,海国轻车,相逢只在东瀛。淡泊秋光,恰似此日游情。休嗟鬓丝断雪,喜闲身、重渡西泠。又溯远,趁回潮拍岸,断浦扬舻。　　莫向长亭折柳,正纷纷落叶,同是飘零。旧隐新招,知住第几层云。疏篱尚存晋菊,想依然、认得渊明。待去也,最愁人、犹恋故人。

　　张炎入元以后,不仕新朝,以“遗民”自居,所以他的词中多以东晋的高士陶渊明自比。清人陈兰甫题《山中白云词》有云“无限沧桑身世感,新词多半说渊明”,这是符合事实之言。

　　这首《声声慢》词,就是一首“说渊明”的词。此词作于元成宗大德二年(1298),其时词人年已五十一岁,正在浙江宁波一带飘荡。四明,本指四明山,这里指在它附近的鄞县。张炎在这里盘桓过一段时间,结交了一些志同道合的朋友。现在,却因生计所迫,只得离鄞返杭,所以此词一开头五句即交代四明之游:“山风古道,海国轻车,相逢只在东瀛。淡泊秋光,恰似此日游情。”鄞地近海而靠山,故首两句即点明它的“山”“海”特征,而第三句的“东瀛”(东海)更点明了游地靠近东海之畔。“秋光”两句,既说明了时在秋季，又说明了"游情"（羁旅之情）的淡薄无味——因为从真处说，张炎的"游"四明，实出于不得已，哪里是什么真正的游山逛水！张炎的朋友戴表元在《送张叔夏西游序》中就这样说过：叔夏（张炎之字）之所以东游山阴、四明、天台间，本是迫于生计的无可奈何之举。张炎本人就说过："吾之来，本投所贤；贤者贫，依所知；知者死，虽少（稍）有遇，无以宁吾居。吾不得已违（离开也）之，吾岂乐为此哉！"所以在游情淡泊似深秋的阳光的比喻中，已经透露了自己凄凉的身世之感。故在即将重渡西泠（西泠桥是西湖胜景之一，此处代指杭州）之际，心情是复杂难言的：一方面是"喜"，因为即将回到故乡去，这对一个久在异地飘泊的游子而言，毕竟是一件值得高兴的事；然而，另一方面，这种"喜"中又是交织混杂着"悲"的情绪的，这又是因为，自己已是"鬓丝断雪"（鬓发花白如残雪）的迟暮之人。两种意绪交互混织，便形成了一种悲喜交加、百感横生的心境。他用了"休嗟"这样的"顿挫之笔"，实以表示他感嗟之曲折层深。"闲身"者，既表明自己有暇能返故乡，又暗示了自己的"遗民"身份。身"闲"而心不"闲"（烦恼积胸），此意要细味才能品出。"又溯远"三句则是预写他的挂帆归杭，不劳细说。

词的上片以告别的时刻作为"中点"，分成两层来写："游情"以前写他以往的四明之游，"休嗟"之后则悬揣他即将开始的返杭之行。词的下片，写法也同于此。"莫向长亭折柳，正纷纷落叶，同是飘零"，写眼前将别；"旧隐"以下，悬写返杭之后的情景。章法整饬，结构匀称。现在先说第一层：

折柳送别，本是古代风俗，然而作者却劝朋友们不要去攀折柳枝，因为深秋之际的杨柳落叶纷披、不堪再折，正与我辈一样，都有着"飘零"可怜的身世。此句推己及柳，又由柳而反观自己，益见"同病相怜"。

第二层中运笔更为曲折。"旧隐新招，知住第几层云"两句，先说了一种人物：他们原先也隐迹山林，后来却不耐寂寞而终于应元朝政府之聘出山，现在恐怕早已是"青云直上"了。南朝孔稚珪在他的著名的《北山移文》中曾经这样带刺地描写这些假"隐士"一旦"飞黄腾达"的丑状："及其鸣驺入谷，鹤书赴陇，形驰魄散，志变神动。尔乃眉轩席次，袂耸筵上，焚芰制而裂荷衣，抗尘容而走俗状。"作者在这里，却用了一种婉转的说法：谁知道他们现在正高居在青云的第几层上呢？其不满情绪，妙藏于言语之外。而和此对比，他又写了自己的景况："疏篱尚存晋菊，想依然、认得渊明。"想来只有西子湖边的疏篱残菊，还记得我这个未曾变节的陶渊明吧。这里用了一个"晋"字来形容残菊，显得特别耀眼。陶渊明由东晋入刘宋，张炎由南宋而入元，两人都有着易代之恸。所以用一"晋"字，表示着他不忘故国之思；在这种"春秋笔法"中曲折地表露出他的甘为"大宋遗民"的思想。而再从它"尚存"的"尚"与"想依然认得"的"依然"来看，那种"国破山河在"的悲感就更充溢于言表了。"待去也，最愁人、犹恋故人"，与其说归家是喜，不如说归家（面对故国沦亡的旧址）是愁，所以反而更加留恋此间的友人了。这种"反说"的写法，使词的结尾蕴含深挚的余味。

这是一首描写离情的词。张炎《词源》说："矧情至于离，则哀怨必至。苟能调感怆于融会中，斯为得矣。"又说："离情……全在情景交炼,得言外意。"这首"别四明诸友归杭"词就实践了这种理论。首先,我们看它的"情"表现为两个方面:一是对四明诸友的感情,二是对故乡杭州的感情。从"去"与"留"的角度看,这两种情似乎是矛盾着的;而从"羁游"的角度来看,这两种情又是统一着的(因为无论是别四明诸友,抑是回到"物是人非"的故乡,作者都只能是一个"飘泊者"的身份)。所以在既恋四明、又离四明,既喜重返故乡、又愁重睹旧地的矛盾心理中,作者写出了自己失去故国、落拓江湖的无限"感怆""哀怨"之情;而这种复杂难言的滋味,又是"融会"在对于景色、时令、联想等等的描写之中的。一方面是"无端更渡桑干水,却望并州是故乡",把四明当作了不舍得别离的"第二故乡";另一方面又是"近乡情更怯,不敢问来人",愁见真正的故乡,这两种感情的交织和斗争,便构成了此词缠绵缱绻而起伏回旋的感情"旋律",读来令人唏嘘不已。其次,它的写情,大多巧妙地附着于写景之上,深得"情景交炼"之妙。如"淡泊秋光,恰似此日游情",以淡薄的秋日阳光比拟游情之无味,以"纷纷落叶"写自己的老态和飘零,都很贴切而工巧。而对于"晋菊"的描写,更是深寓"言外之意"。

选自《唐宋词鉴赏辞典》(上海辞书出版社 1988 年版)

清平乐

张 炎

　　候蛩凄断,人语西风岸。月落沙平江似练,望尽芦花无雁。　　暗教愁损兰成,可怜夜夜关情。只有一枝梧叶,不知多少秋声?

　　张炎于五十三岁(1300)飘荡到苏州吴江,栖身于其学生陆辅之家中。陆有一位"才色皆称"的歌妓,名唤"卿卿"。某个秋日,张炎为主人及卿卿作了一首《清平乐》词:"候虫凄断,人语西风岸。月落沙平流水慢,惊见芦花来雁。　　可怜瘦损兰成,多情只为卿卿。只有一枝梧叶,不知多少秋声。"(以上据《珊瑚网》卷八)但是现在见于《山中白云词》中的定稿,却有了较大的改动。细味一下此中的修改,大有深意存焉。原作之意,无非是写一点"花情柳思"(亦即词中"多情只为卿卿"一句所揭示的那种风流艳情),但修改以后,却由艳情转向了"愁情"——这种令人"夜夜关情"的悲愁之感,说穿了,便是一种深沉的家国身世之感! 两相比较,便可见出后者在主题方面的深化。

　　不过,身处异族统治之下,张炎的家国身世之感是不便明言的。好在词人有的是办法,因此他便借用传统的"悲秋"题材,明写其"秋感"之萧瑟,而暗写其心灵上蒙受的亡国破家之"愁感"。

　　前代诗文中写"悲愁"之名篇可谓多矣,比如宋玉的《九辩》与欧阳修的《秋声赋》即是。不过它们的写法都以铺叙见长。但小令却不能这样"形容曲尽"地写。它必得采用另一种精练、含蓄的笔调来写,而靠它特有的"风韵"来打动人心。张炎此作,就堪称"以少胜多"的佳篇。其上片选择了候蛩(即蟋蟀)的哀鸣,西风的衰飒,秋月的清冷,秋江的澄净,以及芦花的无雁……这样一些最能代表秋天的典型景物,为我们勾勒了一幅肃杀的"秋晓图"。凡是具有一定阅读经验和人生经验的读者就不难从中触发出悲秋的"共鸣"来。特别是上述"景语"已早为前人诗文所反复抒写过,因而其中所深藏的"历史积淀"经过读者的"再创造",便会"释放"出巨大的感人"能量"来。上片"制造气氛"既足,下片换头两句即由此而点出"词眼":"暗教愁损兰成,可怜夜夜关情。"兰成,梁朝诗人庾信的小字。庾信本是南人,身陷北朝,张炎与他有着相似的遭遇。因此拈出庾信之"愁",就使上文所写之"景语"统统"升华""提炼"成了"情语"。故上文之耳闻蛩鸣,目睹月落,以及"望尽"等语,到此为止,也都由一条总的线索贯穿了起来:原来这些景物全是由一位通夜失眠的人所感知着的,不然何其会观察、谛听得如此细切! 陆机《文赋》中说:"立片言而居要,乃一篇之警策。"过片的这两句词,就可以说是"画龙点睛"的"警策"之言。不过若光点出这两句"情语"的话也尚嫌不够;就像一棵大树光画了主干还需添加枝叶一样,在它们之后,作者马上紧接了"只有一枝梧叶,不知多少秋声"两句渲染之笔,这就更使词情显得摇曳生姿、十分酣畅了。梧叶虽小,然其萌生秋感之作用却甚巨大。白居易《长恨歌》"春风桃李花开日,秋雨梧桐叶落时",已把"秋雨梧桐"作为人间最易引起悲感的事来写;以后,温庭筠词"梧桐树,三更雨,不道离情正苦。一叶叶,一声声,空阶滴到明"(《更漏子》),又为它增添了更加丰厚的感情积淀。因之,张炎再次把它凝练成"梧桐秋声"的新语,且又放在篇末,就更使它显示出"有余不尽"的无限韵味来了。从主要为艳情而发的"秋感",发展而为以家国身世之感为主的"愁感",从中我们也不难看到张炎词风的一种转变。

选自《唐宋词鉴赏辞典》(江苏古籍出版社 1986 年版)

清平乐

张 炎

采芳人杳,顿觉游情少。客里看春多草草,总被诗愁分了。　　去年燕子天涯,今年燕子谁家? 三月休听夜雨,如今不是催花。

古典诗词中,"伤春悲秋"一直是最常见的题材之一。如果说,前面一首《清平乐》是张炎的"悲秋"名篇的话,那么,这一首便是他的"伤春"名篇。一"秋"一"春",尽管所写的景物不同,而其伤感、悲愁的情绪却是同出于一源的——那就是他所满怀的亡国破家之痛。

这首词的写法是建筑在"今昔对比"的基础上的。杭州本是张炎的故乡,而美丽的西子湖,又是他年轻时最喜盘桓游赏之地。那个时候,他"翩翩然飘阿锡之衣,乘纤离之马",真是一个不知何者为"愁"的"承平贵游少年"(戴表元《送张叔夏西游序》)。可是,改朝换代之后,张炎重来故地,却已变成了一个"客子"! 举目所见,山河不殊而生易代之悲。此种悲感,李后主曾用"独自莫凭栏,无限江山。别时容易见时难。流水落花春去也,天上人间"(《浪淘沙》)这样凄怆而奔放的词句来表达过,而张炎,则又用他哀婉而含蓄的笔触再一次地给予了艺术的再现。

周密（他是张炎的朋友）在《武林旧事》里说过："西湖天下景，朝昏晴雨，四序总宜。杭人亦无时而不游，而春游特盛焉。"每逢春光明媚之日，赏花踏青者"两堤骈集，几于无置足地"。甚至水中画楫，也"栉比如鱼鳞，亦无行舟之路"，可见其游赏之盛。但兵燹（xiǎn 险，即兵火）后，西湖却变成了"一抹荒烟"（作者《高阳台·西湖春感》）。因此本词一开头的两句"采芳人杳，顿觉游情少"，语虽简短，所包含的内容却是十分复杂的。特别是"顿觉"的"顿"字，写足了作者旧地重游，眼见西湖面目全非而生的痛楚、惊愕、惘然之感。昔日的"承平景象"哪里去了？以前的赏花人又到哪里去了？这些，作者都未说、也不必说，读者心里自然明白。

因为怀着这种苦痛的感情，作者自然无心再赏风景，草草一看之后旋即扫兴离去，心中却涌起了一阵辛酸的愁绪。因而他要作诗，他要作词，这种"词愁"便凝结成了下面的四句句子。"去年燕子天涯，今年燕子谁家？"这是感叹自己如同飞燕一样羁泊无定，去年流荡在天涯海角，今年特地赶回家乡，谁知家乡也早改尽面貌，一样是无"家"可归（张炎的故家已被元人侵占）！这两句句子，前一句用了肯定句式，后一句用了反问句式，更显出词情的沉痛哀迫，读来使人鼻酸。接着，词人又用两句更为凄楚的句子来结束词情："三月休听夜雨，如今不是催花！""流水落花春去也"的"今昔对比"之感，便仗着这一番"妒花风雨便相摧"的"摧花"（而不是"催花"）之雨声，曲曲写出。有人评论此词说道："羁泊之怀，托诸燕子；易代之悲，托诸夜雨。深人无浅语也。"（俞陛云《宋词选释》）此词的"深"就深在它感情的深沉和深挚上，而这种感情程度之"深",不言而喻就是建筑在强烈的"今昔对比"基础上而显示出来的。

选自《唐宋词鉴赏辞典》(江苏古籍出版社 1986 年版)

乌夜啼

刘　迎

　　离恨远萦杨柳,梦魂长绕梨花。青衫记得章台①月,归路玉鞭斜。　　翠镜啼痕印袖,红墙醉墨笼纱②。相逢不尽平生事,春思入琵琶。

　　这首词从内容来看,并不新奇:上片描写作者对于一位歌妓的怀念和对于往昔冶游生活的回忆,下片描写那位歌妓在他走后的不忘旧情以及两人重聚时的百感交集,表达了这对恋人之间的绵绵深情。然而在读它时,却并不觉得有陈旧烂熟之感,反觉得"很美",这是什么原因呢? 细心的读者便会发现:第一,它得力于意象之美和色彩之丽;第二,它得力于句式的整齐和语势的流贯。

　　先说前一点。"离恨远萦杨柳,梦魂长绕梨花",这本是写作者对于那位歌妓的怀念。然而它却并不直接点明"歌妓"的字面,

---

①章台:本为战国时秦国宫名。汉代在此台下有章台街,张敞曾走马过此街。唐人许尧佐有《章台柳传》,后人便以章台为歌妓聚居之处。
②醉墨笼纱:此用"碧纱笼"故事。唐代王播少孤贫,寄居扬州惠昭寺木兰院,为诸僧所不礼。后播贵,重游旧地,见昔日在寺壁上所题诗句已被僧用碧纱盖其上。见《唐摭言》卷七。

而是别致地改用"杨柳""梨花"这两个形象优美、比喻巧妙的意象来取代,这就给读者带来了丰富的美感。柳者,"留"也。古人常用折柳来赠别。而且"人言柳叶似愁眉,更有愁肠似柳丝"(白居易《杨柳枝》)、"苏小门前柳万条,毵毵金线拂平桥"(温庭筠《杨柳枝》),那依依袅袅的柳枝形象,一使人牵惹起缭乱不尽的离愁别绪,二使人联想到那歌妓娉娉婷婷的细腰,所以放在"离恨远萦"之后以代指歌妓,就收到了一箭双雕之功。"梨花"句亦同:白居易曾以"梨花一枝春带雨"(《长恨歌》)来形容杨玉环流泪的美容,李重元又以"欲黄昏,雨打梨花深闭门"之句来描写"萋萋芳草忆王孙"(《忆王孙》)的缠绵情思。所以把"梨花"放在"梦魂长绕"之后,也显得十分哀艳。加上"萦"与"绕"(前面还冠以"远"与"长"的形容)这两个动词用得得当,就使我们仿佛感到词人的一勾离魂始终长绕在那位如花如柳的倩娘身边而不肯须臾别去!再说下两句"青衫记得章台月,归路玉鞭斜",这是追忆他当初"走马章台"的冶游生活。他在这里,用了一个"青衫"(唐时九品小官之服饰)与"玉鞭"相对举,再把这二者置之于红楼(章台街自然多的是红楼翠馆)夜月的环境之下,既显示了自己的风流倜傥,又赋予了这种冶游生活以"诗"的美感。色泽的美丽,意境之清雅,不能不使人为之赞叹。更如下片首两句"翠镜啼痕印袖,红墙醉墨笼纱",本是写他旧地重游的闻见:那位歌妓在他走后念念不忘旧情,终日啼泣,竟至在对镜梳妆时把啼痕抹到了衣袖之上;还小心翼翼地用碧纱把词人分别时醉题在墙上的诗句(墨迹)盖好。但由于用了"翠镜""红墙"这样色彩鲜妍的字面,再用了"啼痕印袖""醉墨笼纱"这些既香艳旖旎、又带书卷气的字句,就使它显得格外凄婉醇厚。所以，比较起某些俗靡的艳词来，这首词可谓是写得"好色而不淫"，深得"艳而不靡"之妙。而这，又是与它善于选择优美文雅的意象和择用色彩妍丽的字句分不开的。换句话说，此词中所表达的思想内容，虽仍不过是一般的男女恋情，然而由于作者精心地择取了一些美丽精致的词藻，加以"裹织"（此亦即《花间集序》所谓"织绡泉底""裁花剪叶"的功夫），这便使它焕发出特异的艳美色泽来。次说第二点。此词一共八句而每两句构成一层。"离恨远萦杨柳，梦魂长绕梨花"与"翠镜啼痕印袖，红墙醉墨笼纱"四句，用的是对仗句法，很觉整齐工致。而"青衫记得章台月，归路玉鞭斜"与"相逢不尽平生事，春思入琵琶"四句，则用的是字数不等的长短参互句式，读后深觉有流走贯注之妙。比如"青衫"两句中用了"记得"这样一个动词，就把往事用回忆的手法倒叙出来，而仍显得文气连贯。"相逢不尽平生事，春思入琵琶"两句则写两人重聚，百感交集，悲喜难言，于是那女子便把满腔情思统统注入她所弹奏的琵琶声去，让那"弦弦掩抑声声思"的琵琶语去"说尽心中无限事"。这在词情内容上既有所发展（写别后重逢时的畅谈衷曲），即在语势上也显得有"由整而散"的变化感。所以总观全词，四句对仗句在读者心中形成了"整齐"的印象，另外四句参差不齐的句子则又留给人以"流贯"的印象。两者叠合，便产生了舒徐抑扬、顿挫流转的美感。特别是末尾以琵琶声作结，更使人如有碎若明珠走玉盘的奇妙音响回旋耳畔，生出不尽之联想于言外。

最后应该提到的是，作者刘迎，是一位金国的作者。照理来讲，金国词风颇多"深裘大马"的伉爽之气。然而此词却绝似宋朝的婉约词作,这或许正如贺裳《皱水轩词筌》所说的那样,是"才人之见殆无分于南北(按:金在宋之北)也"。

选自《唐宋词鉴赏辞典》(上海辞书出版社 1988 年版)

我的词学人生

杨海明 述　　钱锡生 编

一、我的前半生

（口述时间：2016 年 12 月 12 日）

我的家庭

我是 1942 年 11 月 23 号（公历），阴历就是十月十六日，正好月半过去第一天，出生在苏州。在什么地方呢？就是有名的山塘街，是白居易造的那条白公堤啊。七里山塘走了一半就是半塘，有座半塘桥，那么我正好是生在这一半的地方。读书呢也在半塘小学，所以我跟山塘街结缘是很深很深的。其实半塘很多啊，那个王鹏运，清季四大词人之首，他叫"王半塘"。我现在还怀疑，"王半塘"的"半塘"到底是什么意思？因为他在苏州待过，他是不是在山塘街的半塘，我也不晓得。还有一个任二北啊，他是"任半塘"。"任半塘"很明显的，因为瘦西湖边有一个半塘，他表明自己是扬州人，所以叫任半塘。

我生出来以后呢，一直多病，差一点活不成了。到了什么情况呢？就是头颈啊竖不起来了，只能这样（勾着）。后来苏州有一个老中医，非常有名的，叫金耀文，把我救活了，他最后用那个针刺的东西啊，把我十个手指都刺了血，这样以后慢慢就好了。所以对你们，我一直讲养生养生，因为我小时候是体弱多病，差一点不行啊，夏天都不敢赤膊，瘦得这个骨头都全部露出来了。到了大学毕业身体才好起来。

　　我父母亲一直住在山塘街。祖上呢房产很多，开个糖果店，条件很殷实的，新中国成立以后呢就公私合营，后来我父亲失业了，就到乡下去教书。教小学，在哪里呢？就是在大阳山。所以我对大阳山很有感情啊。大阳山在东渚，很远，那个时候步行去的，步行去步行回啊。我父亲星期六回来，星期一早上回去，半夜三点钟就起来，摸黑走到东渚啊。我五年级的时候去过一次东渚，为了一个急事，要找我父亲。那时候又没有电话，写信要几天，家里急着要把我父亲找回来。我就坐那个航船，从山塘街上的船，摇摇摇，那时连机帆船都没有啊，摇到那个东渚，已经是傍晚啊。我父亲一看，你怎么来的？那时候我才是五年级的小孩，真够胆大的。所以我对阳山、东渚、光福，都很有感情，我父亲就在那里教书养活我们一家啊。后来我父亲回苏州，继续开店，后来又公私合营。我弟弟杨海坤当时跟他一起下去，户口也都下啊，在乡下读的小学，东渚小学，然后再回到苏州。后来父亲再到粮店里面工作，养活我们五个小孩。我母亲就刺绣，刺绣做得很好的，没有正式工作，就靠刺绣。她本来可以工作，但哪有工夫呢？五个小孩，要吃饭，穿衣，因此她就是靠刺绣补贴家用，所以没有参加正式的工作，后来就没有退休工资。所以我们到现在一直尊重我们的父母，养育之恩啊。五个小孩中，我读了大学；杨海坤1962年靠自己的本事也读了大学——中国人民大学；后来"文革"结束以后，小弟弟杨海仁就考了个常熟师专，读了师专以后呢，再专升本，成绩非常好。他是南师大的专升本啊，那时候老师都说这个杨海仁很厉害，后来他就到吴中区的教育局工作。我大妹妹后来也读了苏州大学的财会专科，小妹妹后来却没有读大学,因为她"文革"中没有读到书,初中毕业以后,就工作了,工作以后就结婚了,生小孩,没有考,考的话,也是大学生。我们家的天资还可以,后来条件好了,改革开放以后日子越来越好过。祖上是没有读书人,就是我父亲开始读书的,他那时候条件好嘛,读到高中毕业。那时候高中毕业是很厉害的,等于现在大学毕业。而我的大叔叔,他只有小学毕业,后来他找工作,我爸爸就把那个高中文凭借给他,他凭那个高中文凭,就去当了小学老师,后来做到小学校长。所以我父亲读到书了,他是高中毕业,我母亲却不识字啊,我们主要靠自己努力。最应感谢的当然是我父亲。1958年,我不想念书了,认为这个书有什么读头,整天去劳动,还不如早一点赚钱,可以养家糊口啊。但他却坚持要我们读大学。我读了江苏师院,本科,我弟弟读了中国人民大学,也是本科,后来家里面就靠这个翻了身。所以你们不要迷信什么重点小学,他(杨海坤)读的是最差的小学,就是我父亲既当"校长"又当教师的乡下小学。当时就我父亲一个老师,带他读到四年级,回到苏州,再读的虎丘中心小学。所以我们家两个博导,就是这个小学的杰出校友。因此我家里面实际上没有什么家学渊源的,主要靠自己努力。

我的中小学时代

到了1948年,上小学了,就在半塘小学,后来改名为苏州市虎丘中心小学,百年老校啊。1948年的时候我入学,到现在还有印象,一进去孙中山先生的画像(那个时候还没解放)还挂在大厅当中,每个学生进去都要向孙先生鞠躬。我有这个印象,其他的事情则因时间很长不太记得了。

到了五年级、六年级的时候呢，来了一个苏北的年轻老师，叫王琼，"琼"就是那个琼瑶的"琼"啊。这个老师跟老教师不一样，他很有新思想，他就给我们讲很多唐诗。"床前明月光，疑是地上霜"，那时候听了觉得"啊呀，唐诗真好啊"！所以，最早的唐诗就是那位启蒙老师给我们讲的，所以我脑子里很早就种下了唐诗绝句的种子，开始对古代文学有一种兴趣。

1954年小学毕业以后考中学，那时候中学分两种，一种公立中学，一种就是私立学校。公立学校很难考。私立学校呢，刚解放时还有，比较容易考。1954年的时候呢，只有我和很少几个人考取了公立学校。那是什么地方？就是苏州市第五中学，过去叫"萃英中学"，"出类拔萃"的"萃"，刚刚改为公立。当时班上的很多同学呢考到了那个虎丘中学，那是私立中学。所以那时候我就是成绩很好的。五中在石路的丁家巷里面。那时候念书，就是步行啊，早上步行到学校，中午还回来吃饭，吃了饭再去，傍晚再回来。到了高中才开始带饭，中午不回家了。那时就这么来回跑啊，从学校到家里很远啊，起码要走半个小时，一天来回跑两次。我从1954年到1957年读了三年初中。初中的时候呢，大量地看书、看文艺小说。现在看来很奇怪，因为那个时候不讲什么升学率，任由学生自由发展。那时，我是班上的学习委员，我负责给全班的学生借书，由我一个人去借。我一个大书包，每天到图书馆里，借了好多好多书，给同学分发了，剩下的我就带回家看，看了一个礼拜以后再去换书。所以那个时候读了好多古典名著，得到了古典文学的熏陶。而且不光是古典文学，还有外国文学。那个时候看了好多外国文学作品,托尔斯泰、屠格涅夫的看得特别多,是我一辈子看书、看文艺小说,看得最多的时候。我的语文知识和文学修养就是在那个时候培养的。甚至上课也可以偷偷地看,当时没有升学率的压力啊。

1957年初中毕业,再读高中,还要经过考试,四个能考一个啊,三个就考不取。所以,读高中也是很不容易的,我考取的还是市五中。但到了高中就不行了,形势大变。1957年给我们的印象就是反右。我们的老校长叫葛鸿钧,很有名的。他留学美国,在美国八年,一口流利的英语啊。五中本来是教会学校,请他来当校长,就是因为他是留洋回来的。结果1957年就把他打成“右派”。我亲眼看到他的学生斗他,这些学生啊,都是五中留校的,由他培养出来的,结果斗他。最后那一天,我印象很深的,把他开除出学校。他从那个会议室里出来,巍巍颠颠的,满面就是黯然失色,从此就离开了五中。现在如果到五中去看那个校史,对这个葛鸿钧啊葛校长的功劳,写了很多啊,说当年怎么样怎么样,刚解放初期都是由他辛勤经营的,但当时就这么被开除了。

接下来又运动不断,学校叫我们写小字报,规定要写多少多少张小字报,只好整天写。1958年、1959年,大炼钢铁,停课,劳动。那时我们还到过一个地方去填河。现在观前街附近有一条钮家巷,那里有一个状元博物馆,那一条路啊,就是我们修的。其实它本来是条河,我们市五中学生赶到钮家河啊,把那条河填掉变成了路。我们在学校不光是炼钢铁,还炼铝,就是钢精啊,做钢精锅子的。那时候工伤不断,我们有一个女同学,头给那个机器绞住了,头皮头发全被拉掉,可怕极了,我们都亲眼看到的。因此我不想念书了,连上大学也不想。我说大学有什么念头呢? 肯定也是这样的,还是早一点工作吧。我们同学里面就有不少早早去工作了,1958 年就工作了,直到现在嘛,变成了老工人退休。但我却没有去做工,因为我父亲说,再苦也要读书。幸亏父亲的坚持我才去考了大学。

1960 年考大学,考大学的时候呢,我是理科成绩比文科成绩好。我们家里都是这样,我,还有我的大弟弟杨海坤,都是理科很好。所以,高考复习的时候,那些考理工科的同学数学做不出,反而来问我这个考文科的。但我为什么不能考理科呢,因为色盲,我弟弟也是色盲,所以,不能考理工科,就改考文科。那个时候读了好多的唐诗宋词,比如龙榆生编的《唐宋名家词选》,还有《唐诗三百首》《古文观止》,当时整天就读这个东西。其实我们那时候考大学完全是按照家庭出身、成分来分配的。最后揭晓的时候呢,凡是工人、贫下中农出身的,全部读好学校,如清华、北大,一般也是南大、东南大学(当时叫南京工学院)。出身中等的就读师范。出身不好的,全部弄到师专、煤矿师专、苏州师专,这些学生其实都是很聪明,很有才华的。

高考的时候,我们根本就把它不当回事。那个时候我们住在市五中,考场却在市四中,过去叫桃坞中学。我们中午午睡(以前没有午睡,后来住校以后才开始有),下午两点钟考试,我竟然睡到一点四十分,不当一回事啊。醒过来一看,时间快到了,赶紧跑步,跑到桃坞中学去考试。那时高考结果是不按成绩来,完全是按照出身成分,起码 80% 都是这样。出身最差的、成分最差的几个同学都考不取。我有个同学非常聪明,姓曹,当时读书的时候大家称呼他为曹博士,但因为他父亲是反革命,亲戚也是反革命,就没有考上啊。后来我们碰到他,每次都感叹。他后来只好到马路(边)上修钟表。多少年以后他在苏州长城电扇厂做质检科科长,有水平啊。这样的学生不知埋没了多少。我们还有好多同学都很有才华,结果却都考到了师专,后来都分到乡下中学里去了。

我的大学时代

1960 年我考取了江苏师院中文系,因为我是中不溜秋的出身啊。我父亲出身是小商,既不是红五类,也不是黑七类(那是后来的讲法了),所以就进了中等的江苏师院。我弟弟杨海坤呢,他是 1962 年考大学。1962 年形势变了,就是完全讲成绩。因为他理科好得不得了,但是色盲(不能考),文科也好,后来他考哪里呢?因为文科加理科都好,所以考取了中国人民大学哲学系。当时市五中还头一个出这样的人才啊。而我就在江苏师院,我倒觉得蛮好,靠家近,因此在江苏师院,从 1960 年读到 1964 年。

那么这个四年当中呢,里面也分两段。头一段呢也是极左,一进学校呢就讲成分。有一个同学,是跟我最要好的同学,一进去就受批判。同学里面还斗啊,就是批判出身不好的。接下来就是饥饿,吃不饱饭,自然灾害。那个时候呢,我因为成绩还比较好,进去以后呢,领导比较看重,当副班长。正班长和团支部书记,管政治工作、思想工作。我当副班长呢,就管生活,管几十个学生的饭票。我每个月去领饭票、发饭票。那时我们大学生还是有保证的,还算是不错的,老百姓就是每月二十四斤定粮,而我们大学生呢,还能保证每月三十二斤。但三十二斤哪够吃啊?一天就是一斤啊，一斤粮食，又很少菜、很少油，有些男同学呢，发了他一个月的饭票，半个月就吃光了，还有半个月就没有饭吃啊。所以班主任就跟我讲，不能给他们这样发，要一个礼拜一个礼拜地发，每周发七斤饭票。这样我就忙死了。只有"觉悟"高一点的，才按一个月发给他。那几个吃不饱的呢，就每个礼拜扣住发。他们求我说你多发一点吧，我说不行啊，你吃掉了以后就没有饭吃了，上课就不去，只好躺在宿舍里面挨饿啊。

那个时候真的苦不堪言啊，连我们老师、班主任也犯错误了。犯什么错误呢？那个时候什么都要票啊、卡啊，买一个酱菜都要凭卡。我们的那位老师因为家里面小孩多，要买酱油没卡，就向学生借卡，借了不少学生的卡去买，结果别人揭发他。好，这个老师倒霉了，后来被赶出江苏师院，到中学里去教书了。同学和老师都吃不饱，所以那时候一到每个月三十号，当时的江苏师院有一个"风俗习惯"，成百个学生，就涌出这个西校门。西校门一出门，那个第一家房子就是一个卖糕点的店。那时候每人每月一斤糕点券、一斤熟食券，两个券。熟食券呢可以买面，糕点券呢买面包什么的，大家都去买那个饼啊。再走到望星桥，现在就是那个水果店，那个时候是个较大的面店。多少学生冲进去，把那个票从口袋里拿出来，赶紧吃一碗面，都是这样子的。学校还有一个奇观，就是上午九点半以后就去食堂排队，那时食堂在哪里呢？就是现在的那个小山坡。那时有两个食堂，第一食堂和第二食堂，但一样的，都是排队。为什么要去排队？你想呢，一天一斤粮食，早上二两，中午四两，晚上四两。那个四两的饭啊，这么一点点，菜又很少，吃不饱，怎么办呢？学校里就供应一种最受学生欢迎的面糊。什么叫面糊呢？就是把那个面粉啊变成面疙瘩，里面放了很多菜，所以你这个二两饭票呢可以盛一大碗。那时我们的碗不是现在的碗啊，都买大的，个个都是这样的，像个小脸盆啊。但这种面糊呢，它每天只供应几大桶，舀完了就没有了。舀完了就只好买饭吃，二两，仅只一点点。所以九点半的时候，上午两节课上完了就赶紧排队啊。拿个凳子，那种条凳，就这样一排下来，坐在那里，队伍很长很长。每天都是一下课，九点半的时候，那个地方就开始排队了，排到十一点钟，开始供应面糊。早去的人呢，就可以买一大碗一大盆面糊，吃饱了。后面的人就没有了，只好打饭，那么一点点。困难时期就是这样，没有油又很少有菜。连酱菜、肥皂、糖，全部要票。

后来，中央的政策开始调整了，本来政治上高压，后来周恩来总理和陈毅外长，讲了改善知识分子（待遇）的那个政策。所以学校里呢，也开始慢慢改善了，风气也不那么极左了。于是就抓教育了。我记得在江苏师院读书的时候，念了好多书，主要在三四年级。钱先生，也就是钱仲联先生亲自给我们讲课，而以前都是年轻教师开课，如潘树广老师、徐永端老师、吴企明老师、王永健老师，他们都是大学刚刚毕业。后来呢，钱老亲自上课。还有钱老到上海去编书时，请上海复旦大学的教授叫刘季高，给我们来讲。刘季高给我的印象最深，他专门讲唐诗宋词，噢，讲得很好。我们有空呢就到他那儿请教。他上课赶过来住一个晚上，上完课再坐火车回去。我到他房间里去请教他，那个温庭筠的词我不懂，"小山重叠金明灭，鬓云欲度香腮雪"，"小山重叠"搞不懂，因为没有注解，当时又没有胡云翼的那种《宋词选》之类的书啊。刘季高先生就跟我们讲，"小山重叠金明灭"，讲的可能是屏风，可能是枕头，有几种解释。除了钱先生讲、刘季高讲，还有历史系的一个有名的老师，叫纪庸。纪庸是一个大学者啊，他也是被打成"右派"的，那个时候正好发配到我们中文系来，上什么课呢？上工具书(课)，工具书怎么查？字典怎么查？他这个讲课呢真是好，一口标准的北京话，京腔。后来又抽空给我们讲《长恨歌》，哈哈哈，讲得眉飞色舞。他是北方人，高个子，跟谁像呢？跟彭真很像。所以这几个老师，把我们引导到了研究古代文学、古典诗词的路。纪庸的课、钱先生的课、刘季高先生的课，印象到现在还很深刻。后来纪庸可怜啊，"文化大革命"前夕就自杀了。钱先生还算好，后来变成"历史反革命"。而徐永端老师则是"现行"，抓进去啊。钱老是带了"帽子"，老"历史反革命"。所以都弄到这个样子啊（那时候我们已经离开学校了）。还有一个是教工具书的赵国璋先生（后来他调到南师大），潘树广老师走上科研道路就是他带路的。所以那个时候，到大三、大四年级的时候，就整天背古典诗词。不光是《唐宋名家词选》，从《诗经》开始，名篇都背，那时的教材是朱东润编的《古代文学作品选》，文学史则是游国恩编的《中国文学史》。

我再补充一点，我们在念初中的时候，有一次语文改革，把语文啊改成两门课，一门叫文学，一门叫汉语，汉语讲语法，文学则从《诗经》名篇讲起。《诗经》如"鸡栖于埘，日之夕矣，羊牛下来"，还有那个"报之以琼瑶"啊。从《诗经》到《楚辞》，到唐诗、宋词都教。噢，那一次改革，在我们新中国的语文历史上，正是少有，所以我印象很深。从《诗经》一直读到后代的名篇，读了很多，那时候连不少中学老师自己都跟不上，因为他们也没有学过。所以那个时候《语文学习》就是辅导这些老师的，夏承焘先生很多的文章就都是登在《语文学习》上的。那一次文学课本的改革，使我对中国古代文学，从《诗经》《楚辞》，一直到后来唐诗、宋词、元曲，都有了很粗浅的但是很清晰的印象。

到了大学以后呢，就拼命背诗词，我连《离骚》都全文背了，勤奋得不得了，唐诗宋词更背了许多！这为我后来考研究生打下了一个很坚实的基础。钱老在上海修《辞海》的时候，曾把刘大杰、郭绍虞、夏承焘、马茂元等先生请到我们西校门那个报告厅里面，就是一进门的大礼堂里作学术报告。郭绍虞讲课嘛不行，他完全是讲那个理论，我们都不太要听。而夏承焘先生则讲得好得不得了，所以后来我决定要考他的硕士。夏老那时候不老，很漂亮、很英俊，美髯公。马茂元、刘大杰也讲得好。从那个时候起，我开始懂什么叫学术了，也开始写稿投稿了。写了一篇，大约是《唐诗宋词里的修辞手法》，投到《江海学刊》。但那时候只讲一些修辞，比喻啊、夸张啊，很浅很浅的，结果没有被录用。在大学时我背了好多诗词，接受了这些老先生的熏陶。到后来，胡云翼的《宋词选》出版了，对我最有帮助的则是郭绍虞先生主编的《中国历代文论选》三卷本。原来中国古代文论这么深刻！这么精辟！特别第一卷，我读了好多好多（次）。这个为我考研究生，后来从事词学研究打下了一个很重要的基础。当时买不起书，哪有钱？借到书就饥不择食地看，因为很快要还人家的，还抄了好多啊。到了1963年的时候，我要考研究生，考谁呢？那时钱仲联老先生他没有资格，因为他连教授都不是，只是"教员"。唐老那时候也还没有资格招。夏承焘可以招,我就报考了夏先生的研究生,后来我又寄了两篇文章给他。但是因为那时提倡"又红又专"啊,而我却是"白专",当然考不取。夏先生收到我的文章以后呢,他当时没有给我回信,但在日记里面记录了。后来吴战垒先生编夏承焘《天风阁学词日记》,他对我说:"杨兄啊,夏先生的日记里还提到你。"我说:"说什么?""他(夏老)说,江苏师院中文系杨海明寄了两篇文章,文笔很好,我曾写信给钱仲联(他们是好朋友),问这个学生的情况。"我说:"竟然有这样的事情啊。"说明我的文章不管怎么样幼稚,他当时还是欣赏的。

派到了宁海中学

研究生既然考不取,后来就被分到中学去工作了。分配工作,那时候只能绝对服从,宣布你到哪里就哪里啊,等于是宣判你的命运。如果你不去,不服从分配,连户口都要取消,粮食也都没有了,所以一定要去的。那种紧张,你们不会知道了。我很幸运,为什么幸运呢? 1963 年、1964 年,形势变化了,原来的系总支书记换掉了。那位书记姓陆,据说是敌后武工队出身的,他根本不懂文化。他有一个笑话,很有名的。那时他也紧跟形势,开始抓教育质量,抓学术,但他又一点不懂。他看到资料室的"万有文库",里面有诸如《丛书集成》等很多书,他就跟那个青年教师讲:"王锡良啊("文革"后也当了总支书记的),要认真地把这个'库文有万'里面的书好好读读啊。"这话后来传为笑谈。后来他调走了,调到医学院去了。中文系换了一个新书记,人很好,叫邵玉彬。江苏师院的老教师,提到邵玉彬,都说他很好。他跑到宿舍

里来跟我讲,派你到一个学校去,你一定要好好地干,不要辜负我
们的期望。什么学校呢？当时还没有宣布,后来才知道,是南京
宁海中学。当时南京最有名的中学是南师附中,但因为南师附中
的高干子弟和高级知识分子子弟太多了,南京市再办一个重点中
学,把原来的南京师范学校,改为宁海中学。它就在宁海路南师
边上,南京军区和江苏省委干部的子女,南师附中进不了,就改到
宁海中学。我去的时候是 1964 年,刚刚办了两届。在我前边去
了一个语文老师,是我们江苏师院中文系上一届的,他是 63 届最
拔尖的一个学生,派他去当语文老师。结果这个老师,因为上课
不行,表达不行,去了才半年,就把他调走了,调到一个新办的江
心洲学校。宁海中学要求是很高的,校长、书记都是老干部。因
为原来那位青年教师调走了,所以他们要再找一个高才生,因此
中文系里就派我去。那时候中文系三个大班里面约有一百五十
几个人。考试时我坐在最后,很高的阶梯教室,每一次考试,差不
多都是我第一个从后面"咚咚咚"走到讲台交卷,成绩却是很优异
的。我的同学顾浩,他后来成为省委副书记,回到母校,看望钱仲
联先生,他就叫我一起来参加一个座谈会。他在会上就讲了此
事,因为他印象很深,杨海明考试都是"咚咚咚"第一个交。有一
次古汉语考试,大多数同学都不及格,我却考得很好。所以后来
学校就晓得我这个业务能力很强。邵书记就讲:"把你派到一个
好的学校。"于是我 1964 年 8 月底去报到,然后呢就从事中学语
文老师这个职业。

　　那年进去先教初三,教了一个月,一个月以后,就下乡去了。
当时的大学毕业生,毕业以后都要搞一年的劳动,或者是搞"四

清"。比如分在苏州的同学,他们集体到横塘那个地方,全部去劳动。我们当时七个人分去南京,好几个人也是去劳动。我被分到了中学里,心想,劳动可以逃走了。结果过了一个月,叫我下乡。中学老师也要下乡,青年教师当仁不让,我只好下乡去了。到哪里呢?江宁县横溪,横溪就靠禄口,现在的禄口机场啊。我们那时候上车回南京,就是到禄口上车,坐长途车回南京。那个横溪,当时穷得一塌糊涂啊。我那时候在一个生产队里,村民全部姓戴。他们除了队长、会计到过南京城,其他所有的人都没到过南京城,穷得这个样子。那一年冬天发生了"瘟疫"。所谓的"瘟疫",是什么呢?是脑膜炎!村里一下子死掉了好几个人。后来队长都得脑膜炎了,我们就用担架抬着他,步行十二里,冒着下雪,把他送到公社医院抢救,这个人还救活了。那时下乡有什么任务呢?当时宁海中学高三毕业生,也是讲成分的,考不取大学的,都是成分高的,实际上都是很优异的学生啊,就让他们插队,1964 年的插队不像后来大规模的那个插队啊,就是在南京郊区江宁。所以那个时候我们宁海中学的老师带了大概有七八个学生,在那个江宁横溪插队。同吃同住同劳动,有钱也没法用,早上打稀饭,中午吃一点干饭,晚上吃稀饭,没有电,点油灯。但是呢,我的身体却就是在那一年好起来的,哈哈。我本来身体很差嘛,瘦得不得了,劳动了却反而胖起来了。割稻子挑担子,后来能挑一百多斤啦。所以这是我身体的转折点。碰到赶集,几个老师一起赶到横溪街上,早上买油条吃,中午还在饭店里吃,补补油水,那个时候就苦成这个样子啊。干了一年,使我了解到中国的农村是什么样的情况。

到1965年就回到学校里教书。教了一年，1966年，"文化大革命"爆发。1965年的时候，很重视抓知识、抓教育，我们那个书记校长都是很厉害的，特别还配了一个省委宣传部的老干部，当我们的副校长，叫李纪彦，这个人是河南人，好得不得了。他非常赏识我。因为他办那个墙报，叫我们写学习心得，就是教育改革方面的心得。我写了一篇文章，我呢懂一点哲学，他就说这个青年教师很厉害，还来听我的课。所以我就站住脚跟了，受到领导的器重。那个时候呢，教得很愉快，我教的一个班上，有四个省委书记的小孩，那时候叫书记处，省委书记处许家屯的儿子、陈光的女儿、包厚昌的女儿，还有哪个忘掉了，基本上这些学生都是厅级干部以上的子女，还有一些就是高级知识分子，南大、南师的教授的子女。教了一年以后，"文化大革命"开始了，那时候的形势，山雨欲来风满楼。夏承焘夏先生被揪出来了，所谓的"浙江三家村"之一。在这个以前我有预先之明，我就写信给夏先生，我说我有两篇文章在您那里，能不能还给我？后来夏先生还给我了，他还写了封信。夏先生写信都用明信片的，他说你这两篇文章写得很好，现在你要还嘛，我就还你。结果那个明信片就被教导主任看到了，"啊呀，夏承焘跟你通信，说你这个文章写得好。"那时候夏老还没有被"揪"出来，后来吧，夏先生真被揪出来了，我也赶紧把文章烧掉。同时又把读书时候的读书笔记全部烧掉，不烧掉的话，抄家随时都会抄出来。所以，什么都没有了，好多啊，那时候读书还蛮认真的，我三年级、四年级的大学的读书笔记全部烧掉了。但是幸亏我脑海里背着的诗词是烧不掉的。

"文化大革命"开始了，这个我简单讲讲。那是一塌糊涂啊。

初一的小孩都造反,造反派拿着皮带,皮带上有铜头啊,打老师,打得老师头破血流啊,南师附中把那个校长沙尧,很有名的教育家,像狗一样拖着,在地上拖啊。我们宁海中学还算比较好的,几个老反革命就叫"老反",被用皮带打。我们看到是惨不忍睹啊,心想什么时候也都可能挨到我们头上,幸亏那时候我才去了一年,还没什么反动言论,还好还好,明哲保身。

　　到了1968年,南京长江大桥刚刚造好,还没有通车。我们学校"教育改革"了。当时南京市搞了几个试点,搞个什么东西呢?城市的学校下放到农村去办,其中就选定了宁海中学。为什么呢?因为你这个学校是"封资修"的温床,都培养的是高干子女,而高干那时候都变成了走资派了。所以南京一共三个中学,一个玄武中学(九中),一个是七中,一个是宁海中学,作为试点。1968年12月份,宁海中学全部搬到浦口。我印象很深,带着初一的学生步行,从南京市里面走到浦口很远很远的永丰公社。一个班主任老师,一个副班主任,两个人,带着一个班,另外一个班也是两个老师。所有的老师全部下乡,学生也都全部下乡,分到了四个公社。当时还读什么书呀,冰天雪地啊,住在贫下中农家里,地上铺的稻草。学生自己开伙,去买菜烧一点吃。冰天雪地,早上洗脸,就是把冰橇开来舀水啊。1968年啊,南京那时候下雪下得很厉害,从此在这里待了三年,1969、1970、1971,那时真感到没有希望了。反正在农村,当时我已结婚了,我爱人刘文华她在无锡县工作,所以我就要求调回无锡县,总归是农村嘛,你想调城市根本不可能。就因为我调回的也是乡下,所以打报告打了几十次,终于批准了。

在洛社中学考上了研究生

1971年开始我就离开宁海中学,到了无锡县洛社中学。当时无锡县教育局一看我的档案,说这个人很能干,业务能力很强,就派我跟着领导下去蹲点,写调查报告。所以,那时候无锡县好多地方我都跑过。但是待了一段时间,大概一年不到,就胃出血,那时候身体不好了,胃溃疡。以前在南京那个时候已经溃疡了,因为心情很郁闷,条件又艰苦,几次胃出血。我在教育局不愿意待下去了,我宁愿到一个学校里面,比较安定一点,生活有规律。后来就要求回到洛社中学。1972年到洛社中学,一直教了六年,直到1978年。那时,一天到晚教什么东西呢?《毛泽东选集》里的文章,《人民日报》社论。哈哈,那时候整天教这个,还有鲁迅。我还教了一些毛主席诗词,因为诗词是我内行的呀。噢,学生说,好听得不得了,那时候教的都是高中啊。那个地方的师资很差,所以我去了当然是教高中了。夏天暑假是不放的,就是去割稻"双抢"。碰到割稻和割麦的时候,食堂里面开始做馒头了,啊哟,白馒头,能吃到白馒头就高兴得不得了。当然要用饭票菜票去买。另外还有什么特殊的政治任务来了,比如是要炼那个蟾素,就是从癞蛤蟆里面提炼的它的毒素,可以抗癌的。上边就交任务,你们学生要抓癞蛤蟆。所以到上课的时候,学生都要交的,就放在这个教室里面,上课的时候癞蛤蟆就在麻袋里面"咕咕咕"叫。把癞蛤蟆交上去后,提炼过那个蟾素以后就把那些癞蛤蟆放掉,因此满洛社中学里面到处蹦啊跳的,都是那些癞蛤蟆,你说我们那个时候搞的什么名堂!好了,这个不去多讲了,另外还有什么"批林""批孔"啊,这些就都不去讲了。

　　到了 1978 年了,开始恢复高考。那时我做高三副班主任,担任语文老师,教他们复习功课。我还是很有本事的,我就猜这个高考题目,那时候还不是全国高考和江苏省统一高考,而是苏州地区出考卷,各个地方自己出。我就猜作文题目和古文翻译。古文翻译给我猜到了,就是荀子的《劝学篇》。后来学生说:"杨老师您真厉害,高考题一下子被您猜到了。"所以,我那时候忙得不得了,辅导学生高考。接下来研究生招生,那时我想这个机会不能丢掉,我要考研究生。但考研究生哪有工夫复习啊? 整天忙高考,学生都靠我帮他们复习。虽然这样,我还是课后赶紧去找书,把《历代文论选》借来,洛社中学藏书还是蛮好的。考政治,我不怕,因为我很喜欢看报。外语呢,我想我以前外语还可以。主要要考古代文学史和古代文学作品这两门。这两门我以前有基础。我没有时间补课,就是靠的以前的基础。报考唐老研究生的人很多,有些还是大学老师,有的考生老早就开始复习了。而我却没有办法复习啊,就是凭这个脑袋。我本来想考钱老,因为我想回苏州,但钱老那一年还没有资格招生。而唐老是招宋词(研究)嘛,因我以前考夏老也是宋词,所以我就报了名。考试的时候出的什么题目呢? 大都是作品,比如下边五首诗词,就写一个题目:李白《将进酒》、李贺《金铜仙人辞汉歌》、李清照《渔家傲》(天接云涛连晓雾)等等,要求对它们进行评论。好了,好多学生都背不出来,背不出来,那你写什么东西啊? 比如大家都知道李清照的《声声慢》(寻寻觅觅),而这首《渔家傲》(天接云涛连晓雾)却不一定熟啊,所以这一题做不出,二十分就没有了。一共五个题目,二十分去掉了，再一个题目做不出来，四十分就去掉了。但我却都背得出来，《历代文论选》也看了很多。我的答案既有作品的分析，又引了古代文论的评论，所以呢，成绩当然好。这是初试，复试也是这样，唐老看重的就是基本功。后来面试，孙望先生、金启华先生主持面试啊，唐老没有来。面试结束后，我们一聊，"你原先是宁海中学的？"孙望先生问。"是啊。""我女儿以前就在宁海中学。"我说："您女儿叫什么名字？"呀，她原来就是在我手里分配工作的。那时候是"文革"后期头一届分配工作，以前都是下乡插队啊，他的女儿分配在浦口一个酱油店里面，已经高兴得不得了啊，不用下乡插队啊。

　　后来我就考取了研究生。1978 年 10 月份进入南师大，在这以前，那就是从 1957 年读高中到 1978 年，一共二十一年，一个是极"左"、高压；一个是贫困、贫穷；一个是多病。而从 1978 年开始，进入南师大，那就完全变了。政治上改革开放了，没有高压了，对知识分子，"尊重知识，尊重人才"。贫穷，那个时候也开始好转了，我在离开中学前加到了一级工资，那时候加了工资可不得了啊，原来是五十一块，加了七块钱，五十八块，所以读研究生的时候我是"高薪阶层"。比如钟振振只有三十几块，其他考取的像孙映奎他是五十一块，还有王锡九，最年轻的学弟，他就三十七块。那时身体也好了，所以我从 1978 年 10 月份起开始了新的生命，这个归根结底要感谢邓小平，感谢改革开放，我从此走上了一条新的人生道路。

二、我的读研岁月

(口述时间:2016 年 12 月 19 日)

初到南师

1978 年 10 月份,我到南师报到,这是我人生的转折点,从一个农村的中学老师,进入高等学校,读研究生,走上了从事科研这样的一个道路。当时招研究生是很严格的,南师大整个一个学校,只有教育系的高觉敷教授,有名的心理学家、泰斗,有资格招,以及中文系的唐圭璋先生和孙望先生联合招,还有呢徐复先生,招古汉语。就这么,一共是三组。本来招的是我和孙映奎,我学宋词,他学唐诗。后来因为考的人多,人才多,大家就提出来能不能扩招?这样就多招了几位,有钟振振、王锡九和吴伟斌。还有一个姓丁的,可惜,进来半年,有病退学了。那么我们就是五个。古汉语呢,徐复先生招了吴金华、王继如、朱声琦。吴金华和朱声琦现已过世。啊,日子过得很快,你看,他们两个已过世了。那么高觉敷呢,他是教育系,招了两个。当时整个南师大一共是十一个研究生,跟现在不好比。我们十一个人一共就分为三个宿舍,就门对门的。我跟孙映奎、钟振振、王锡九住在一个宿舍里面,都是双层床,四个双层床,上床放箱子、被子,下床睡觉。另外再加一个双层床,放公共的脸盆,条件非常艰苦。去了以后呢,当时非常重视,因为是头一次招硕士生。进去不久就开会,院长、党委书记、教务长统统都来参加我们的座谈会，接见我们。那时院党委书记兼院长是杨巩，本来是江苏师院的老院长，"文革"以后调到南师大，书记兼校长（院长），噢，这个老干部，非常的好，亲自接见我们，后来答辩的时候，他也亲自来参加我的答辩。现在我们苏大的吴企明、王永健这些老先生，谈到杨巩，没有一个不说他好的。杨巩亲自和我们开座谈会，十一个硕士生大家都发言，他们发言个个都是慷慨激昂，为国争光，攀登科学高峰。我呢，最后一个发言，我很低调，我说我考研究生有一个私人目的，因为我父母亲在苏州，我父亲身体不好，九死一生活过来，所以我读研究生是想毕业以后可以回到苏州照顾父母。大家听了以后都哑然失笑，别人都慷慨激昂，你这个人怎么讲这些话？我讲话很直率。讲完了以后宣布了，整个大组，现在相当于研究生会，那时一共十一个人，"大组长杨海明"。啊，怎么是杨海明？叫我当整个的负责人，简直开玩笑了。后来么就开始了我们的学习生活。

刚刚进去的时候呢，唐老与我们见了一次面，唐老是1901年出生的，1978年78岁，已经老态龙钟了，瘦弱得不得了。他讲话轻声轻气的，跟我们谈了一次。然后呢我们到他家里拜访了一次。头一年基本上没有上课。他就讲，你们呢，回去把《唐诗三百首》好好背背，把《宋词三百首》背背，再补补课，把《诗经》《楚辞》读读吧，就这么完了。第一次见面时间不多，因为他身体不好。孙先生当时比唐老小12岁，66岁，他是系主任，他抓得比较多。他底下还有一个秘书叫吴锦，管我们的。唐先生的助手叫曹济平，是系的副主任，曹老师非常好的，他和吴锦两个人是实际上管我们的。头半年就回去读《唐诗三百首》吧，哈哈，没有讲什么课。

那个时候正好刚刚粉碎"四人帮",1978 年的时候正好思想解放运动,整个社会关注点不在学术,而在思想解放,那时正是中央十一届三中全会开会前后,大家高兴得不得了,当时叶子铭在南大做一个报告,"实践是检验真理的唯一标准",他来传达内幕消息。噢,乖乖,不得了,实践是检验真理的标准,就是要打破禁区,把以前的极"左"思潮扭转起来。后来有些非常有名的作家一路上游说,到南京做报告,大家都跟着去听啊。噢,这个时期群情激昂啊,思想解放,不得了呀。所以那时我们读书呢,并没有专心搞古典文学,整天就看什么书呢? 刚刚粉碎"四人帮",解放了,禁书都可以看了。当时出了一本有名的书叫《重放的鲜花》,就是把 1957 年打成"右派"的这些作家,比如王蒙的《组织部新来的年青人》啊,全部出了,还有陆文夫的书,那时候我们整天就是钻图书馆看这些书。跑到图书馆呢,解禁了,胡适的书也可以看了,那个时候看了他的那个《词史》。啊哟,有这么样的书呀,思想这么解放,跟我们老先生讲的"温柔敦厚"啊,完全不一样的路数。所以胡适的书,那时候也可以开放了。还有就是看遇罗锦写她哥哥遇罗克怎么被枪毙的那些书,看了眼泪都流下来了。那时候心不在焉,全部都在看这些新出的书。

后来唐老身体好了,开始带我们走上学术轨道。他跟孙望先生商量后,请名家给我们讲学,很多很多名家,一批批来讲。我现在查了一下我的这个听讲录里面,孙先生头一个讲,讲《诗经》。孙望先生治学严谨,他很少写东西,但是他为了要讲《诗经》,用蝇头小楷写了厚厚的一本《诗经》的小册子。整个《诗经》讲得非常规范,非常严谨,讲了不止一次。接下来呢,哪些人来讲呢? 宛敏灏先生，安徽师大的词学专家。宛敏灏先生讲了很多很多，关于词的许多知识，详详细细地讲。他是研究张孝祥的，也是词学名家。讲完了以后呢，程千帆先生来给我们讲。他本来是大"右派"，以后总算平反了，平反以后就恢复了他的公民身份。他与孙先生在大学里的时候是非常好的，还有一个常任侠，他们一起编新诗选的。孙先生年轻的时候是诗人，写新诗，后来搞古典文学的，研究元次山，成为唐诗专家。那时请程千帆先生讲课，他是另外一种风格，一边抽香烟，一边谈笑风生。程先生厉害，他思想敏锐，看问题犀利。后来有一个作家来做报告，我坐在他边上听讲，他就评论。我说乖乖，程千老他在政治方面是很有见地的，不是光光做学问的人，他政治上的看法是很敏锐很深刻的。程先生给我们讲课，讲的是唐代的科举制度跟唐诗的关系，以史证诗。特别是讲到行卷问题讲得非常好。休息的时候他让我们提问题，我就提了一个非常外行的问题："清朝以来这么多的专家研究宋词，都快研究完了。而你们这些前辈又是这么样的学术深厚，你们都研究完了，我们还有什么好研究的呢？"我就提了这样一个幼稚的问题。哈哈，程千老笑了，他说："问题是永远会有的，是无穷尽的，只要你们读书就会发现问题。"这话他讲了好多次。当初孙先生原想把他引进到南师大，南师大到底胆小，没有这个魄力呀。后来给匡亚明知道了，他是南大的校长，资格老，级别高，他拍板把程千老引进南大。后来南大不得了，他进去以后，古代文学不得了了，招了这么多才俊，莫砺锋为首的，底下好多好多。要是他当初退休的话，就埋没掉了。所以这是南师大很大的一个失策。也不能怪孙先生，孙先生推荐了却没有用才到南大的。除了程千老给我们讲课,还有很多人来讲课。如卞孝萱先生,他讲了很多唐代的历史,因为他本来是研究历史的,是范文澜先生的助手嘛。再有呢,周勋初先生,杨明照先生,研究《文心雕龙》的,也请得来讲的。还有江苏师院的尤振中先生也来讲李贺。还有很多人呢。

接下来讲讲孙望先生,孙先生治学非常严谨,他做事情是中规中矩,到位得不得了。所以对孙先生我们是非常地钦佩和感动的。他年轻的时候生过肺结核,开刀之后把肋骨去掉六根,后来又是胃切去三分之二,走路都气喘,还给我们上课。他最后去世的时候是 1990 年,我正在美国开会。怎么去世的呢?当时他正在看肖鹏的博士论文,正好有两个中年教师,外地的,跑到孙先生家里,请他写一个评审材料,写到一半,孙先生脑溢血过世。你看多么可惜呀,我那时在美国,也不知道,回来以后,啊,已经过世了,未能见到最后一面。

以学术为生命的唐老

宋词呢,是唐先生自己讲的。唐先生他后来身体好了一点,开始讲,讲话呢很轻。他怎么上课的呢?他不像我们坐在讲台前讲,他背靠一张床,床上叠了两条厚被子,他就靠在被子上讲课。听课呢,我们六个研究生,后来走掉一个,剩五个研究生。讲课时前面两个听得到,后面三个听不大到,我往往坐在最前面,前边放一个桌子,我就记,后边几个人听,勉强听,因为唐老声音低。回去以后我把讲稿整理给大家看。现在这本讲稿还在,另外一些人的讲稿我找不到了。唐老呢,就是这样讲的,慢慢慢慢讲,一次一次讲,很累很疲惫,声若游丝,我们就围坐在他跟前听。从唐五代讲起,讲北宋,讲南宋,大概讲了好几次,记不起了,他总体地讲下来。唐老对老师非常尊重,每次提到他的老师吴梅,就称"吴梅师",尊敬得不得了。一讲到老师,他就动感情了。抗战的时候,吴梅先生逃难逃到云南,死在云南大姚。吴梅的学生李一平,也是唐老的同学,新中国成立之后做过国务院参事,帮他料理后事。后来我到苏州工作,唐老还专门关照我,你要到苏州蒲林巷吴梅先生家里去看看,因为他家里的房子在"文革"中给人家霸占了,不知有没有落实政策。唐老又写了好多信,写给苏州市的民主党派负责人、市政协副主席谢孝思,他是知名人士,请他来帮忙。还有俞明,苏州市人大常委会副主任,原来是南师中文系的总支书记。我都把信带给他们的。当然后来有没有落实我不晓得,因为不是一个人的力量能解决的。我也亲自到蒲林巷去过。所以唐老讲,他的老师是吴梅,是苏州人,而你也是苏州人,这个里面有缘分的。

唐先生这个人真不简单,他除了学术以外,简直就没有其他的兴趣,跟他谈就是谈词学。唐老是很苦的,他的身世很凄凉很可怜,他很小很小的时候父亲死掉,接下来母亲死掉,他外祖母把他养大。养大以后,到了二十几岁,结婚,结了婚生了三个女儿。结果他三十几岁的时候,爱人过世。正所谓幼年丧父丧母,中年丧妻。然后呢,他逃难逃到四川,在重庆,他的三个孩子则由外祖母在乡下带大。后来总算辗转回乡。新中国成立以后回来,苏州也来过,在华东革大学习一年,因为把他当国民党的留用人员看待。唐老在国民党空军学校做过一年教官,是文职人员,教书的,但当时就看成了历史问题。后来分配到东北,在东北师大工作,后来因为他身体不好,就调回南师大。到了南师大前后,五六十年代两个女儿又死了,只剩下一个小女儿。所以他晚年一直由小女儿唐棣棣还有他的女婿罗老师两个人照顾。总之,唐老幼年丧父母,中年丧妻,到老了,两个女儿又死掉。剩下呢还有外孙,第三代,正巧碰到"文化大革命",插队到天南海北,唐老那个心情,你们可想而知。当时他发了工资以后,寄这个外孙多少钱,那个外孙多少钱,一发工资就马上去寄。这么一个老人,跑到邮局,邮局也不知道这个老人是什么人,开玩笑说这个人是不是一个特务啊,总往各地寄钱。

　　所以我后来去了以后呢,一方面跟他学习,另一方面帮忙照顾他的生活。所以我的很多词学知识都是在平时照料他生活时闲谈学到的。陪他散步,陪他去理发,陪他去看病。那时看病也很不方便,唐老已经八十岁左右了,身体有毛病,有毛病怎么办呢?那时不像现在可以"打的"打得去,那时候什么也没有的,要问学校要个车,没有。我就拿个破自行车,唐老坐在我这个自行车上,我把他从他剑阁路的家一直推到工人医院,即现在江苏最有名的人民医院看病。有一次看病还碰到刘海粟,刘海粟夫人陪刘海粟看病。他们都是"高知",相互认得。后来我跟学校反映,我说唐老八十岁了,这个自行车我不敢骑,骑车带人则怕他倒下来,出了问题,我不能负责的。跟学校讲了几次,要求学校配车,学校终于批准,特批唐老、高觉敷,大概另外还有两个老教授,可以要学校的车去看病。这是我去争取得来的。因此后来他生病呢,就叫车去看病。就这样在日常的生活交谈中我学到了很多东西。当时他家里这么热的天,连电风扇都没有一个,空调更不要说了。那一年南师大的校办工厂生产了电风扇，每个系里发多少票，譬如一百个教师发五十张票，五十个人可以买，具体名单你们自己解决。唐老就问我："我能不能拿一张票？"后来我问曹济平，曹老师讲不能，他高工资，不能给他，人家工资低，都是五十多块钱的工资，要先给他们。唐老听说后忙说："好、好、好。"后来我离开南京以后，据说香港有个学者赶到南京来看唐老，这么热的天，家里没空调，他就捐赠了一个空调。窗式空调，那时候算不错了。从此唐老家里才总算有了个空调。还有最热的那一年，有个学生父母是部队干部，他们可以把唐老接到汤山疗养院避暑，因为那里有空调。唐老很高兴，那么叫谁陪呢？叫我，我说我高兴，我陪您去。结果车子开到汤山，住了下来，唐老安顿好了，就问我："你睡哪里呢？"我说："我边上弄个小床，或者地上铺个席子就行。"医院却说："不行的，我们规定不可以。只能唐老一个人睡，你不能在这里。"唐老说："不行哎，万一我晚上出了问题，叫都叫不应呀。"所以只好回来，当天就回来了。你们看，那个时候知识分子待遇就这样可怜。

但是唐老平时整天跟我讲的就是宋词。他老人家非常谦虚，有一件事情他一直忘不了。那就是他编的《全宋词》，新中国成立以后重新修订，发现有不少错误，要增补修订。但是呢，他自己犯类风湿关节炎，动手动不了，也不能查书。他平时查书呢，我在就叫我去查，到南京图书馆，查了以后告诉他。有人来信问什么问题也叫我去查。但那个时候他不能查呀，就向中华书局推荐王仲闻先生，也叫王学初，就是王国维的小儿子，学问非常好，叫他帮忙做这个增订修补工作。他们以前就认识。王先生因为有历史问题,大概民国时期做过邮政局的什么工作,一直是打入另册的,连正式工作也没有。这样中华书局就把他请去了,做这个修订工作。王仲闻先生也是大学问家,非常厉害。发现问题就写信给唐老,唐老再回信,这些信现在编成了一本书:《全宋词审稿笔记》。后来弄好以后呢,重新出《全宋词》。唐老就讲,要写上王仲闻的名字,或者是两个人合编,或者至少是王仲闻校订。他就写信给中华书局,写信给南师党委,要把王先生的名字放上去,不能掠人之美。但有关部门却不同意,因为王有历史问题。唐先生讲到这个事情,就非常地内疚,但其实这并不是他的责任。"文革"当中王先生受迫害过世了。所以唐老给我们讲课,一讲到《全宋词》,就讲王先生,一直坚持要把他的名字放上去,后来终于放上去了。所以唐老就是这样的一个人,从这些小事里面就看出来,唐先生的人品之高。

他做学问是非常严谨的,又不避讳错误。举一个例子,他做的朱彊村编的《宋词三百首》的笺注,里面收有岳飞的《满江红》,后面附录了几条评语,其中有一条是宋朝的《藏一话腴》,但是他不是直接从《藏一话腴》抄来的,而是从沈雄的《古今词话》里面转录过来的。因为古代的文字是没有标点的,所以很容易就把沈雄的话"又作《满江红》,忠愤可见,其不欲等闲白了少年头,可以明其心事"与《藏一话腴》的原文混淆在一起。后来夏承焘先生有个学生,他研究《满江红》真伪,因为找遍宋代文献没有发现提到《满江红》的,但从唐先生的《宋词三百首笺注》里却发现了《藏一话腴》有这么一段话,所以特地来请教唐老。结果唐先生发现:"哎,错了,我是把沈雄的话也引过来了。"实际上后面引《满江红》的几句话是沈雄自己加上去的，《藏一话腴》本身没有这个话。所以他跟我们讲："做学问一定要查第一手资料，要引《藏一话腴》就引《藏一话腴》，不要在沈雄的《古今词话》里引《藏一话腴》。要引也可以，但一定要校对原文。"后来唐先生又写了文章，《读词五记》，把这个问题，正式地书面讲出来。意思就是我疏忽了，这个《藏一话腴》不是不容易找的本子，一找就找到了，我就因为没有查原书，所以就把沈雄的第二手材料引过来，造成了一个错误，要引以为戒。你看唐先生这么大的学问，却是这样地认真。

　　还有一件事情，就是李清照改嫁的问题。因为唐先生是老一辈人，他们夫妻情重，他夫人三十几岁逝世后，他写了多少词怀念她，《梦桐词》里面字字血泪啊。所以从他的感情出发，认为李清照不会改嫁。他是有这么一个想法的，但是还要有文献做根据呀。后来有一个老先生，叫黄墨谷，她是乔大壮的女学生。她呢，比唐老的态度还要坚决，她站在女性的角度，谁说李清照改嫁，就是她的敌人。她火得不得了，很生气，写文章要驳斥一位中国科学院的、搞理工科的学者王延梯，因为王先生编的李清照集，认为李清照是改嫁的。他找了好多文献，有文献支撑，后来王仲闻也是支持他的。要根据文献讲话，有文献证明她是改嫁的，就只好承认她是改嫁的。其实改嫁也没有什么大问题。但是黄墨谷就是火得不得了，投稿投到《文学评论》，那时候叫《文学研究》，退稿，又投《文学遗产》，又退稿，因为她这个文章没有文献根据，完全是感情用事。她又写信到中国妇联，说我们一千年才出了这么一个女作家，有人还要污蔑她，说她改嫁。中国妇联的同志看了也笑了。当时中国科学院与中国社科院没有分开，《文学研究》是科学院的刊物,她就说他们包庇自己人。后来她把文章寄给唐老,因为她知道唐老是支持不改嫁的。但唐老看了以后,也只无可奈何地笑了。他对我说:"文章是要讲证据的,光意气用事是没有用的。《文学评论》退了,《文学遗产》也退了,你看怎么办?"我说您就帮她推荐一个小一点的刊物,看能不能登?后来帮她找了另外一个刊物,终于登出来了。黄墨谷呢,又重新编了一本李清照集子,但那个质量和王仲闻编的李清照集子就不好比了。所以唐老即使是感情上倾向于她的,但是,做学问就是要实事求是,不能说你跟我观点一样的,我就支持你。后来我调到苏州,他听说有个人拍了一部电影,叫《李清照》,他写信给我,因为他不可能出去看电影,他说你赶紧看这个电影,电影里李清照有没有改嫁?我后来去看了,里面的李清照改嫁了,我告诉他之后,他也无可奈何。

古道热肠的段熙仲先生

再讲讲段老。段老段熙仲老先生,比唐老年龄还大,但身体比较好。段老给我们讲课,讲了很多次。他先给我们讲《楚辞》。我们住在三楼,他八十多了,突然之间咚咚咚敲门,跑进来,一看是一个老头,我们不认得,矮矮的,留着胡子。他问我们是研究生吗?我们说:是、是、是。一介绍才知道是段老,他家里很远,步行过来,还要跑到三楼,手里拎一个什么?屈原的塑像。他跟我们讲屈原,带一个屈原的塑像,白色的,他说:"为什么要把屈原请来?屈原是一个忠贞的爱国者,所以我把他请来。"哎,老先生这个爱国的热情是不得了。段老的学问也是不得了啊,南师大的中年老师都跟我们讲,段老的学问南师大中文系第一。唐先生呢,精,精于宋词,专家,全国第一。段老的学问则上至先秦,下到唐宋,哎,学问大。他曾是陈立夫的秘书,跟段祺瑞是本家。段老最擅长的是先秦的礼仪,是全国最有名的礼仪专家之一。他当时写了一篇文章,很长很长的,寄到中华书局,因为有十万字左右,无法刊登。怎么办?中华书局专门出了一本《文史》杂志来登段老的文章。礼仪专家,当时最有名的一个是周谷城,一个就是段熙仲。后来他又做《水经注》的研究,出了巨著,学问大得不得了。有一次钱仲联钱老偷偷地给我讲,因为他俩是不对劲的。他说:"南师大真正有学问的是段熙仲,可是他不懂清诗。"哈哈哈,两个人都是学问大得不得了。段老为人也令人钦佩,他知道我是唐老研究生考试的"状元",对我特别器重。他讲了《楚辞》之后,叫我们提问题,每人提一个问题。他和唐老不一样,唐老就是讲,一段一段地讲,他是要提问的。结果我提了一个问题:《诗经》的赋比兴和《楚辞》的比兴有什么不同?噢,他说你这个问题提得有水平。凭这个问题,他就看中我了,对我特别好。后来他自己带研究生了,还偷偷叫我,你到我这里来听我的课,别的人我不叫。再后来我听了几次之后,他发现不好了,说唐老、孙先生会有意见的,哈哈,课你不要听,但有问题可以到我家里来问。

　　所以段老是古道热肠。他学问大得怎么样呢?我讲一个例子,不是我后来做毕业论文《张炎家世考》吗?待会要讲到的,你看我光光查张炎的材料,一篇一篇文章摘录,就这么五本。好不容易才考证出来张炎的祖父叫张濡,张炎的曾祖父叫张镃,而张镃呢,是南宋初年的大将、杀害岳飞的张俊的长房长孙。那个考证是不容易呀,唐老当年跟我讲,你若把张炎家世考出来呢,你就毕业了。他说:"你写文章,评论张炎的词风、词论呀,我相信你,因为你是中学老师,文章能写,评论问题不大。但是张炎家世考,人家都没考出来,清朝人没考出来,夏先生(承焘)也没考出来,龙榆生也没考出来,我也没考出来,你去考。"后来我考了,考出来了。唐老非常高兴,推荐我发到《文学遗产》,那时候发《文学遗产》不得了的,当时我硕士生还没毕业,发了。答辩前,段先生碰到我,他问你查了多少书,我说查了一百多种书啊。等于我们现在到苏州火车站去,最近的路,就是往前面走,到人民路,一直到火车站。但是那时候不知道这个捷径啊,就满苏州跑,跑到最后当然还是跑到了火车站,但弯路却走了好多好多。所以当年就是这样考证的。因为段先生当我的答辩委员会主任,不能作弊和预先告诉我答案。所以他就跟我讲:"你看了那么多书,很好! 但是陆游的《渭南文集》有没有看过?"陆游与张镃是同时代人,关系很好。啊哎,我说看了这么多书,从南宋一直看到元代,但偏偏陆游的书却没有看。他说赶紧回去补看,特别是文集第三十六卷。哈哈哈,我回去一看第三十六卷,陆游为张镃写了一篇序言,张家有一个德勋堂,陆游说它的主人张镃是张俊的长房长孙,一句话就解决了。另外还有一卷里面有一篇文章,则说张镃的弟弟是张俊的孙子。啊哎,正是,我搞了这么多时间,总算搞出来,但却像满城兜圈子,这才跑到了火车站,而他却一下子就笔直到了火车站。这个佩服吧! 我真正佩服得五体投地。他以前曾和夏先生辩论过张元幹的问题,也与孙先生辩论过唐诗的一个问题。所以他是搞什么就是什么,段先生学问之大,我佩服得不得了。我说我专门搞宋词，费了这么多时间，化了这么多心血才搞清，他却早就知道了。他是答辩委员会主任，看了我的稿子的。他路上碰到我，不能多讲，只问："《渭南文集》看过没有？第三十六卷你去看一看。"后来答辩时候呢，我文章已经打印好了，他说你还有什么补充？我说我后来又翻到了陆游的《渭南文集》，第三十六卷有篇文章直接证明。噢，他说，很好很好。他的这种高尚的品德，了不起。后来我要毕业了，要回苏州，段老把我找来，眼泪都流下来，他说："我希望你留在这边，陪唐先生。但是也好，苏州有钱仲联先生，学问好，你跟他去。"后来我就回苏州了，他哪一年过世我不知道。听说他弟弟在美国，要回来，那时候不得了，从美国回来可是大事情啊，他兴奋得不得了，在家里楼梯上一滑，跌落下来过世了。我们当时不知道，后来知道嘛已经来不及了，没有去吊唁。他比唐老过世早，唐老是 1990 年过世的，他是 87 年过世的。

授人以金针的吴调公先生

再讲吴调公先生。吴调公先生也是非常好的一个人，他在南师大不是主流，因为他不搞考证，南师大都是考证名家。如唐先生、孙先生、段老。而他是搞文艺理论的，他视野开阔，思想非常活跃，文笔非常美。他讲课呢不行，他也给我们讲过，他讲课底下都昏昏欲睡，上大课，学生都要昏昏欲睡的。但文章是漂亮得不得了，不像年老的人写的，你去看他的文章，比如写李商隐的。他比唐老稍微小一点，每天早上在南师大的校园里打太极拳，那么平易近人，和蔼可亲。我特别喜欢跟他聊，向他请教：中国古代的著作汗牛充栋，这样去读的话，读三年都读不完，那怎么写论文啊？所以我们感到很迷茫、很困惑。吴先生就是真正授人以金针，他说，读书要从源头上读起，但只要一般地浏览一下，看是个什么样的书。譬如《毛诗正义》是个什么样的书？《楚辞》三家注是个什么样的书？读一首两首，看看什么味道，都晓得中国的古籍是个什么样子，再读下来，《文选》是怎么样的，然后要加入新的视野、新的观点。你们晓得，"文化大革命"以前，思想禁锢，研究古代文学完全是一种模式——苏联模式。不要说是古代文学研究，就是上中学语文课，也全部都是这个模式。我中学语文老师做了十几年，我的老师教我们，都是这样的：一上来时代背景，作者介绍，然后分析作品，拿几首作品出来分析。看有什么思想性、人民性，看它们对待农民起义是什么态度？对封建统治者怎么样讽刺？都是这个。你去看过去的文章，极少有几篇谈艺术性的、谈人性的，几乎没有的。吴先生呢，这方面给我们很大的帮助。他以前做过作家、诗人，思想解放，所以他写的书你去看，都是一种新的观点、新的视野。吴先生人非常好，你到他家里去，他夏天打着赤膊，坐在院子里，一把大蒲扇，一边扇一边跟你聊。他那时候还没有招硕士生呢，我受他的教诲很多，所以我的《唐宋词论稿》，请他写的序。到现在看，还很有水平、很有深度啊。他尽管不研究宋词，很谦虚说这方面不是挺懂，但是抓住"词境"来分析，说"海明既能近观，又能远观"，怎么怎么，他表扬我了。后来他有一年来苏州参加清诗讨论会，钱先生把他请来的。我住在市桥头，四楼。结果老先生那么胖的人，突然跑到四楼来找我。从苏州大学南校门那个招待所，问了那时的中文系副主任，说杨海明住在哪里？他就直接跑到我家里，到北校门，跑到我四楼。啊，一看，吴先生怎么跑得来了？他对我非常好。可惜他过世的时候我正好在台湾，不知道，时间在2000年。

唉，这些老先生对我真好。我在那里受到唐老、孙望先生、段熙仲先生、吴调公先生的教诲，此外还有程千帆先生啊，周勋初先生啊，特别是他们的人品、治学的学风，还有他们学问的渊博、见解的精深，都给我留下了很深刻的印象。

走上了学术的道路

下面再讲讲读书写作的事情啊。见识了这么多的名家大家，我们的视野开拓了。在他们的熏陶之下，教诲之下，我们开始走上了学术的道路。原来我们不懂什么叫学术。是吧，因为本来只是中学老师嘛。老先生们给我们以人格的熏陶和学问上的指点，但主要还要靠我们自己努力。努力呢，主要不是靠听讲，光听讲没有用的，譬如说，唐老讲了很多很多的宋词的知识，以及对宋词的许多看法，这个当然是对我们很重要的一个指导。但是呢，它不能代替你自己的阅读，不能代替你自己的思考。你就是把唐老的观点重新写一篇文章，那个还是唐老的文章啊，不是你的文章啊。所以呢，要靠自己。大概头一年，我们都是整天看那种解放思想的书，看了半年，后来到两年级了，要考虑写硕士论文了，就开始认真读专业书了。

读书的时候呢，我是不太用功的，我是白天看书，到晚上八点钟就要睡觉的。你们想想看，八点钟睡觉，顶多九点钟睡觉，小房间里面，日光灯两盏，亮亮的，他们三个都在用功，对不对？我怎么睡呢？我就把这个帐子拉下来。因为我习惯了，我晚上不能看书的,不能动脑筋,一动脑筋晚上就要睡不着的,所以晚上一定要早睡。我把帐子拉下来,帐子里再弄一块布,这样把光线再遮掉一点。他们三个在那里看书,有的时候,外边的人还进来哇哇哇哇吹牛。哈哈,我在里面应答两句,他们就说:"你睡吧,你睡吧。"等他们走了,我再睡。有一天晚上却出了大纰漏,我们的院长,那时候杨巩当书记了,一个姓吴的新任院长,也很关心我们,晚上九点钟,还跑到宿舍来看我们研究生。他说:"噢,同学们,你们生活怎么样啊?唉,这个人怎么了?"哈哈哈,我躲在里面,他坐在我床边上,后面就是我的帐子,"这个同学怎么了?"我两个同学就帮忙说:"他今天生病了,生病了。""哦,生病了,好好休息。"后来他就不多谈了,走了。之后,我把帐子拉开来,笑得要命:"谢谢你们,谢谢你们,否则要被笑话的,研究生不好好念书,这么早就睡觉。"

但是呢,我起得早。起得早的时候,他们三个都在睡觉,我悄悄地出去,在南师院里跑步、读外语啊,那时候外语不过关,烦死啦。南师的校园很美啊。读完外语以后,钟振振尚不起来,我就给他带两个馒头,放在他那个桌子上。因为他起得迟,食堂关门了。那个时候多苦啊,就买点酱菜。他一个晚上十几根香烟头。那时候不管什么污染,房间里到处都是香烟味。另外两个,孙映奎和王锡九,大概十一二点睡觉,他们起得还早,钟振振却要睡到很迟啊。抽烟就他抽,我也抽,我抽得不多。我就靠白天用功。放暑假了,他们带了好多书回去。我说:"回家去肯定看不了书,回家有小孩,要做家务,我就带几本《全宋词》吧。"这样我就带《全宋词》,在家里有空就看,一首一首看下来。有印象的,记下我自己的观感,没有印象的就翻过去,慢慢这样看下来呢,就对整个宋词的全貌有一个了解。等于我到一个园林里面先走一圈,东南西北全部跑过,哪里有厅堂？哪里有池塘？哪里有小山？哪里风景好？哪里风景不好？看了以后呢,慢慢就产生了我自己的一种观感。

最宝贵的是自己的观感

我认为宋词里有四个大人物要抓住:一个是温庭筠。他是唐五代词、花间词的鼻祖,整个词的基本形态、基本风格都是他奠定的。第二个就是柳永。他是小令变慢词的转折,而且从典雅的文学开始向俗文化靠拢。第三个大家是苏轼。那么到了南宋呢,辛弃疾。对不对？四大家。所以我后来的兴趣就逐渐停留在这四家。那时候写了很多很多的札记。我先把《全宋词》看过一遍,做了笔记。过了两年以后到苏州,又重新看了一遍,又做笔记。然后把两个笔记对照:以前看,这一家是写了这么多观感;现在,过了几年,看观感是不是相同。相同就证明我的观感是比较固定的。如果不同了,就说明我有所修正了,是以前不对？还是现在不对？这个里面就产生了一种比较,是认识深化了,还是认识退化了？所以读书以后产生观感,这是最要紧的,一定要自己读原著。你不要把唐老的话当圣旨,唐老怎么讲你就怎么讲。不是说我们不同意唐老的,你自己读下来觉得:哦,唐老讲得对,就加深了印象。但唐老讲的,我又不一定全部同意。比如说吴文英,唐老这样讲的,我到现在还不是完全同意的。这是允许的,学术嘛,就是不断地变新嘛。(插话:那么多,看一遍要多长时间？)快速浏览,有的作家几十首词没什么意思,就写四个字:"了无趣味。"有的好，这一首词好，就对这首词写了不少观感。后来到了苏大也是，写了很多很多。

后来写好了一篇文章，谈苏轼的"以诗为词"，那时候投稿不要钱的，只要信封上剪一个角就投出去。如不用，退回，再投其他杂志。《论"以诗为词"》先投到江苏的《群众》，现在叫《江海学刊》，被退了回来，又投了几次，都没有录用。后来我就乱投，投到《文学评论》吧。哈哈，我投了十几天，暑假回家去了，《文学评论》却回信了，王锡九收到的，转给我，说录用了。当时十几天就决定用我那篇文章。后来才知道，编辑是陈祖美先生，是个女的。那时作风很正的，不讲什么私人关系，也不讲辈分，我当时什么名气都没得，一个小硕士还没毕业呢，但十几天她就回信了。我还写了一篇研究唐宋词论的论文。我发现《四印斋所刻词》、朱彊村的《彊村丛书》，还有《宋六十名家词》，收有很多宋人的序跋。那时候还没人注意的，我就把这些序跋全部收集起来，做成卡片。我根据序跋，再加上《碧鸡漫志》啊这些词论，以及张炎的《词源》，写成一篇《宋代词论鸟瞰》，寄到《文学遗产》。那时《文学遗产》已经要用我的《张炎家世考》了。但还是要用我这一篇，就放在增刊上面。你看看，那时我只是个无名小子，当时的风气真好。因此最大的问题就是要自己读，自己有观感，最宝贵的就是自己的观感，把观感积聚起来，以观感为中心再去找书看，再补充深化。当时就是这样写文章，写了好多文章啊。寄出去退回来，无所谓，当时又不要邮费。

硕士论文的写作和第一篇学术论文的发表

再讲写硕士论文，唐老布置我跟钟振振两个做硕士论文。我想写苏轼啊，他否定："苏轼这么个大家，写的人太多了，不要写。写没有人写过的。贺铸、张炎，你们两个人随便挑一个吧。"那么，钟振振写贺铸，我就写张炎。张炎嘛，唐老跟我讲："张炎的词、词论都有，这个我相信你是中学语文老师，你能写的，我不看都不要紧。但张炎家世考，他祖上到底什么情况，搞不清。清代的人，研究张炎的，江昱搞了十年也没搞出来，后来好多好多人，包括夏先生和我也搞不清。所以我《全宋词》上只写张炎是张俊的诸孙，但到底第几代不晓得，只好搁在那里。"他是非常认真的，"第几代？你去考。"哎呀，我说这个东西，我不懂，但是不懂就要去搞啊。于是我就要看，人家是怎么搞考证的？先把所有研究过张炎的，包括冯沅君（冯沅君的硕士论文也是论张炎）的文章，都找出来。把所有人的观点都罗列出来。有的呢提到他的出身，有的没有。我就做笔记啊，再把张炎的整个词一首一首读，写了多少？一共五本笔记啊。后来怎么搞出来的呢？找到了个窍门，一个是看人家怎么搞的，另一个是看《四库提要》。《四库提要》这个书一定要看，研究古代文学，它是个地图。我就把张俊，到张炎，也就是从南宋初期到元朝，所有的作家的文集，开出目录来，一本一本读（但就是陆游的《渭南文集》却没看），把序跋都找出来。最后，张俊跟张镃的关系找到了，但张镃底下有个儿子张濡当时却找不到，后来还是从宋人的序跋里面找到了答案。原来研究张炎，一般人都用《彊村丛书》。但那个关键的序跋，它却没有收，后来我从《榆园丛刻》本里面才找到了那篇文章。《榆园丛刻》本的《山中白云词》后面附录的跋文中提到，宋代有本书，里面讲到张镃有个儿子叫张濡。胡适是看过的，但是胡适看错一个字，胡适的《词选》里面讲张镃的儿子叫张含，实际是张濡，字子含。这个时候，段先生告诉我，古代人排名啊，按金水木火土的顺序，炎是火，张濡是水，张俊以后是按金水木火土排行的。他提供我这一个重要知识。我们现在的排列是金木水火土，但段先生说在古代，却是金水木火土。后来终于给我找到了三点水的张濡。所以就是《四库提要》提示了我，从南宋初年到元代，共有多少重要的文集，我就把那些文集挨个儿地翻，翻呢也不要细细翻，翻它的目录，看到跟张家有关系的就细找，一找就找到了。所以一下子就通过这个《四库提要》、通过这个排行找到了。你们以后研究古代文学，这个《四库提要》一定要读。文章写好以后我就交给唐老。在这以前我也找过夏老。我带着唐老的介绍信到北京，找到夏老，夏老在外边锻炼，身体很好，但是脑子不好了，我把介绍信递给他。"哦，你是唐老的学生，好好好，你问什么问题？"问了，"哈？我写过这个书吗？"过了半天又问了，"你是谁啊？"夏老我见过两次，一次是大学读书的时候，他来做讲座。一次就是这次去拜访他。回来跟唐先生讲之后，唐老就说自己弄吧，结果搞了两个礼拜搞出来了，唐老很高兴："啊，这个搞出来了！"于是他就推荐到《文学遗产》。《文学遗产》审稿，审了不少时间呢。后来我答辩是六月份，它是四月份发表的，《文学遗产》1981年第2期，我印象很深的，登出我的《张炎家世考》。当时我还没毕业，唐先生也非常高兴。另外还有一篇文章登上《文学遗产增刊》。至于《文学评论》嘛，是后来到了苏大才刊出。那时候风气正，根本没有人认得你。那个《张炎家世考》虽然是唐老推荐的，但是审稿审了好久，请专家审，因为考证烦得不得了。那时候拿到稿费，现在还记得，57 块钱的稿费，相当我一个月的工资，啊呀，我说"稿费这么高啊"，那时候很高兴。

回到了苏州

后来毕业以后呢，回到了苏州。唐老、段老他们都希望我留在南京，曹济平老师呢也要我留在南京，结果省里的名单上留我在南师大。南师大一个老师叫李灵年，他的爱人在教委人事处，她看到名单了，告诉了李，李跟我也很好，预先告诉我："你还是留在了南师。"哎，我说："不行，我父亲身体不好，一定要回苏州。"后来，我跟曹济平坚持讲了要回去的意见，再到省里去更改，终于回了苏州。回苏州的时候呢，唐老依依不舍，段老也是依依不舍，段老眼泪都掉下来了，后来他说："反正苏大有钱老，你跟钱老学吧。"哈哈，终于回了苏州。以后就开始跟唐老通信，直到唐老 1990 年过世。回苏州以后，就基本上靠自己努力了，那时候读了很多书啊，还是蛮用功的，整天躲在图书馆里找各种各样的书看。我们学校图书馆里的那个《古今图书集成》看了不少。那时候我爱人刘文华还没调过来，到 84 年才过来的。我是 81 年年底回苏州的，这两年半，我一直住在学校单身宿舍。

三、我的治学经历

（口述时间：2016 年 12 月 26 日）

版本、目录、考证，是研究的一个基础

今天主要谈谈治学，剩下一点时间再来谈研究生培养。治学我完全是摸索的，因为唐老年事已高，快八十岁了，后来又一直生病。所以呢，他就是开头带我们进门。我们主要是读他的书，他的书是最好的老师，无言的老师。所以看了很多书，唐老、夏老、龙榆生先生，包括后来的叶嘉莹先生，很多很多老师的书都要看。看了以后呢，要结合自己的实际来进行研究。最早唐老就给我一个很重要的启示：一定要从基础研究开始，文本研究，如果你脱离了文本、脱离了基础，你头脑再好，天马行空，看起来你能写一些文章，花花巧巧，但实际上是不扎实的。所以那时唐老对我说："你是中学老师，你在中学这么多年，作为中学语文老师，文笔肯定是可以的，所以你研究张炎词的思想内容啦、词论啦，这些我都不看，到时候拿来稍微浏览一下。主要要你懂得怎么样从作品入手，来掌握他的整个为人。"因此他给了一个任务：把张炎家世考出来。后来我就研究老先生是怎么搞考证的？重要的是要掌握版本、目录，后来有所突破果然是在一个版本里面。因为一般研究张炎都是根据《彊村丛书》那个版本，清朝人江昱做了十年，才做出了这部笺证。但是后来我发现问题、找到症结的话呢，却是

通过另外一个一般人都不看的《榆园丛刻》本。那个本子的价值当然比不上江昱的本子，但是它后边附了几条关于张炎身世的序跋，里面有涉及张炎祖父的材料，据此就突破了。所以要是没有《山中白云词》两个版本的比较，张炎的家世考是搞不出来的。

　　同样的情况，是关于王沂孙的生卒年的考证。他的这个卒年，好多人都写过文章，包括叶嘉莹先生、吴则虞先生、常国武先生，他们引用的材料都是周密的一本《志雅堂杂钞》。《志雅堂杂钞》里面提到王沂孙，不叫王沂孙而叫王沂孙的一个号，王中仙，说他死在什么时候等等。实际上他们都没有去查核原书，即周密的《志雅堂杂钞》。他们就抄了夏承焘先生的一个结论。夏承焘先生在《周草窗年谱》里面，说《志雅堂杂钞》有这么一条材料，记载王中仙在什么时候死的，王中仙嘛就是王沂孙。但这实际上只是一个孤证。而他们其实都没有去看原书。甚至连夏承焘先生也没有看原书，他是根据江昱的《山中白云词疏证》上面引用的一条《志雅堂杂钞》。我想清朝时候条件差，没有电灯，江昱是在油灯底下，看那个书呢看错了。后面几位先生也都没有查原书，都以讹传讹。结果我怎么发现的呢？因为我对周密很感兴趣。周密生活在晚宋和元朝初期，他是亡国之士，所以我把他所有的散文拿出来看了一遍。其中《志雅堂杂钞》拿来一看，因为脑子里一直有这个问题，关于王沂孙这一条，看了，没有嘛！后来我又把《志雅堂杂钞》的好几个版本都查一遍，特别是夏先生他引用的这个版本，因为夏先生《周密年谱》后面有引用的书目的啦，他看的《志雅堂杂钞》是什么版本？一看，也没有啊。再仔细一看呢，就发现问题了。所以我也是通过不同版本，发现了实际上《志雅堂杂钞》里并没有讲到王沂孙的问题。它讲的是另外一个人,我怀疑是李后主。特别是在他死了以后做的什么扶乩啊,还有一些诗词,都是化用了李后主的词,把李后主的词演绎过来的。所以我写了《王沂孙生卒年考》。后来我曾经写信给常国武先生,他以前曾发表过一篇关于王沂孙的考证,发在《文学遗产增刊》上。我说您能不能找到一个《志雅堂杂钞》的版本,上面写有相关一段话。如有,请写信告诉我,我就不发表我的文章。结果他没有回信,实际上是找不到。因为我都找过了,好几个版本,都没有。所以后来我就把文章发了。多年后有位版本学专家专门发表过一篇文章,他说搞词的人往往不注重版本,而杨海明通过版本却发现了问题,纠正了王沂孙的这个卒年。所以这个版本、目录、考证啊,是我们研究的一个基础。

我还写过关于蒋捷的考证,也是因为旧版本上一个字写错了,我估计是古代的照明不行,错了嘛结果也错了,所以我写了好几篇关于考证方面的文章。由此可证,也就是唐先生教我们的:治学一定要扎扎实实,重视基础材料,包括版本、目录、考证等等。当时发表了这个文章后,人家认为杨海明是唐老的学生,是考证专家,以为我年纪很大了。湘潭大学的刘庆云赶到苏州看钱先生,她说杨海明先生在你们这里,我要见一见。后来一见我,"啊",她说,因为搞考证还以为我是位老先生呢,结果我比她年轻多了。这个笑笑啦。说明唐老这些教诲,真是一生受用不尽的。但后来我就不搞考证了。当时如果要做还可以做,但要查大量的材料,不像现在有了电脑,文本电脑上都出来了,那时都要跑图书馆,一本一本地查、抄,很辛苦的。现在像王兆鹏先生,以及其他很多的专家，他们在版本和考证方面都是非常认真、非常细致的。比如葛渭君先生，葛老师他关于蒋捷的考证就比我细多了，我只是开了个头，而他是专门考的，好像发表在《澳门日报》还是《香港日报》上。所以他们在这方面是很有名的，可惜我后来就没有搞下去，很是惭愧。

学术研究的动力是兴趣，要有益于人生

后来我的兴趣就转到了评论性的研究，走向了文艺学的研究，而不是那种实证性的、基础性的。为什么呢？原因有好几个。一个原因呢，是我的兴趣。我的兴趣对这个考证不是很浓。每个人都有自己的兴趣，每个人都有自己的个性，我喜欢搞评论性的、赏析性的研究。我们搞学术研究的第一个出发点和动力应该是兴趣，这话现在不大好讲了，而在过去，主要就是靠兴趣，靠喜欢，不喜欢就不搞。现在不行了，现在搞量化，一定要写多少篇论文，不写出来硕士不能毕业，博士不能毕业，副教授、教授都不能评。过去我们却是凭兴趣，这是第一。第二呢，一个人有长处，有短处，要扬长避短，我自己觉得考证相对而言是我的弱项，我还是比较喜欢感悟式的研究、评论，相对来说后者是我的长处。第三，也是更重要的一个原因呢，就是我觉得词学研究与其他古代文学研究一样，根本的问题应当是有益于人生。（插话：古为今用。）不用"古为今用"这个词，因为这个词有点"左"了。就是说，词学研究，古代文学研究应该是背靠遗产，面向今天，对不对？要利人，有利于人，有益于人，有益于社会。这个话怎么讲呢？不是为研究而研究。光为研究而研究，就主要是为自己，为自己评职称啊、

拿项目啊,等等。夏先生,一代词学大师,你看他的《天风阁学词日记》,从年青时候一直到晚年,不停地认认真真在搞词学研究。但是他又不停地在抱怨:我这样搞有什么意思呢？特别是在国家动乱的时候,他说:"我的研究是为古人做起居注,我还不如做个中医呢,还能够为老百姓治病。真要学术研究也不要搞小的,而要搞大的,比如宋史研究,因为宋史里面有反映抗战跟投降的斗争。"而那时正是抗战时期。一直到晚年,这个问题一直困扰着他,就是词学研究到底是为了什么？

　　我后来感到这是一个根本性的问题,答案应该是一要有利于人,二要有利于社会。从有利于人来讲,就是词学研究要把古代文学的精华,如宋词里面有益于人的人生意蕴,和它的艺术美感,介绍给、推荐给当代的读者,包括我们自己。读词对我们自己很有帮助,在困难的时候帮助我提升,痛苦的时候帮助我解脱,愉快的时候更增加我们的人生快乐,愉情悦志,修身养性。归根结底,我们读词就是喜欢。我们年轻的时候不像现在,可以到处旅游,很穷啊,但是看了这些词,"江南好……日出江花红胜火,春来江水绿如蓝",多美呀！我后来第一次到千岛湖去玩,我以前对这两句词,当然都会背了,白居易写的,一到了千岛湖,望出去,那个湖水呀,千岛湖那个湖水真的蓝,因为它很深啊,望出去真是"春来江水绿如蓝",哎,我说我现在才懂这两句词。它们能给你以艺术的美感与欣赏,以及人生的享受。所以从小处来讲,有益于人生,有益于我们个人,怡情悦志,可以提升我们的人生境界,开拓我们的人生视野,帮助我们在痛苦里解脱。例如苏东坡词读了多好,辛弃疾词读了多好,都能帮助我们提高人生的境界。那么,这是一个,即有益于人生,有益于个人。还有一个则是有益于社会。我们的老祖宗给我们留下了这么好的财富,文化财富,文学财富,要把它传下去,介绍给后来的读者,一代一代,传下去。文化传承,功莫大焉。我以前讲课一直讲到这么一个事情。譬如琼瑶的小说这么流行,电影这么流行,她的书名、电影的名字就大多是唐宋词里来的,如"庭院深深""一帘幽梦"等等,基本上都是唐宋词里来的。这说明唐宋词中的人生意蕴也好,艺术美感也好,可以帮助我们当代的、今后的文化建设。所以词学研究应当有益于人,有益于社会。所以我想呢,老是搞古人的起居注,搞考证,当然这是必要的,不能不要,刚刚前面讲过了,没有这个,你这个研究就架空了,不能深入。但归根结底还是要古今接轨,要背靠遗产,面向现实和今后。

读书,更重要的是思考

所以我后来就慢慢转向,转向之后就开始写各种各样的文章。开头是完全跌打滚爬,摸索,想到一个什么就写什么。因为我有一个习惯,你们要学到这个本领,我别的本领没有,就是看一篇文章,或者看几篇文章,或者看一本书,或者看几书,都能够跳出一个问题来,跳出一个问题,我就会抓住这个东西,放在脑海里面,酝酿酝酿,然后再看别的东西,然后呢一触发,就出来一篇文章、一个题目。也就是说在读书的基础上要思考,不思考的话即使读了多少书,也只是两脚书橱而已。所以有的人花了很多时间,家里面的书是多得不得了啊,但看过以后呢,仅好像雨过地皮湿。好像鲁迅还是哪个讲的,马蹄在泥土上踩了很多脚印,没有用。必须要思考，所以我后来读书就强调要思考。上次跟你们讲的，《全宋词》我白文读下来，我感到对好几个作家很有兴趣，特别是苏轼。所以那时候，我写张炎研究之前，已经写了很多的读书笔记，关于苏轼的。后来毕业以后，我就自由发挥了。感到有什么问题，就写一篇什么文章，那时候一发不可收拾，发了好多文章，期刊上经常可见我的名字。（插话：创作高峰期。）上海几个老兄，就是邓乔彬、方智范、高建中他们三个人，对我说："杨兄，你怎么文章发得这么多？"其实当时呢，就是有感而发，有兴趣而发。所以开头是摸索的，后来慢慢觉得在这个基础上要写专著了，因为单篇论文不能表达你成熟的思考。以后就开始走向一边写单篇论文，一边写比较系统的专著。

头一本专著《唐宋词风格论》的出版

那么头一本呢，就是《唐宋词风格论》。我觉得，看了这么多下来，苏轼是个转折。苏轼以前词的主体风格已经形成，是在唐五代，特别是温庭筠所奠基的。到了北宋以后呢，柳永把它变化，从小令为主的，变成为长调、慢词为主的，这里有一个变化，但是词的主体风格却不变。前人对此是用婉约、豪放来归纳。这种归纳，有人说不对，有人说对。而我认为大体还是可以的。但是呢，我又觉得不够准确。所以我后来用了一个"主体风格"来归纳。但"主体风格"里面也是一段段变化的，晚唐五代词、柳永慢词，到了后来周邦彦，这么一步步变过来的。而在主体风格的同时又产生了变革型的风格，于是我以这两条线索，以主体风格为主，辅之以变革型风格，写了一本《唐宋词风格论》。那么我就把它投到哪里去呢？就投到上海社会科学院出版社，我弟弟在上海社科院，他就交给那个编辑，问你们出版社能不能出？后来该出版社呢，其实还是很认真的，事后我才知道，它拿出去请人审稿，谁审的啊？盛静霞先生，跟夏老一起编唐宋词词选的，也是搞词的专家，她审过了，认为很好。审了以后呢，通过了要出版了。结果那个编辑部发生内讧。当时的主编是一个老干部，有人认为他和我有什么私人之间的交易。其实呢这个人很清廉，我曾送给他一盒茶叶，结果他退了回来。但社里有人认为他跟我有什么关系呢。因此这个书出得一塌糊涂啊。开本很小，连里面的目录都有问题，唐老的序言都没标出来。后来江苏古籍出版社的人来找我了，说："你怎么把这个书给他们？你看，我们出的书多好。"但是这本书影响却很大，因为当时还没有人系统地这样写过，后来刘扬忠兄，那时候相互还不认得，他马上写了一篇文章，说杨海明这个人，年青有为、精力旺盛、思想敏锐，写了《唐宋词风格论》，对我评价很高。这是我写的头一本专著。

宏观与微观结合的《唐宋词论稿》

后来我又写了很多文章，有考证的，不多，主要是评论的，比较有名的，就是论"以诗为词"啊，词的南方文学特色，词的忧患意识，词的趣味，等等。那时我怎么做的呢？一是微观研究，作家研究，对一个一个作家，一个一个地论。二是在微观的同时呢，慢慢把它贯穿起来，进行宏观审视，发现了里面有很多有趣的现象。比如发现唐宋词里，到处都是写水、杨柳呀、桥呀，于是就提出了词的"南国情味"这个话题。当然了，汴京在北方、在中原，是北宋的词坛中心,但是里面的意境呢,却跟南方大有关系。比如温庭筠他长期生活在南方,他写的这些"杨柳又如丝"呀,都写的是江南。后来呢,柳永的词里面,"杨柳岸,晓风残月"等等,更与南方风土人情有密切关系。南方的土壤上,长出了这样一丛奇花。我又进一步发现,古代文学一直存在南北差异,比如《诗经》跟《楚辞》,对不对,《诗经》就是北方文学,而《楚辞》里面,《离骚》《湘夫人》等等,明显就是南方的。后来嘛,南北朝,南朝民歌跟北朝,一个是描绘杏花、春雨、江南,一个是歌颂骏马、秋风、塞北,因此我就从源头上连起来,写了关于词的南方文学特色这样的文章。这些文章就是宏观跟微观结合,从微观的很多作家、作品里面,提升出一种宏观性的思考,提出一个命题来写。以后呢,我就把这些论文集中起来,编了一个集子,就是《唐宋词论稿》。当时寄到哪里呢? 先寄到河南,因为开封是北宋首都嘛,但河南的出版社不热情,后来嘛再寄到杭州,浙江古籍出版社。那时候风气真好,浙江古籍出版社一看,谁呢? 吴战垒兄,他是夏老的学生,吴熊和先生最好的朋友。他一看我的文章,很有兴趣。那时候很奇怪呢,我是发表了一篇,就寄一篇给他。最后出了我这本《唐宋词论稿》。请谁审的呢? 吴熊和先生。那时我不知道,后来吴战垒把吴熊和先生的审稿意见,给我看了。因此我第二本书就是《唐宋词论稿》,把那个宏观跟微观,考证与文艺学的研究,合在一起。当时请吴调公先生写了个序言。那一本书实际上我倒是很看重的,因为那些论文比较扎实。我后来的很多研究,都是从这里出发的。

《唐宋词史》等书的写作

第三本书就是《唐宋词史》。先讲《唐宋词史》的写作缘起。当时上海办了一份报,大概叫《文学报》,我们中文系每一个老师都有一份。那时候不像现在杂志报纸这么多啊。一看呢,里面马兴荣先生他们在讲,我们准备要编一个词史。唉,我脑子一动,这个题目很好。但是当时我不敢做这个大题目,就想等他们编了来拜读。而我呢,只管写一篇一篇的文章。但等了好久,没看见出书。后来我去上海开会,我说你们这个词史编得怎么样了?他们说根本没有编。噢,我说这个题目真好。那么,正好遇到江苏古籍出版社的人,他们说你那本《唐宋词风格论》给人家出了,还有什么书给我们出?因为我当时在《古典文学知识》上发了好几篇文章,出版社的陆国斌和吴小平很欣赏。他们就约我写一本《唐宋词简史》。哎,我说简史我可以写。正式的词史,华师大这几位,马兴荣先生,还有底下三剑客,都是厉害的,由他们写。他们有研究所,还有那个《词学》杂志,他们完全可以的。而简史我可以写,我就拿起笔来写了。结果一写嘛,脑子里平时的积累,就都涌出来了,我一共前前后后写了十个月吧,一下子写了 40 多万字。后来跟他们讲,再叫简史嘛不合适,他们说就叫史吧,分体断代文学史,分体就是分词啊、曲啊、诗啊,断代,譬如唐宋词、清词。此事也给了他们一个启示,以后清词史就叫严迪昌先生写的,当时还跟我讲,唐诗史你推荐谁写。我说唐诗史嘛,两个人可以,一个是上海古籍出版社的赵昌平,还有一个苏州铁道师院的钟元凯,这两个人文笔好。后来《唐诗史》不晓得是谁写的。我这个书给他们也是一炮打响,国内影响很大。我自己都没有想到,我当时最看重的倒是我的《唐宋词论稿》。这个《唐宋词史》是由兴趣而发,因为平时的积累都涌出来了,写得很快。唐五代、北宋写得比较好,南宋比较而言有些薄弱。因为我对南宋不大感兴趣,我喜欢唐五代、北宋词,跟王国维看法比较接近,特别对吴文英这些南宋词人都不大喜欢,但又不能不写。这本书写出来影响较大,当时碰到好多人,人家买不到这个书,都复印啊。那时复印的钱比买书还贵。好多人碰到我,说为了带研究生,只好复印。有的研究生上课,老师说这个唐宋词史不讲了,看杨海明的这个书吧。有的老师呢,他看了我的书,再去讲。后来学生们说,一看杨先生的书嘛,跟我们老师讲得一样的,我们老师是看了你的书来贩卖的。有的老师很诚实,说我这个就是杨先生的书上讲的,你们自己复印去吧,等等。当时呢,也是奠定了我在词学界地位的一个奠基之作吧,这个是《唐宋词史》。(插话:这本书后来得了"夏承焘词学奖"一等奖。)"夏承焘词学奖"是头一届,很隆重,很不容易的,多少年积累。还获了教育部的第一届人文社科优秀成果二等奖。当时我自己都没有报,是学校把我报去的。第一届能得到二等奖,很不容易的。不像后来过两年、三年评一次。那时是"文革"结束以后,这么多的书,头一次评奖。

第四本书嘛,是《张炎词研究》。(插话:这是您的硕士论文。)对,再增加一点。那个责编叫宫晓卫。(插话:他们那里也出了一个系列。)他最早是跟我们词学界开会的时候定的一个协议,要出。我第一本写好了,但人家都没有写啊。他们为难了,出不出呢?后来勉强出了几本。我一本,还有一本是写辛弃疾的,再有是马兴荣先生的一本词学概论。出了三四本,后来就不出了。

后来过了一个阶段,我还是写其他的文章。写写嘛,兴趣来了。我就利用写《唐宋词史》剩下来的这些"边角料",写了一本《唐宋词纵横谈》,纵谈,横谈,永远谈不完。后来台湾出得很漂亮,换了个书名叫《唐宋词主题探索》,那本书年轻的人很喜欢看(一个是《唐宋词史》看不到,买不到,没有再版。好久好久以后才再版)。这本书谈的一些问题很有趣,例如苏轼赤壁怀古,为什么"弄虚作假""故弄玄虚"? 苏东坡明明知道这个赤壁不是真赤壁,为什么"人道是,三国周郎赤壁"? 那个"乱石穿空,惊涛拍岸",也根本没有,只是一个小山坡。至于周郎,"小乔初嫁了",实际上小乔已经嫁了好多年了,恐怕小孩子都生了两三个了。为什么他要窜改年龄? 等等,这些都是比较有趣味的。

后来呢,有段时间灵感枯竭了,没有什么东西好写了。再后来就写了一个《唐宋词美学》。把唐宋词的艺术方面,来做些研究。其实没有什么多大的发明,最主要我提出四个美:以艳为美,以柔为美,以悲为美,以文雅为美,还有说它的文学场圈,是美女加音乐,等等。这个方面算是有些发明的,写到后来,也很累啊。后来总算勉强写完。那本书是报了一个项目,写得好辛苦。

挖掘唐宋词里的人生意蕴

再后来呢,我又慢慢转向,也就是我刚刚讲的:面向人生、面向现代。我就致力于挖掘唐宋词里面的人生意蕴。其中最重要的、我也比较重视的一篇文章是《试论人生意蕴是唐宋词的"第一生命力"》。《文学评论》杂志社胡明老兄在编后语里专门对这篇文章做了评价。他写信给我，说："你这个文章越看越有劲，提出了一个重要的命题。"其实不光是唐宋词，所有古代文学、古代诗歌，之所以能激起我们这么多人喜欢，能一代一代传下去，就是因为两个原因：一个是人生意蕴，一个是艺术美感。而这两者里面，我个人认为人生意蕴是第一重要。这篇文章我自己认为比较得意，但是现在看起来还不是非常好，没有写得充分扎实。可惜现在写不出来了。那么这篇文章是标志性的，以后我就开始把唐宋词的人生意蕴不断进行挖掘，比如对于生老病死，对于故乡的怀念、归家意识，等等，一篇篇地写下来。后来就出了一本《唐宋词与人生》的书。《唐宋词与人生》呢，实际上两大块。一大块是讲唐宋词人在人生当中碰到各种各样的生老病死、悲欢离合，他们怎么处理？它以词人为纲，一个一个的词人，例如晏殊，他为什么老要感叹人生无常啊？"一曲新词酒一杯，去年天气旧亭台，夕阳西下几时回？"他对于渐变的一种感悟，他对人生每一寸光阴的流失都感到惋惜。实际上跟他的人生经历有关系，因为他弟弟很年轻就死掉了，他的夫人也死掉了，他死了好几个亲人，都是年轻时死的，现在说来是不是脑卒中啊、心脏猝死啊，所以他对人生无常很有感触。其实每个人背后都蕴藏着自己的故事。所以《唐宋词与人生》前半部分写词人对人生的感悟，人生的经验，人生的智慧。后半部分则把唐宋词划分成几大块，享乐的、雅玩的、言情的、嗟怨的等等，以作品为中心，按照词所反映的社会生活和情感内容进行分类研究。以上是我基本上的研究历程。

我的写作习惯

我有个写文章的习惯,晚上是绝对不工作的,我晚上八点钟多一点就要睡觉。为什么呢? 晚上要是思考问题啊,就不要睡觉了,脑子里面紧张啊,所以我几十年来,晚上从来不工作的。要么看看电视,要么早早睡觉。那么早上呢,因为睡得早,早上醒得早,四五点钟醒了,那时天还黑,还没起来,我就脑子里动脑筋,在这个时候打腹稿,今天要写篇什么文章? 四五点钟打腹稿,有时候想到一个思想、想到一个观点,就爬起来写几句。早上吃过早饭以后开始写,所以我主要的工作时间都是早上,早上工作两三个小时,那个时候速度很快的,嘟嘟嘟嘟,写到了十点多钟就不写了,就到系里去玩玩、看看报纸。(插话:早上不是还有早锻炼吗?)不受影响,一边跑步一边好动脑筋的。我写文章呢没有草稿的。写草稿要多少时间啊,还要重新誊一遍。叫刘老师去誊? 烦死了! 我们那时候跟现在不一样,你们用电脑,我那时候就是稿纸,把稿纸剪成一条一条、一格一格的小格子,写到哪里,要修改了,我就把那个贴上去。一个字写错了,贴一个方块。所以全部都是一稿到底,速度很快。早上起来先一边剪,一边动脑筋。剪好了,一格的、二格的、三格的,以及一条的、两条的,都剪好了。发现要修改的地方,就马上拿浆糊把老的贴掉。所以弄好了就是一稿。我的手稿也不多的,都交到出版社了。

带研究生最难的是定题目

讲讲带研究生吧。后来我就带研究生了,头一个硕士生就是你,后来嘛赵梅。再后来嘛,我评上了博导,评上博导之前,当时没资格带博士生,钱仲联先生看得起我,叫我做辅助工作,带博士生。挂名是挂钱先生,实际辅导是我,最早就是邓红梅,后来是赵梅。等到赵梅进来读博士生以后呢,我的博导批下来了,钱先生很开明的:"你已经评上了,那我们两个人算联合带。"她们两个算是联合带,实际呢是我主持的这个工作。后来我正式招生,闵定庆是第一个,祁光禄、曹辛华、曹志平、王晓骊,一直带了好多,一共大概二十几个博士生。硕士生嘛,也带了一些。

那么我带研究生呢,总的来讲,一个是要他们读书。最早看白文,一个一个作家,你对哪个有兴趣,就认真看这个作家,形成你的研究兴趣、研究对象。另一个是要思考,最重要是思考。所以我给学生布置作业,都是这样做的。邓红梅的文章里也讲,就是当你读完了一个学期,要你提出十个问题——你所发现的问题。你交上来,我看你这十个问题是不是有意思? 就能说明你有没有认真读? 对不对,你提不出问题,或者提出来空空泛泛的,那就说明你没有认真读。这个跟段熙仲先生也是一样的,段熙仲先生当年带我们的时候,要我们提问。我提了个《楚辞》的赋比兴和《诗经》的赋比兴有什么不同? 他大为赏识。我也是这样培养学生的问题意识。一个是读书,要看文本,认真看;第二就是思考,积极思考,把自己所有的知识调动起来思考。特别是要有自己感悟,没有感悟,那就找不到题目。找到了好题目,大的也好、小的也好,就是一篇文章、一本书的触发点。第三个环节就是要写作,要不停地写,不断地写,写的时候要向老前辈学习,看他们怎么写的。闻一多的,钱钟书的,夏承焘的,这些文章,都要读。看他们怎么定题目的,怎么组织结构的,怎么样起承转合的。我的个人风格呢,是把学术论文不要写得太艰深,尽量地要用普通读者能够接受的这样一种视角和文笔,写成美文。所以我的文章,有的读者不看作者,就晓得这是"杨氏风格"。这是台湾学者讲的,还有崔海正先生也讲的。不看名字就知道是杨海明写的文章,便形成了自己的一种风格。

带研究生时候,最难的是定题目,定题目成功了,就是成功一半了。我因材施教,利用他们本身的学术积累、学术优势和个人的擅长,来定题目。像邓红梅,第一位博士生,聪明、细腻、敏锐、文笔漂亮。她呢,一直对女性作家很感兴趣,研究过朱淑真、李清照,所以我建议她把女性的作家、词人连起来,一直到元明清,特别是清代,写了个《女性词史》。赵梅呢,她大的宏观方面不是很擅长,但是她小的方面很细腻,所以建议她做意象研究,做了十个意象。做得最好的一个是帘幕,庭院深深的帘幕,另一个是蝴蝶,等等。帘幕那篇文章写得特别细腻,发到了《文学遗产》,陶文鹏先生几次开会表扬,说杨海明学生赵梅写的文章多漂亮。后来呢,曹辛华刻苦勤奋,学术潜力深厚,我要他敢于挑战,写《20世纪词学批评史》,他辛勤耕耘,收获丰硕,现在已成为一个有影响的专家。我说你这个题目是写不完的啊,从梁启超、王国维、胡适,一直到后来的胡云翼,写不完的题目。写好以后,给黄霖老师发现了,拿了去出版。所以他很幸运,既出书,还拿到稿费。还譬如像李青,她是研究《楚辞》的硕士生。后来我跟她研究题目,既然她《楚辞》有基础,那么就把《楚辞》跟唐宋词联起来,在这方面找个题目;又如辛衍君,她原是搞外国文学的,搞翻译的,宋词基础比较薄弱，那么我就叫她用外国文学的理论，符号学来研究唐宋词；再如罗燕萍，罗燕萍文笔非常好，她是北方人，喜欢看苏州园林，桥啊、流水啊、杨柳啊，这个跟宋词意境很像。我说，对，从大的来讲，园林和宋词都是休闲文化，都是高雅文化，都是精致文化，都是南方文化。这些大的方面，都相像的，可以写，所以，罗燕萍就写了个《宋词和园林》。那么宋秋敏呢，她喜欢流行歌曲，就做了个《流行歌曲视野里的唐宋词》，后来出书嘛，就改名为《唐宋词与流行歌曲》。因为宋词就是当时的流行歌曲嘛，跟我们现在有相同的地方、相通的地方。所以每个学生啊，都是因材施教，给他设计一个题目，量体裁衣。（插话：因材施教，那么每篇文章要写到一定的高度、有一定的深度，怎么来指导？）那么就是提纲挈领地进行提示，像罗燕萍的文章，我提示二者都是休闲文化，都是精致文化，都是南方文化，都是高雅文化，这几个点，框框定了，她写起来就比较容易了，当然她自己的发明很多的。对每个小的方面，如青苔、苔痕、假山，这些都写得非常细。所以这个定题目，很难。我到后来也黔驴技穷了，想不出这么多题目了。我现在还有一个题目，还没有人做：唐宋词对我们当代作家、近代作家的沾溉。譬如丰子恺、冰心、徐志摩等等近现代的作家，他们都喜欢唐宋词啊。这个题目要喜欢搞现当代文学的人来做，先博览群书，把近现代的作家的书，看了好多好多，再在里面找到跟唐宋词的交接点。而且不光看他们如何引用古典的词啊、诗啊，还要看他们的心理气质，艺术的风格，跟唐宋词的关系。可惜后来我没有带博士生了，这个题目也没有人做了。

关于词学研究的问答

问:杨老师,现在词学研究跟以前不一样了,现在人多势众,以前是你们几个不多的学者,那现在这么多人在这个园地里面耕耘,很多题目都做过了,甚至写烂了,现在很多人的研究转到了明清,转到近代、民国啊,那么唐宋词这一块,怎么样再来深挖、细挖,搞出新的亮点?

答:这个不容易的。现在大家都想尽办法,有的搞词调研究,有的搞接受史研究,有的搞结构研究,等等,八仙过海,各显其能吧。我现在也不大关心了。但我一直觉得,最根本的还是要抓住唐宋词与当代人的、现代人的一种交接,在这些方面还能不能再有所生发、有所进步。我最后写的一些文章就是写的这方面,如唐宋词的当代价值,它对当代人的影响等等。譬如词的"名句效应"等等。我到很多大学演讲,讲来讲去,就是讲唐宋词的当代价值,唐宋词在当代文化建设中的作用、影响。唐宋词本身我都不大讲了,因为这方面我都讲过了,没什么新东西。我一直讲,我是一个过渡性的人物,在唐老这一辈,跟我们现在年青人当中,我们这些人就是一个过渡。因为在"文革"以前,那种研究都是"党八股"式的研究,四平八稳的,政治性、人民性、思想性,一天到晚,把好好的唐宋词,完全肢解了。如说到李清照,就是贵族妇人,无病呻吟。李后主嘛,则是亡国之君,都否定掉了。但为什么他们的词,这么多年还有这么多人喜欢呢? 它的生命力在哪里呢? 对不对,所以我一直觉得要挖掘它的生命力、它能够源源不断流传下去的奥秘。这就联系到它对当代人的文化建设、影响和沾溉,这么一条线。这个呢,蛮难的。我曾经开玩笑,叫读词的人,每人写一个小文章,回忆自己读唐宋词的经历,看看每个人交上来的卷子里面,你跟唐宋词有什么关系,受了唐宋词哪些影响,这个可以做个调查研究,可以做一个课题,对不对。中小学生们受了唐宋词的影响,读了一些作品,对他们产生了影响。直到他们中年以后,还能回想老师当年中小学里教过的唐宋词,以及在他们生命当中、生活当中,产生过什么影响。这个都是很宝贵的材料,不是书本上去找来的,而要进行活的调查。

问:杨老师,您很谦虚,您说您是过渡性的人物。我们现在疑惑词学研究该怎么突破? 您的上一辈唐老等,他们是大师,然后您这一辈也是,著作那么多,到我们这一代,都是从你们的书里寻找一个角度做研究,感觉是不是有点一代不如一代了? 怎么样能够在这个基础上再重新出发,攀登高峰?

答:这个恐怕要过一段时间,不是马上能立竿见影地弄出来,要一段时间沉积,沉积以后再爆发。都是这样的,学术研究不可能一直往上,就像我自己,一段时间写完了,就没有东西好写了,感到有点苦闷,找不到新的题目。过了不少时候,我又得到一个灵感,得到一个启发,于是又有了新的小小的高潮。整个词学界可能也是有这么一种状况。所以现在大家都涌到了清词啊、民国词啊。因为作家作品多,有多少领域还没有开拓啊。唐宋词呢,因为搞的人太多了,那么翻来翻去,翻得比较细了,不容易找新题目。但是总归还是有的。

问:杨老师,您刚才讲写了那么多,也抓住了很多亮点,现在回过头来看看,您还有什么遗憾? 或者是自己还不满意的?

答:那个肯定有的。有的文章很幼稚的,现在看起来,也有四平八稳的文章、应景的文章。还有的文章是一塌糊涂,譬如《江西社会科学》曾发表我一篇《论黄庭坚词》,那就一塌糊涂,错别字不知多少,又漏掉了好多字。(插话:没让您校对?)对,根本没有校对,就登出来了。因为我跟他讲,我是江苏师院的讲师,以前跟唐先生做硕士生。他们为了稿费压低一点,放在研究生栏目里面。稿费给的一千字两块钱。那种文章拿出来真害羞,所以后来我没有放进自己的论文集。拿出去丢人,以为我写得一塌糊涂,实际上是他们乱弄、乱改。但好的杂志,《文学评论》《文学遗产》《学术月刊》,都是非常好的。

问:杨老师,您再说说这些刊物,您和他们(编辑)交往中的一些故事吧。

答:那时候我们都是无名小卒,就是乱碰。寄过去,他用就用,不用退回来。退稿很简单,两个原因,一个原因呢,确实写得不好,我自己过了半年看看,也觉得这个文章确实是不好。第二呢,文章蛮好,但他们不识货。人家不识货么就再投。编辑都不认得的,后来之所以认识,那都是发表了文章以后,再认得的。譬如《文学评论》的编辑,那时候最早是陈祖美先生,后来是施议对,后来是胡明,我们因为文章而成了朋友。《文学遗产》,最早也不认得人的。后来嘛,陶文鹏啊,刘扬忠啊,都通过文章来认得。上海《学术月刊》那个编辑,多少年,都没有认得,后来才晓得他叫什么名字,也是个中学老师出身。那时风气好,都是没有见过面的,就是看文章。好,他就发。不合胃口,他就退。我一直跟研究生讲,要靠自己杀出一条血路来,我的文章有的一下子就登了,有的退了多少次稿。就像《论秦少游词》，最早投到扬州师院的，秦少游嘛，扬州高邮人，结果被退稿。那篇文章开始写得确实是不好，后来我想秦少游是个大词人，我写了这么多词人，都要给他们立传的。秦少游不能不写，所以后来我用心改了，一改嘛就投到了《文学遗产》，《文学遗产》很快就发了。那篇文章，忘掉了是谁跟我讲说："文章就要这样写。"我说我这文章也是改过两次了。所以退稿也是个好事。

问：那篇文章开始比较平常，后来怎么改好的？

答：后来嘛，我是把它放在词风的一个转折点来考察，先讲秦观是当时最受欢迎的词人，我开玩笑说如果投票的话，秦观就是当时的最佳词人。为什么呢？因为柳永，有人说他好，但也有人说他不好。苏轼，有人说他好，也有人说他不好。唯独秦少游，众口交誉。为什么？先把这个问题提出来。用了小标题"他成了当时的最佳词人"，就像我们现在评奖一样。然后再讲什么原因？原来唐宋词的主体风格，至此经历了一个变化，从小令到慢词，柳永达到了高峰。但是柳永的词，太散，又太俗。而秦少游，正好是从这两方面纠正他。他把小令的长处和慢词的长处结合起来，以短济长，以雅济俗，他成了把小令和长调结合起来的一个典范。既不是完全雅——太雅了，人家也不喜欢，普通读者喜欢要有俗的成分，但是，太俗了，像柳永也不行。秦观把雅与俗结合起来，我就从这个角度来写。所以它是一篇微观的文章，却反映了一个宏观的变化，微观里面有宏观，文章就有深度。所以写文章，不要光看题目大小，譬如我有一篇文章，讲苏东坡写花蕊夫人的《洞仙歌》，我说他写的就是个"冷美人"的形象。过去的美人都是热美人,如杨贵妃"芙蓉帐暖度春宵",都是写的热的。但是苏东坡笔下的花蕊夫人,"冰肌玉骨,自清凉无汗"。为什么到苏东坡手下,热美人变成冷美人了,这里有个文学趣味的变化。所以,宏观要有微观做基础,而微观的作家、作品,又要渗透宏观的穿透力,那么这个文章就有深度了。

问:您写的《试论人生意蕴是唐宋词的"第一生命力"》,也是您长期考虑的一个问题?

答:对,"第一生命力"这个概念就是套用邓小平的那句话,"科学技术是第一生产力"。所以都要活学活用,看到科学技术是"第一生产力",就把它借过来用。

问:那么有了一个好的想法,一个好的点子,怎么样把它写成一个非常有体系的,又是深入一步的这样的文章?

答:先要有一个观点,一个亮点,一个令人耳目一新的观点,这是由他本身的种种积累,飞跃出来的。但是虽然已有了若干的基础,甚至相当坚实的材料基础,还是不足够的,这就需要再去补充、深化。

问:杨老师,后来您的《唐宋词史》出来后,又出来了很多词史,包括刘扬忠先生的《唐宋词流派史》,邓乔彬先生的《唐宋词艺术发展史》,王兆鹏先生的《唐宋词史论》,这些书,您也都看了?您也简单地评论一下吧。

答:这个各有特色的,各有长处。对此就不去讲了,他们都是词学大家,都是老朋友,都有自己的优势。你像刘扬忠嘛,他特别擅长风格流派,属意辛稼轩。邓乔彬呢,他的理论比较深,比较细,对不对? 连绘画他都懂。他们华师大几个,都是搞理论的。

问:那么王兆鹏先生呢?

答:王兆鹏他是全才。考证,他是得唐老之真传;理论,吸收新的,他把几种理论,一是范式论,引用到唐宋词来;还有一个是把数据分析、量化分析、统计学,用到研究中。他比较年轻,在各方面都是大有建树的,远超我们了,所以他现在是词学领域的领军人物。

问:《唐宋词史》四十几万字,写了十个月。每天等于是要写几千字的篇幅?

答:每天早上,第一件事情嘛,就是把昨天写的稿子修改一遍,然后再写。第二天又把昨天修改过的,再看一遍。写了一段时间之后,又停下来,把整个这章,从头再看一遍,再修改一遍。有的地方写得拿手,顺利,因为以前写过单篇论文的,信马奔驰。有的地方,比较欠缺,补补课,去看资料,再来写。

问:南宋词史,您觉得这方面写得有点弱,是看得不多呢? 还是不喜欢?

答:除了辛稼轩、姜白石,其他的词人都不大喜欢。

问:周邦彦、姜夔、吴文英,您都没有给他们立专章,其他的苏轼啊、辛弃疾都是用章的篇幅来写,为什么不同?

答:因为不是顶喜欢,觉得没有什么东西可写,找不到很大的兴奋点。但又不能不写啊,词史里面,少了他们不行啊,所以这些地方比较薄弱的。还有一些词人,像周邦彦、吴文英,以及南宋晚年的一批人,如张炎,我对他们都没有太多的研究。

问:张炎研究应该是您的硕士论文呀?

答:也没有太大的兴奋,因为唐先生叫你做嘛就做,对他也没有怎么样感兴趣,但是词史里不能少了他。

附　一

唐圭璋先生词学研究讲课实录

杨海明 记

（讲课地点：南京剑阁路 40 号）

一、唐老谈词学研究概况①

（1979 年 10 月 4 日上午）

吴梅先生遗事由李一平料理。李现任国务院顾问，昨日过余。谓吴先生 1939 年留寓长沙，李照料他。回云南大姚县吴先生即病逝。李之风节高义令人钦佩。李一平还写了不少诗词，悼念总理、陈毅、刘少奇。吴梅先生之日记先由李保管，后由顾颉刚保管。任二北先生乃吴梅先生之高足弟子，现已调回扬州工作。任先生曾任镇江中学校长，艰苦卓绝，工作以身作则。他在南京龙蟠里读书，住在宿舍里，上面下雨，他打把伞，在下面做学问。他与瞿秋白很好。过年过节在吴梅先生"百家楼"上度过。他跟胡汉民做事，我与他相识在胡府。他立志于办中学，办过汉民中学。后在川大工作。其经历又如梁启超，先搞政治，后搞学术。他专搞曲子。先搞元曲，现搞唐敦煌研究。国内搞敦煌研究的人很少。《秦妇吟》、《永乐大典》残卷三本都自国外抄来。向达（已逝）、王重民、姜亮夫、常书鸿等人是敦煌学专家。这是近八十年来新发现的材料，是一门综合性的新学科。日本人搞得很起劲（唐老随手拿出日人所印《济颠传》《寻夫曲》等材料）。任二北先

---

①每次讲课原本都没有标题。现有小标题概括唐老讲课的范围，是为读者阅读方便起见加的。唐老初次讲课是漫谈性质，以后的讲课都围绕讲课计划展开。

生与香港大学饶宗颐先生意见有分歧。日本人对学术研究非常热心,大郎先生与我通信多次。人事变迁多,有许多事都要抓紧办。前几天钟泰先生过世了。任先生要我把吴先生遗作整理,我力不从心。身体不好,学力不够。希望你们要有远大的目光,要青出于蓝而胜于蓝,韩昌黎讲的师道很有道理,一方面要迎头赶上,一方面要登高知卑。当前国家实施"双百方针",学术繁荣。我们要知己知彼,故我把情况先谈谈(唐老还介绍了美籍学者孙康宜博士的情况)。

词学研究的讲课计划分概论和专论两个部分。

概论:

(一)研究词学的态度和方法;

(二)研究词学的几个方面;

(三)研究词学的词人和词书。

专论:

(一)唐五代词概况;

(二)北宋词的概况;

(三)南宋词的概况。

郑振铎先生对中国文学之研究,有开拓之功。他是文学研究会的代表。赵万里先生乃王国维弟子,北大善本书室主任,现已瘫痪在床。我一直有志于写《全宋词》的编纂经过,王仲闻先生实有发起之功,我乃"偷天之功"也。

苏轼诗文词皆佳,然于词敌不过少游,秦观去世,苏轼曰:"少游已矣,虽万人何赎!"借鉴、继承古人,不光是指思想性,亦要包括艺术性。

辛弃疾、陈亮、姜夔的研究已搞得差不多。

讲课分工(拟):柳永词(潘君昭),苏轼(钟陵),辛弃疾(郁贤皓),张元幹(曹济平),张孝祥(宛敏灏),周邦彦(金启华),秦观、张先、欧阳修(我)。

二、唐老谈研究词学的态度和方法

（1979 年 10 月 6 日下午）

研究词学的态度，当有"五心""四毋"。"五心"是：

（一）雄心。我们如果没有雄心，欧美人倒有雄心，他们努力以求又有优裕的物质条件，书报发行、图书资料都优于我国，尤其近邻日本、香港地区的目录、图书很丰富，对我国的学术很注意。我们如果不努力，就要落后，让外国学者先我着鞭。

（二）决心。古典文学材料多，我们一定要下定决心走这条路，把古典文学研究搞上去。

（三）信心。学术研究并非高不可攀，我已年老力衰，你们年富力强，要有信心。登高知卑，一步步走上去。学术道路总是曲折的，要敢于走崎岖小径。

（四）虚心。年轻人容易轻视年老人，年老人也容易轻视年轻人，这都是不虚心的表现。传统的美德：不耻下问。如王安石改诗，向老农请教。一物不知，儒者之耻。我们是老中青结合，反对文人相轻、同行如冤家。学问是真理、是实事求是，不以年龄、地位相异。文人相重也不对，互相吹捧。昔人互相作序，往往失去实事求是之意。学术界曾经有过（个别人）称王称霸、盛气凌人的坏习。

（五）恒心。做学问非一朝一夕之事，要靠积累，日积月累，非有恒心不可。

　　"四毋"是孔子讲的"毋意、毋必、毋固、毋我"(《论语·子罕》),我们要做到这"四毋"。毋意,就是不要臆断;毋必,就是不要自以为是;毋固,就是不要固执己见;毋我,就是不要主观主义。要有争鸣精神,从善如流,坚持真理,勇于改过。如"羽扇纶巾",我曾主张诸葛亮,这是错的,当为周瑜。"月上柳梢头",我一直以为朱淑真作。但《乐府雅词》北宋已收,可证为欧阳修作。故不要唯我主义。

　　做学问是一个循序渐进的过程,一是"从无到有",二是"从少到多",三是"从浅到深",四是"从普及到提高",这是治学的途径。

　　要温故而知新。古为今用,借鉴古人。毛主席词"问讯吴刚"两句借用李义山句出之,"狂飙"出自杜甫《同谷七歌》,"鱼翔"两句出自曹植诗(《情诗》"游鱼潜绿水,翔鸟薄天飞"),主席诗词很多借鉴古人。不能孤立学词,宋词很多出于唐诗。如"江上数峰青"出唐诗,"落花人独立"出五代翁宏诗(郑振铎发现)。宋词与宋诗、古文都不可分。宋人《醉翁谈录》,小说也,乃有柳七很多故事。故话本、戏曲、南戏、诸宫调多与词有关。《诗经》、《楚辞》、汉魏六朝诗,都与词有关。要广博一点,多掌握一点材料。古人私家藏书易流失。如抗战胜利后,南京发现宋本《金石录》。现在全国编善本书目,条件好多。要多看各家集子,宋词无论从题材、内容、艺术都比不上唐诗,但材料也很丰富。人死材料亡,吴梅先生死后,他打的很多谱都失传了。《桃花扇》的曲子在清初就失传了,《红楼梦》中就不见有唱。浦江清曾听过吴梅先生唱一段曲子,甚为悲壮,但惜已失传。现存昆曲"传"字辈的还有十六人,当初吴先生曾指挥过。昆曲已衰，词也衰了，要抢救遗产。从《诗》《骚》到李商隐，都要浏览。他们都有各自的艺术成就，不可强求，这是不可力强而致的。他们的艺术结晶究竟如何造就的？我建议大学要开美学课。贺方回"若问闲愁都几许"，李煜"问君能有几多愁"，都是从白居易"座中泣下谁最多"的问答式中得到借鉴。从音节（敲打得响，去声特重要，语不惊人）字句到篇章，都有值得借鉴处。《核舟记》中雕刻的功力何等深。而艺术之美是各有特色的。李清照词明白如话，而周清真词也有他的美处，只怪看不懂而已。"淡妆浓抹总相宜"，苏轼的欣赏力是最通达的。赋体与比兴体同样都各有妙处。不能一概排斥周（邦彦）词，认为形式主义，雕琢晦涩。梁任公讲古典文学，特赏周词与《牡丹亭》，有眼力。白描固然佳，惨淡经营亦极重要，特别在学习阶段要下功夫。李贺诗不易看懂，他独辟蹊径，出语惊人，所以不易懂。唐人以六朝为"古"，也是"古为今用"，李白诗承先，杜甫诗启后。李白诗出语不凡，先自惊人，而老杜诗出语平平，越转越激。苏轼词《水调歌头》"明月几时有"出自太白。你们有人搞元微之、边塞诗研究是好的，但基础要广阔一点。边塞诗固然好，王孟山水诗也别有天地。叶嘉莹分析王碧山《齐天乐·蝉》《天香·龙涎香》二词，提到胡适的《词选》认为用比兴寓发陵事为"白日见鬼"，此说未谛。咏蝉历来都有比兴，如骆宾王作《在狱咏蝉》。邓广铭新补辛词笺证80余条，对"拍堤春水"加了笺释，其实字面易解，不必画蛇添足，昔人笺《花间集》亦有此病。夏老因"贺兰山缺"不符史实，岳珂编《岳武穆集》未收，而定《满江红》为明人王越之幕僚作（见《瞿髯论词绝句》）。程千帆、王仲闻已辨正。你们各种刊物、报纸要多看,吸取最新成果。要勤做笔记、卡片,抓住论点、论题,知己知彼,集思广益,温故知新。

三、唐老谈研究词学的几个方面

(1979 年 10 月 9 日上午)

这次看了《上海师院学报》,学习的方法还可以加一个"从非到是"(刊中载)。施蛰存《读冯延己集》,"己"应作"巳",夏承焘《唐宋词人年谱》已证焦竑《笔乘·释氏六时》:"正中,午时也。一名延嗣。"巳者,午之前也,延巳,则正中也。作"己",宋人刻书之误也。又:冯词误入欧词者,应从两人身世、心情辨正。欧公位居人臣,无甚比兴,而冯因兄弟犯罪内心有苦衷,故常用比兴。中主"菡萏香消翠叶残"之句实际比李清照"人比黄花瘦"好不知许多。清照自不可非议,有独特之风格,但"究苦无骨"(周济《介存斋论词杂著》语)。材料层出不穷,如《文物》(79、1)发现李曾伯(《全宋词》录其词)的材料。

宋人图书目录有陈振孙《直斋书录解题》、晁公武《郡斋读书志》。

赵万里先生于《校辑宋金元词》之后,拟出精抄名家词选十种,现仅见《南唐二主词》,余未见,惜哉。

研究词学的几个方面:

(一)词韵

(唐老从罗常培草创《宋金元词韵谱》谈起)

诗韵"时有古今,地有南北"(顾炎武《日知录》)。任讷(二北)先生字仲敏,著《敦煌曲初探》及《校录》。敦煌词我早年也搞过。《彊村丛书》收宋词 120 家,金词 5 家,元词 50 家。朱曾有三次校辑。于中途得董授经(董康)于英伦得之《云谣集》冠于其首,可见朱氏重民谣。惜董仅得 18 首,后刘复至巴黎又得 14 首,去除重复者 2 首,共得敦煌曲子词 30 首。因抄录者为边人或小孩,认字不多,故错讹不少,很多人做过校录工作,现有王重民本(南大有《敦煌秘籍留真》影印本)。

王本多讹,任二北先生反感之。可参阅罗振玉《敦煌零拾》互校(王疑罗本为伪作,王称得自伯希和)。任本有一首(006)"无人共",王以"共"改"问",与上下之"梦""凤"通,音通押,实误,因"梦""凤"古读闭口呼,与"问"押,而"共"反误。毛主席词"炮声隆"与"遁"押,因湖南方音无东冬韵。赵长卿《渔家傲》末两句"重厮守、相期待与同偕老","守"候韵,"老"萧毫韵,古韵候萧通押,与戈载《词林正韵》不合,戈载传统韵,而宋人有两种情况出传统韵,一为方言,如吴文英,吴人,"冷"读作江阳韵,而原作耕青韵。一为古韵,如上引例。罗有词韵,惜未见。此为词韵问题。

(二)词人小传

近人刘承干有《历代词人考略》,今存北图。刘乃嘉业堂藏书主人,清末官僚,周总理特为传讯保护之。《历代人名大辞典》及《辞海》之类都不能全录宋词人,只能于方志中搜罗剔抉。方志包含各方面的材料甚丰富,正史都乃后一代人作,所搜材料乃前人著录。故正史、宋人笔记及地方志都是我们应当注意的。方志,南大、南图很多。南图陶风楼乃端方、缪荃孙首创。前人有《历代两浙词人小传》。我的《宋词四考》中有《籍贯考》。前人对词人传记多局限于一地区一时期之人物,未见全面作传者。南渡之后，北人流寓福建者多，故于闽浙地方志中多见。晚清康梁亡后粤人多流寓香港，亦同此种情况。历代词人之小传，还有很多须求证者。如张元幹卒年至今待考，待发现。

（三）词集版本

词集版本十分复杂。有佚目存，存者可查，佚者查书目。书目有类书目，有单本目录。

辛词，邓广铭收罗已全。奇怪的是济南反不见辛弃疾的东西，辛启泰只能从《永乐大典》中辑出。邓广铭有《辛稼轩年谱》《辛稼轩诗文抄存》。梁任公作《辛弃疾年谱》，梁启勋作《辛弃疾词笺》，邓广铭感到有疏漏，故作。四印斋本《稼轩词》据海源阁杨氏藏十二卷本印，后又发现元大德四卷本，发现面目有所不同。

《淮海居士长短句》，叶恭绰据两种宋残本校辑。

（四）词律

词律有万红友《词律》，陈廷敬、王奕清等奉康熙命编写的《钦定词谱》，徐诚庵《词律拾遗》等。

《词律》对明词功绩很大，但后代毁誉不一，任二北先生拟重编。缺点是收例不用原始资料（如不用最早的《花间集》）。《词学季刊》里有《词律笺榷》（番禺徐棨戬门遗著），徐尚有《词通》《词律》。个人力量不行，要以集体力量搞。

（五）词注

笺乃笺本事，注乃注典故。

《淮海词笺注》无甚必要，因无本事，仅注典故。

姜亮夫作《词选笺注》（《词选》，清张惠言编），邓广铭作《辛稼轩词编年笺注》，夏承焘作《姜白石词编年笺校》，可谓完备。

杨铁夫有《梦窗词笺释》。

龙榆生有《东坡乐府笺》。

东坡以前（词），因无本事，故无甚必要作笺。

（六）辑校

朱彝尊《词综》既选又辑，故有些乃今已不传之本，其所本书目有些为今人所不见，惜其未见《阳春白雪》，故后陶梁又辑《词综补遗》。

赵万里校辑功劳甚大。《校辑宋金元人词》方法很科学，值得我们学习。其辨伪功夫特深，如秦观伪词比真词数量多。

《花间集校》李一氓校。《花间集注》华连圃注。《花间集评注》李冰若注（李为陈贻焮岳父）。

（七）词话

《词话丛编》原刊 60 种，现增 20 种。

其中涉及文艺理论、文艺批评问题，各家词话对作家毁誉不一，门户之见特深。

（八）词乐

词与诗骚、汉乐府之长短句不同，缘其音乐不同。现仅存白石"旁谱"十七首，清人研究者有好几家，如方成培等。近人有夏承焘。

粤人许之衡有《中国音乐小史》（商务印书馆《百科小丛书》）。许乃吴梅先生门生，于学甚精。以音乐论词曲，据《教坊记》，论词之起源早在隋唐。

现在南北曲（六曲）都没法唱，只昆曲能唱。这正如入声化入三声，我们读不出只好查韵书。词乐也这样。

四、唐老谈晚清五大词人

（1979 年 10 月 13 日上午）

日人搞《词律大成》（森川竹磎）二十年，已成。参照《钦定词谱》《词律拾遗》《词律校勘记》等。

诗文要多读几篇。古人十三经、二十四史都读过。你们起码要把其中的代表作品、《古文观止》、《唐诗选》看熟。一些学报上的新材料、新见解也要看。

年谱之学不能不看。如王鹏运、朱彊村、况蕙风的年谱都没有，只有郑叔问的年谱（其女婿作）。现文研所专人为吴梅先生作年谱。吴兼通词曲，在金陵大学开"词学通论""词选""专家词"等选修科及"曲学通论""曲选"等，近代第一人。梁启超能写，不懂曲；王国维会考证，也不会唱；吴梅先生能写会唱，课堂上吹笛子（北大时）。汪辟疆、任二北都在北大读书，汪辟疆至金陵大学任主任，把吴梅请回南京。

夏承焘《唐宋词人年谱》为词人年谱之特出者。王国维有《清真先生遗事》。欧苏年谱已有多人作，正史不立传的词人年谱不易作。

清人笺词自厉鹗《绝妙好词笺》始。注从宋起，有傅干之注苏轼词，曹杓注清真词，但后者已不传。只有陈元龙注《片玉集》尚存。陈元龙何时人，连郑文焯都搞不清，以为乃元人，实为宋人。

看宋词从何下手？

（唐老拿出《群众》杂志上署名孙振的词,认为不合平仄）

冒广生《四声钩沉》主张不必合律,夏承焘著《词四声平亭》与之商榷。

晚清五大词人,"同光派"词人也。龙榆生作《清季四大词人》,因朱彊村尚在。梁(启超)、谭(献)对清词人的看法各有不同。《清名家词》第十本内五大词人皆在。我们于逃难时都带此本书。

王鹏运,广西临桂人。龙榆生有《清季四大词人》载《暨南大学文学院集刊》创刊号(1931、1)。

文廷式,江西萍乡人。

郑文焯,满人,铁岭人。

朱祖谋,浙江湖州人。后改名孝臧,字古微。

况周颐,广西临桂人。

同光派诗人首魁为陈三立(陈寅恪之父),其大儿子为陈师曾。同光派词人首魁为朱祖谋,此公论也,奉为坛主。五人乃大官僚。庚子之难,两宫出走,王鹏运、朱祖谋等作《庚子秋词》,以比兴之体寓写国难。朱彊村向王鹏运学,切磋作词,朱后来居上,海内公认。王鹏运56岁死于苏州。他与况周颐为桂派词人。广东出陈海绡(陈洵),叶恭绰编《全清词钞》,叶亦为粤人,故两广词人势力很强(南宋词人多出福建)。王鹏运《四印斋所刻词》,校刻于围城之中,实为王、况合编。校勘精、范围广,为最早刻本。

文廷式实(独)树一帜,教过珍妃,出走日本,不知所终。日人有文芸阁(廷式)照片。词集名《云起轩词》,学苏辛。南宋人学苏辛,晚清人亦学苏辛,特别学苏,时代际遇使然。清季五大词人都受常州派影响，以周邦彦为圭臬。独文（廷式）不以为然，以苏辛为楷模，他有《纯常子词话》，龙榆生未见，实存南图。叶恭焯受文（廷式）的影响很大，汪精卫早年学词于朱（彊村）。

王（鹏运）辑《四印斋词》，于词学贡献甚大。先有王刻，后有朱刻。朱刻大大超过王刻，凡三校补。朱（彊村）桃李满天下，不偏于一面，既有温李之密，又兼苏之疏，既讲声律（人称"律博士"），又被人称为"富艳精工"（前人称周邦彦词）。后人也走两条路，汪辟疆喜梦窗词，而吴梅、黄侃喜苏、辛，好饮酒。

况（周颐）为端方幕僚。《陶斋集金录》，况帮忙而成。况有《蕙风词话》，影响很大，词论中的《文心雕龙》也。修词学之必读。重"拙、重、大"，乃从王鹏运处听来。王从南京端木埰处听来。反对纤巧，重质，少游不可谓轻巧，而谓之轻灵。这是常州派的温柔敦厚论。张惠言重南宋、重比兴，但过了分。故王国维重北宋、重小令。"隔"固然不好，但云山飘渺，海市蜃楼，也等于"隔"。舞台艺术，要有"隔"，故一味反对姜白石，不公允也。此论八百年来未睹。前此有《艺概》《白雨斋词话》《宋六十一家词选》，况（周颐）论更具体化。

郑叔问，大鹤山人，多才多艺，懂医学、校勘。杭州有他校勘的梦窗词。朱与况曾约同校梦窗词，死前还校，刻入遗书内。故今之吴梦窗词乃四校。冒广生反对朱，蚍蜉撼树也。郑诗、书、画、词四绝也，住苏州大和坊，葬邓尉。与朱讨论往返甚密。吴梅《词学通论》谓郑乃最后一个词人。《人间词话》推崇况、郑，郑乃贵公子，藏书很多，陆侃如把他的书搞走了（其女婿讲）。郑到湖南，影响很大，王闿运、张之洞等都在湖南，为之搁笔，于词上终让郑一筹。

龙（榆生）办《词学季刊》，缘遵朱（彊村）命。朱以手砚赠之，对他期望甚高。我欲写一篇龙榆生对近代词学的贡献，惜乎手头资料不多。因为尊重朱古微，因此夏孙桐等老辈对龙榆生期望较大，爱屋及乌，把材料寄给龙，使龙在《词学季刊》上收罗不少材料。

朱彊村是遗老。慈禧用义和团，他大声疾呼"拳匪不可恃"，被贬。况周颐也是谏官。

朱门户广，不主一家（王鹏运纯粹学碧山），兼收各派。郑大鹤懂音乐，和白石词很多，以词为生命，与朱住在一起，往返唱和甚多。

况夔笙辛亥革命后困踬不堪。端方被杀后他无依无靠，靠卖书卖画卖词卖文为生。兴化李详（也教过我们）与况不合，在端方面前说况的坏话，端方曰："但我在，不肯坐视其饿死。"端死后，况更困难。后其门生常州赵尊岳救助之。

清初词风跟明词走，晚清词风与之不同。

朱彊村、况周颐都有接班人（朱彊村——龙榆生，况周颐——赵尊岳），赵尊岳已死于香港。

龙榆生致书给我，谓龙、唐、夏为鼎足而三，岁寒三友。

朱彊村为"广大教主"，余四家各有所偏。王鹏运走王碧山的路，况周颐走史达祖的路，郑文焯走姜白石的路，五家皆祖周邦彦。王国维反对姜白石，对周邦彦也不满意，但作《清真先生遗事》，对周邦彦词的艺术性很推崇，所以实质上也崇周，而姜白石也是从周邦彦处来。宋词中三人精通音乐：柳永、周邦彦、姜夔。

王国维谓东坡乃李白,清真乃杜甫,可见清真之地位。辛弃疾乃韩昌黎也,柳永乃白居易也。朱彊村选《宋词三百首》,乃朱彊村与况周颐共选也,最后一部词选。

如果没有这五个大词人,今人不会作词,也不会辑词,他们对词学之中兴,功莫大也。

《四印斋所刻词》刻本已很精,但后来珂罗版(影印本)出,发现王本已有改动(如聊城海源阁辛词本)。吴昌绶有《双照楼景刊宋元本词》(影印本)。吴书后卖给常州陶湘,刻续双照楼词。词刻四大丛书:《四印斋所刻词》《彊村丛书》《双照楼景刊宋元本词》《续刊景宋金元明本词》。

近人赵万里有《校辑宋金元人词》七十三卷,还有南唐二主词。余皆未出,极为可惜。赵为海宁人。

云南大理人周泳先(龙榆生之学生)作《唐宋金元词钩沉》,源于杭州文澜阁藏书(为赵万里于北京文渊阁未见书)。

我的《全宋词》是在他们的校辑基础上编成的。

藏书楼有宁波天一阁(范氏)。南瞿北杨,杨者山东聊城海源阁,瞿者铁琴铜剑楼。湖州陆心源皕宋楼(藏书)全卖给日本人了。陶风楼(端方,缪艺风)买杭城丁氏八千卷楼藏书,今藏南图。瞿、杨书已归北图,皕宋楼藏书已归日人,归入静嘉堂文库,仅陶风楼藏书存南图。但都保存有图书志、题跋。

五、唐老谈历代词集

（1979 年 10 月 27 日上午）

清词人之小传，均可见《清名家词》十（开明书店版，陈乃乾辑）。王半塘、况蕙风创广西词派（陈洵、叶恭绰创广东词派）。

四印斋用木刻，虽精难免有错。双照楼起用景（影）宋本，既美又精。后来把版本卖给陶湘，陶出续双照楼本。《彊村丛书》更庞实。

另有词选本。

《宋元名家词》，晚清江标刻，长沙刻本，错误较多，已淘汰。基本上所选每一家都不可用。

古代词书有两类，一类是汇刻丛书，一类是总集（选各家词）选本。前者如《直斋书录解题》卷二十一"歌词类"所载（余尝作《直斋书录解题注》。《文献通考》几乎全部转抄它）。有宋长沙书坊刻《百家词》（佚）。宋代汇刻书有长沙、杭州（《山谷琴趣》《淮海琴趣》等）、福建闽刻本（如《典雅词》），大多不传。现存的汇刻词有《百家词》（天一阁）为最早，现藏天津图书馆，北图有抄本，共九十册，实存四十册，复旦有抄本，明吴讷辑，为梁启超发现，名为《唐宋名贤百家词》（又名《四朝名贤词》），中杂有明人词。林大椿从北图抄出，于 1939 年在香港出版。第二个刻本乃汲古阁《宋六十名家词》（六十一家），错字未校，用处很少。第三本清初侯文灿《十名家词集》，印数较少。第四本乃《词学丛书》（秦恩复）。《宋六十名家词》有毛扆校本，甚精，建议影印。后来发展到清末四大词学丛书（及《宋元名家词》）和《全宋词》。还有一本油印本，为刘毓盘辑《唐五代宋辽金元名家词集六十种辑》。赵万里补充的《校辑宋金元人词》七十三卷，用科学的办法辑成，价值很高。赵见书极富，有影印宋本《梅苑》等珍本。他早期辑词，后来搞戏曲、碑帖，胡适写序称他"精于版本目录之学"，但有时仍不免还有错。此书乃属于补充性质的，同时又辑。

赵之后，有大理人周泳先《唐宋金元词钩沉》，也是补充性质的，以文澜阁书为本。赵万里很自负，以为他以后不会再有补遗的了，但周本似有补充。我的《全宋词》即在前人基础上完成的。陈廷焯《白雨斋词话》谓《全宋词》只要几个月就能完成，实质哪有这么容易！徐调孚先生请王仲闻先生代我校订，费功甚巨，特别在辨伪方面。王有《南唐二主词校订》为定本。《清名家词》亦汇刻本。

选词总集部分：

《乐府雅词》，曾慥编。（经济、城市的发展，促使俚词发展，不光柳永，东坡、山谷、稼轩都有，时代风尚也。）为北宋本，只有抄本，现有涵芬楼影印本。最宝贵的是里面有转踏、大曲等民间词，也有"九重"朝廷所作。《九张机》即出此书。科研要用第一手资料，宋人所刻宋词乃最宝贵材料，连《宋史》都不及它的，因是元人所写。此本以欧公为首（前冠以大曲、转踏等"九重"所传出之民间资料），删去淫、鄙、游辞（常州词派语），这是对的。内有"月上柳梢头"一词，可见此词为朱淑真作之不可能。朱为熹之侄女也不可信。

《唐宋诸贤绝妙词选》(有《四部丛刊》本),黄昇选十卷,又辑《中兴以来绝妙词选》十卷,共称《花庵词选》二十卷。

《梅苑》,北宋四川人黄大舆辑,专收梅花词。

《阳春白雪》,赵闻礼辑。朱彝尊未见,故《词综》未录其词。

《绝妙好词》,南宋周密辑,清厉鹗有注本。选词以流畅平正为宗旨。

《草堂诗余》,本子很多,有元本、明本(洪武、万历本)。至赵万里始发现乃宋人何士信编。其后有分类本、分调本。

《复雅歌词》收四千三百余首,迄于北宋,已佚。可惜。

以上为宋人刻本。

元凤林书院本《草堂诗余》,多收宋遗民词,以文天祥开头,下载宋遗民及元人词。

《中州乐府》(元好问辑),存金词,为仅存之金词资料。

《花草粹编》,明万历本。以前难见极了,用钞本钞出。后南图缩影印出来(陶风楼本)。

《词苑英华》,明毛晋编。

《词林万选》,明杨慎编。

以上为元明刻本。

清人刻本有:

《词综》,朱彝尊编。三百年间影响很大,以"雅"为收弃(取)标准,摒弃魏了翁等。《云起轩词序》(文廷式)批评其"意旨枯寂,后人继之,尤为冗漫","视辛刘若仇雠",攻击甚烈。朱、厉推崇南宋,以清空为论词宗旨,以白石、梦窗为圭臬,排斥辛派,为浙派词。后人毁誉不一。其实二窗与辛刘不能偏好。后陶梁有补遗，以《阳春白雪》词补入。韦庄、李煜、白石都是白描，峭拔。而蒋捷、玉田等棱角已磨平，圆熟了。玉田等沉痛，寓以家国之感。

《词选》，张惠言编。反对南宋，提倡北宋；反对白描，提倡比兴；提高词体，与骚雅同源。但矫枉过正，穿凿附会。温词没有什么寄托；但词是有寄托的，从张惠言起提倡，影响较大。但他反对柳永，不选俚词。《续词选》，董毅编。他补舅父之不足。姜亮夫有注，四川也有人作笺注。稼轩词不注不行，用典多也。而一般白话的词不必注。

《宋四家词选》，周济编。四家为王沂孙、吴文英、辛弃疾、周邦彦。

《宋七家词选》，戈载编。

《唐五代词选》，成肇麐编。

《宋词三百首》，朱彊村选。他偏好梦窗，多选故国之思之作，精选小家词，但有遗老思想。……小晏"梦后楼台高锁"，起句不平常；"殷勤理旧狂"，结得沉郁，晏欧都赶不上，为宋代小令之最。（此书）选时彦等小家很精当。朱古微自戏曰"我信清真教"，崇周邦彦也，崇常州家法。

六、唐老谈唐五代词

（1980 年 1 月 16 日上午）

近来有几篇文章可看，如《中华文史论丛》（1979 年第 4 辑）有施蛰存的《读韩偓词札记》。

唐五代词的范围不出《全唐诗》《花间集》《尊前集》（惟缺敦煌词）。林大椿辑《唐五代词》也不出此。敦煌词出来，震动世界。经拍照、收集，现已能看到全貌。向达、王重民现都已过世，甚为可惜。

最早是董康到伦敦发现《云谣集》十八首（斯坦因）残本，震动国内，《彊村丛书》本已刻成，又增入此十八首。彊村很重视，嘱况周颐校雠。但目录上明明写《云谣集杂曲子三十首》，名实不符。朱嘱龙榆生、杨铁夫再校。郑振铎将此收入《世界文库》。后刘半农去巴黎发现伯希和本《云谣集》十四首以及其他，收入《敦煌掇琐》（包括变文）。两本合并去其重复者，恰得三十首。

《云谣集》以外还有曲子词。经王重民辑为《敦煌曲子词集》。孙楷第、赵万里、阴法鲁、万斯年、周一良等十人帮王重民校过。

敦煌词的研究目前有四个摊子：北京（王重民）；东南（我、夏老及其两个大弟子蒋礼鸿、任铭善〔已故世〕，龙、宛也校过）；四川（任二北等川大同人。任承王国维《宋元戏曲考》的事业，以戏曲为主,兼及曲词。他认为宋词的名称到宋才有,宋前只叫曲子);台湾、香港、日本(台湾:胡适,本子未见;香港:饶宗颐,本子亦未见;日本,神田喜一郎《敦煌学五十年》)。李一氓辑《花间集》。王仲闻曾辑过《尊前集》,对唐五代词有深切研究(据王重民《敦煌曲子词集》修订本后记提及),可惜稿子不知流落何处,甚为可惜。王仲闻先生虽然有错误,但两本书就可流传不朽了,《南唐二主词校订》及《李清照集校注》,《全宋词》的辨伪工作也是他做的。

潘重规(黄侃女婿)有《敦煌云谣集新书》在香港出版。

蒋礼鸿在巴黎把碎片拼凑好后拍照,法人评价甚高。

饶宗颐在国外评价较高,英皇召见。

日本波多野报导任、饶两家争论之异。

罗忼烈(香港中文大学)有《续辑周清真佚诗二十首》(大公报),据《永乐大典》。可见他们的材料比我们还多。为王国维、王仲闻所未见。

任二北《教坊记笺订》很重要。胡适认为《忆秦娥》《望江南》两词起源于中唐以后,请教王国维,王说《教坊记》中已有。胡诡辩说乃后人搀入。

杜诗非全看不可。他是承前启后,影响宋代很大。李白比不上的。杜甫有李白的长处,而李白没有杜甫的长处。他写古柏,笔墨很重,可证其诗格。对杜不要神化,但他确实是"世家"。你们要打好基本功,非读杜诗不可。杜诗、小晏、清真炼字都能"敲打得响"。王壬秋妄谓东坡"小乔初嫁了","了"可改"与",郑叔问讥为"哑凤",指其声音不响亮。

任、饶二家之分歧,有一点就是伯斯本与罗振玉本之异,任认为罗本乱改,作假古董,饶认为不是罗改的。

我的《云谣集杂曲子校释》有几个结论:1. 调与题相合,如《天仙子》咏天仙事;2. 令词与慢词都有;3. 单调与双调都有(有谓《望江南》只有单调,不确);4. 字数不定;5. 平仄不拘;6. 平仄通叶;7. 方言通叶;8. 不拘闭口韵;9. 入叶上去;10. 以上叶入;11. 词中叙事;12. 不避重词;13. 词有衬字;14. 词脚不拘。

民间词是最自由、最活泼的,少拘束的。

文人词自温飞卿讲起。李白、杜牧、白居易等都是诗人。

叶嘉莹《从〈人间词话〉看温韦冯李四家词的风格——兼论晚唐五代时期词在意境方面的拓展》,以《人间词话》为立论根据,扬韦抑温,认为温庭筠词无个性,无生命。温庭筠是鼻祖,怎能一笔抹杀?他是发展词的始祖,是一大家,没有温庭筠,后代词就没有那样的发展。他是一个音乐家,"有弦即弹,无孔不吹",音乐决定最初的词;他又是文人第一个写词的,地位低下,对词的发展起了很大的影响。王国维对温韦词风的评语是可以的,但问题在如何理解。施蛰存有《读温飞卿词札记》(《中华文史论丛》第八辑,1978、10)又抬得太高。没有温庭筠,词的发展就会推迟。他的词是否就是词藻堆砌也可商榷,如"小山重叠"一句,有解为"太阳""屏山""眉山""枕山"等的不同看法。"深美闳约"四字,温能当之(王认为不能)。朱光潜认为,诗之美较显,词之美较隐,不可一概而论。温庭筠在小令方面是独步当行。贺方回谓"吾笔端驱使李商隐、温庭筠常奔命不暇",贺铸、吴文英都学温庭筠。温浓韦淡,温重韦轻(轻灵)。我认为清词话中,《艺概》最好(也是常州派),之前是《介存斋论词杂著》,《人间词话》就偏了。周济谓温庭筠"下语镇纸",韦庄"揭响入云",是谓确论。"浑成",千回百折,不易看穿,感情深厚深挚之谓也。温、吴词中固然有些晦涩之作,但也有很多好词。"为君憔悴尽,百花时",何等深厚;"不如从嫁与,作鸳鸯",又何等痛快。但总的来讲是深厚。《河传》(湖上)我最喜欢,杂言混用,平仄相间,意境优美,色(词)采交织,长短句之最佳品也。

《西洲曲》、《春江花月夜》、《河传》(湖上)、秦少游《满庭芳》(山抹微云),不快不慢,"中声"也,毫不用力,哀肠欲断,学不到的,为余所最喜爱之作品。

"春梦正关情,镜中蝉鬓轻",十字均阳声,黄钟大吕之音,以表现心情的激荡。

韦庄"四月十七"皆用阴字。而"多情自古伤离别"阴阳皆用。词到周邦彦,观止矣。李清照以巧取胜,但"苦无骨"。其《武陵春》(风住尘香花已尽)等,胜《声声慢》(寻寻觅觅)之清(轻)巧。

后主词受韦庄词影响。冯延巳词亦受韦庄词影响。

后主词"以血书之",人不能学也,其环境之奇特决定的。天才不能一概抹杀。李白、李煜、夏完淳(十七岁就死,写《大哀赋》),天籁也。李煜词亦属浑成一派,重拙大也。笔墨极重。中主词传极少,但可不朽。后来少游、清照、纳兰(加色泽了),都学二主词。周济谓温严妆、韦淡妆、李粗服乱头,不掩国色,并未贬李煜,而王国维却谓周济"置诸温韦之下,可谓颠倒黑白矣",误解了他。

冯延巳影响北宋时代很大。堂庑特大,有国事之忧虑,个人之感慨。但其《阳春集》问题很多，乱窜入他作。晏、欧皆受其影响。宋词两条路：小令：冯；长调：柳。

李冰若有《花间集评注》，李一氓有《花间集校》，我（早年）也有过南唐二主词的校本。

地方志、笔记、诗话、词话必须要看。

唐五代词我就主要讲敦煌、西蜀、南唐三种。

七、唐老谈北宋词

（1980 年 1 月 18 日上午）

唐诗、宋词、元曲并称。

《唐五代词选》成肇麐选（金坛冯煦有序），根据《花间集》《尊前集》选，但未见敦煌词。朱彝尊《词综》选唐宋金元词（各大词学丛书都不录明人），刘毓盘《词史》（南大尚存，本为北大讲义），亦未见敦煌词，但有"辽词"（萧后的《十香词》，此实乃长短句之诗也，见《焚椒录》）。《词综》带选带辑，以白石为主，很多原始资料可根据此书。康熙雄才大略，文治武功，采取文学羁縻政策，对古典文学的整理是有一定建树的。清初词人荟萃之状可见（如王士禛、朱彝尊、纳兰性德、陈维崧、顾贞观），女人闺秀亦作词。康、雍、乾一方面是高压，一方面是利诱，文事很盛，清代词学复兴，《全清词钞》收四千余家。闽人林葆恒辑《闽词钞》还比《全清词钞》多一千多首，无力刊刻，我旧时存有目录。

故唐以后并非无诗，宋以后并非无词。赵万里讲三期演变，谓曲起后词就没有了，这是不对的。明词实亦不少，清词更多。清人辑选词以唐宋人为主，《词综》其始也。嘉道时张惠言认为词不能始于宋，应上溯唐五代；词非小道，与诗骚同科。尊体之说盛行。其选《词选》虽薄，影响较大。张氏讲今文易经，反对古文派，在词方面反浙派，在文方面倡阳湖派反桐城派。其外甥董毅增补若干家,为《续词选》,纠浙派重南轻北之偏。张氏兄弟登高一呼,后人沿其系统而自有发展,谓之常州词派。周济选王沂孙、吴文英、辛弃疾、周邦彦四家词选,三密一疏。朱祖谋、况周颐合选《宋词三百首》为子弟读本。成肇麐同时选《唐五代词选》,为同光时代(朱彝尊为清初,张惠言为清中,朱祖谋为清末)词选。"五四"后,胡适选白话《词选》,作《白话文学史》,影响很大。从今天来看,胡适的著作有其见解,不足之处也不少。如贬低杜甫为诙谐滑稽,在《词选》中偏重白话(通俗),对贺方回等忽略(龙榆生曾著文与胡适商榷《东山词》)。胡云翼选《宋词选》受其影响(重苏、辛)。胡适在北大、中央研究院主持工作,顾颉刚、邓广铭、俞平伯、胡云翼都是其学生,受其影响,承其系统。后来他成了御用文人,但前期的学术是有贡献的。知人论世,要全面、历史地看人。朱古老的观点对我们影响较大,夏老写《论词绝句》,缘起就是因朱的启发。《宋词三百首》里不选苏轼《念奴娇》(大江东去)为何?朱彊村虽是浙人,但受常州派影响很大,基本上是常州派。周济选四家词,选辛而不选苏(以苏列辛下),因苏以文、诗著名,故清人多作苏之年谱、诗文系年。实则苏词在苏诗之上,但宋人多以为苏以诗为词,要非本色。周济多选辛而少苏。朱彊村亦多选辛。朱主"浑成",不主"豪放"。王鹏运《四印斋所刻词》谓苏轼"清雄",不认为他为"豪放"。《江城子·密州出猎》亦不选,可能与时局(庚子事变)有关,有所忌讳。他们选词主委婉,温柔敦厚。

北宋词两条路线:小令、慢词,均在前人基础上推陈出新,各具面目。

小令:晏殊、欧阳修、张先、晏几道。张先为晏殊之幕僚,活了

近九十岁，上下于晏殊、苏轼间，为承先启后之作家。晏、欧为"江
西词派"，江西，南唐地盘也。龙榆生为江西人。况周颐、王鹏运
为桂人。陈洵、叶恭绰为粤人。晏殊地位高，怪柳永作曲，只许州
官放火，不许百姓点灯。晏诗文失传，仅传《珠玉集》词。他接受
南唐遗风。宋初东西都是南唐的，宋太宗带李后主参观宋代典
物，谓"卿家故物"。晏、欧接受冯、韦影响。如《浣溪沙》（一曲新
词）词，中间一联"无可奈何"极工巧自然（宛敏灏先生有《二晏及
其词》《安徽两宋词人小识》）。晏词情味深长，风格明朗，如珠如
玉。我喜其"曲栏杆影入凉波"（《浣溪沙》）一阕，犹如苏州古典
园林。欧公不同，他是宋代整个文学的大宗匠、古文领袖，王安石
为其提携，欧死后王有《祭欧阳修文》，谓其古文学史司迁（常人以
为欧学韩愈，不确）。其诗被文掩，词被诗掩。其诗反西昆，一扫
应酬、应制之风，诗学李白。欧词还在晏殊之上，与冯词相混，至
今还分不清。但李清照词小序（认为欧词）是铁证。施蛰存认为
冯词不一定可靠。沉着、拙重大、浑成、深厚，是其词风。欧词影
响大。"沉着在和平中见"（周济），"候馆梅残，溪桥柳细"，何等
细切自然，不难学，文字流畅干净。其艳词可能是后人假托的。
王学初谓李清照"眼波才动被人猜"是伪作。李清照批评别人太
多，自己却做不到，宋人多不满她。夏老评她太高，"明白如话"之
作，白居易也达到了，不能作为最高之标准。李词（成就）比柳、周
要低，王学初评为北宋婉约之最高成就，我们不能同意。欧公词
中有鼓子词（十二首《采桑子》，十二首《渔家傲》），欧公与民间接
触多（如《醉翁亭记》述与民同乐），文人好处也接受，在宋词中是
一大作家，晏欧齐名。张子野途径与之一样。欧阳修最突出，写

水乡风味很好。欧词还可多选些。仁宗时是北宋文学的黄金时代，欧为领袖。欧批评范仲淹为"穷塞主之词"，思想性比范高（"将军白发征夫泪"），有"飞捷奏，玉阶遥献南山寿"，充满乐观。写风土人情民俗的较多较好。小晏时间较迟。近人有以为似曹雪芹者。山谷序小山词谓有四痴（有似纳兰容若）。

　　冯延巳词有疏密浓淡两方面。晏欧不大爱浓密一路。而小晏色泽较浓，疏密相间。小令的成就到小晏最高。出语不凡，"醉别西楼醒不记"有如周邦彦的《西河》："佳丽地，南朝盛事谁记？"不同于欧之"候馆梅残"之平淡细微。小晏明净高华，千锤百炼，从李后主来，喜用去声字，力量雄厚，别人的小令中少见（李后主"归时休放烛花红，待踏马蹄清夜月"，讲豪放派要从李白、李后主讲起）。语言又极明白如话，不轻描淡写，而是从内心发出的真挚情语，"红烛自怜无好计，夜阑空替人垂泪"，虚字的勾勒何等有力。大晏及欧公均不及。蕙风特重其"殷勤理旧狂"一阕。小晏为小令之当行作家。

　　柳永年代较早，估计与晏殊不相上下。他从民间敦煌一条路上来的，与乐工密切。柳有《煮海歌》，是关心人民疾苦的，但落拓一世，可能死在镇江。柳词的主要倾向要肯定。清人陈锐谓其"俗"词之外，还应看到其高雅之一面。张惠言不选他一词，偏见也。柳永创调很多，发展了慢词。

　　少游为一大家，婉约之代表，正宗也。从花间、南唐出来。《八六子》是从李后主词中化出。赵尊岳曾做过秦李比较。少游色泽加浓。宋人谓柳词情胜乎辞，苏词辞胜乎情，辞情相称者，惟少游而已。陆游推崇少游。东坡名满天下，而词风与秦不同，然亦推崇秦。秦之作风独擅一时。李清照赶不上秦观。

　　贺铸笔端驱使温李,色泽更浓,富有创造性,人称"贺梅子"。龙先生写过评东山词文。

　　秦、贺小令长调皆擅。周邦彦从柳永出,更深入,气魄更扩大,色泽更浓。柳永是纵通,周邦彦为横通。周为乐官,创调很多。胡适讥为词匠,不对。周邦彦通礼、乐、赋、词,学问广博。周与道家关系较深。周为集大成,如词中杜甫。少游如花初胎,周则大放其葩。

　　苏轼打破艳词闺词,开拓词的境界。新天下之耳目,引起大变化。首先,词与身世配合,有时、地、人、事,可以笺注了。对外族侵略的抗争,深挚的悼亡词(从前的悼亡诗都没有这样深沉的,是其浑成的代表作),身世之感("明月几时有",是有比兴的。施蛰存讲南宋才有比兴,不对的。如弹丸脱手,行云流水),别开境界,影响很大。苏词开南宋,开辛派,开金元,直至清代陈其年、文芸阁至今。周邦彦开南宋姜吴,直至清代。周词"一一风荷举",王国维谓"举"字好,其实只是单字。其《六丑》等全篇、全句好。"前有清真,后有梦窗。"对周吴两家还要重新认识。胡适、胡云翼只强调苏辛、轻周吴是不对的。

八、唐老谈南宋词

（1980年1月25日上午）

小令和慢词这两条路，从晏欧和柳永分贯下来。晏欧承南唐作风。柳永吸取敦煌民间词风，他在词史上是一个起发展作用的人物，犹如《花间集》之有温庭筠。柳永之后，慢词展衍。苏词《浣溪沙》"红窗睡重不闻莺"，"重"用以描写睡，出于"花重锦官城"，妙。前人谓张先承前启后，是不确的，因他还是以小令为主，不如柳永之大量发展长调。

苏轼是另一种作风。他的词有题目，这是首创。一篇小序往往是一篇优美的散文。苏轼开拓词的境界，无事不可写，无意不可入。苏词可以编年，朱彊村、龙榆生都做过，后人还根据其诗再作补充。他在词里的影响，比诗、文更大。新天下之耳目，于倚红偎翠外别立一宗。《四印斋所刻词》谓其词风为"清雄"，不一定是豪放。如谈"豪放"，李后主《玉楼春》"归时休放烛花红"，范仲淹《渔家傲》就有，即连少游亦有"最好挥毫万字，一饮拚千钟"（《望海潮》），也是。宋词不如唐诗，与农民接触少，苏词却有（辛弃疾也有），比较突出。苏轼影响南宋。

李清照由北入南，以南为主，继续婉约派，但其《渔家傲》却是豪放、浪漫主义的。《武陵春》很好（《声声慢》，巧而已），"闻说……也拟……只恐"，情思宛转。近人仍在讨论。不过有个问题,讨论的基础必须是她的作品。如"眼波才动被人猜"(《浣溪沙》)就绝不是她写的。《全宋词》有功劳的话,主要在辨正,那是王仲闻先生的功劳,疏漏在我。现又增加《订补续记》,任二北、夏承焘等先生都助予补订。已订一八九条,但还不能说尽善尽美。

王仲闻先生又名幼安、学初。抗战前我与他通信甚多。

南宋主要讲三个人。以辛弃疾为关键。

初期:时局变了,东坡的影响发展了。北宋"大",南宋"深"。"靖康耻"人皆有之。《四印斋所刻词》有"四名臣词"。李纲、赵鼎、胡铨、李光,都是主张抗战的名臣。但词不多,悲愤的气味多。由北入南的有叶梦得、陈简斋、张元幹(生年没问题,卒年尚待考。绍兴之后,不见其痕迹,孝宗之后不见)。张孝祥还比张元幹早,他死在南京,其子侄有墓,在江浦发现。清王士禛犹有吊张墓词,今已不见。张有两个宋本,张词也有宫调注旁,可补夏敬观《词调溯源》。有一本《中乐寻源》(万有文库收),考证音乐变化。宛老致力张孝祥多年。汤衡序对张孝祥评价很高,张以东坡豪放风格写其爱国词。《芦川词》四库本(用《永乐大典》本)已铅印出来,还有一本是《四印斋所刻词》本。但都不全了。今南图有此两本。袁去华一般文学史家不注意,朱彊村选三首于《宋词三百首》中,今人以《凤阳县志》考之为绍兴十五年进士,我笺《宋词三百首》只注"绍兴中",在《全宋词》中已注明。可见方志之重要。方志、笔记、诗话题跋(如《珊瑚网》)、应酬翰墨(如祝寿词,魏了翁大量写寿词。《翰墨大全》等)、类书(如《古今图书集成》《钦定词谱》等),都是我们辑词的来源。

辛弃疾出来后影响极大,其爱国思想强烈,为苏轼所无。书卷气太大，岳珂谓之"微觉用事多耳"。辛词六百多首，是数量最多的一个词家，邓广铭已做了工作。新出的比旧的补了很多。日人注宋诗，功力深，但找了很多不相干的典故来，找不到要害，鉴赏力到底不及我们。辛弃疾年谱、编年、诗文钞都全了。辛长调、小令皆好。大气磅礴，风格多样。如"绿树听鹈鴂"，把很多离别的故事堆在一起，魄力大，有霸气。王国维谓之为韩昌黎，有诘屈聱牙之处，但也有百炼钢化为绕指柔之作。《永遇乐·京口北固亭怀古》一首是好，但我更欣赏《南乡子·登京口北固亭有怀》一首，万中无一（如苏轼《江城子》"十年生死"），天衣无缝，非常人能做到，平仄声韵，用典故、成语，几极天籁，非人力所能为也。后主《子夜歌》"人生愁恨何能免，消魂独我情何限"，王静安谓之"以血书之"，如怨如慕，如泣如诉，完全白描，如说话，吴梅谓之全用赋体，喷薄而出，不说天才不能解释。辛弃疾词人力很深，杂用各书，如《世说》、诸子，经史子集皆用。

姜白石：辛之前后辛派词人形成，前有二张，后有二刘、陈等，是词中的天翻地覆，呼号奋发。对姜夔有两种意见，一种贬低，谓之形式主义，一种是宋翔凤之说，认为很高。文学史上对姜夔、吴文英多贬。他一方面接受苏轼，一方面接受周邦彦的影响。其诗很好，为词所掩。诗学山谷，瘦硬峭拔一路（黄庭坚诗不同于苏轼）。有一定的爱国思想，通音律（献乐议），野云孤飞。秦少游平和正中，棱角磨平，辛弃疾则踔厉风发，进行曲调。姜夔一方面吸收周邦彦的字句章法，一方面吸收宋诗（江西派）风味，形成独特风格。夏承焘先生已有详细研究。他有工尺谱值得研究。《扬州慢》是其文学上的代表作（音乐上杨荫浏等有研究。杨其人我未见过）。

　　词里还没有人做过双声叠韵谱。如晏殊《浣溪沙》"小阁重帘有燕过，晚花红片落庭莎，曲栏杆影入凉波"，全首的入声字，双声叠韵处很多。邓廷桢做过《诗双声叠韵谱》，杜诗也有人做过。清人周济谓欧词"沉着于和平中见"，晏殊也是如此。而姜夔却是语不惊人死不休，诗学山谷，不傍人后，《扬州慢》词"淮左名都，竹西佳处"两句，学杜诗"皇帝二载秋"，先交代时地，堂堂正正（有时却出语惊人），与少游"山抹微云"作法相似。他融取前人，大开大合，无甚出奇。但下句出语惊人，"过春风十里，尽荠麦青青"，概括精炼，虚处传神。与"国破山河在"异曲同工。"废池乔木，犹厌言兵"，拟人化，感情强烈。"波心荡，冷月无声"，冷峭。"算杜郎俊爽"，不是指自己如杜牧（荡子），而是假设杜郎重来。"念桥边红药，年年知为谁开"与《哀江头》相近。他不同于辛大帅，而是伤感的词人，萧德藻老人谓之"黍离麦秀之悲"也。他炼字炼句精妙，"冷香飞上诗句"看似不通，出语惊人不同凡响，"数峰清苦，商略黄昏雨"，传神，"凭栏久，残柳参差舞"，咏物中有人。

　　前人咏物，往往喻人，如骆宾王咏蝉。王碧山咏蝉，胡适谓"白日见鬼"，我们不能同意。

　　白石词喜用"冷"字，如《踏莎行》之"淮南皓月冷千山"，清气逼人，途径如韦庄，峭拔，揭语入响。姜夔受多方面影响，学辛稼轩，学黄山谷，学周清真（章法），如《长亭怨慢》"日暮，望高城不见……"，一气贯注，得周之功力（吴文英"腾渊入霄"，亦学周。周词《关河令》"酒已都醒，如何消夜永"，如此沉痛为周词特有）。《暗香》《疏影》二词还是有寄托的。夏承焘指合肥情词，不确。"昭君不惯胡尘远"泛指二帝蒙尘（周振甫谓咏物词）。

　　张炎，和姜夔"姜张"并称。他把姜夔的棱角磨掉了，平淡，没有过甚的词藻。如"三月休听夜雨，如今不是催花"（《清平乐·采芳人杳》）。他有"孤雁""春水"之名。蒋捷《一剪梅·舟过吴江》"红了樱桃，绿了芭蕉"最为传诵，写自然景色，如杨万里，都属张派。

　　吴文英词，有杨铁夫《吴梦窗词笺释》。武汉大学刘永济有梦窗词笺。夏承焘有《吴梦窗年谱》。吴文英与姜夔无交游，石帚非白石。辛弃疾、姜夔才华外露，吴文英从周邦彦来，含锋不露，比周更曲折。北宋学温庭筠者贺方回，南宋学温庭筠者吴文英，金碧辉煌。姜，淡妆，吴，浓妆。故张炎不满吴为"七宝楼台"，朱古老谓吴词是"七宝楼台"，谁教你拆散下来？哪个作家都不能拆散下来。朱古老选吴词较多。吴词也有疏快之作。创调也多，守周的规矩，尹焕谓"前有清真，后有梦窗，此天下之公言"，可见吴的势力当时很大。艺术风格还有其独特之处。运用词藻，运气内潜，锋芒藏在里面，要看笺注后才懂，如李商隐诗。杨铁夫自序谓学词于朱彊村，朱三次嘱他读吴词；海绡学词本不著名，后学吴词得朱赏识（广东梁鼎芬门下出词人陈洵，诗人黄节——萧涤非之师）。可见朱彊村重吴词，临死还手校吴词。吴词"黄蜂频扑秋千索"，文心很细。最突出的是《莺啼序》，生离死别，如橼大笔何淋漓，追忆往昔身世遭遇，通首用藻词。《八声甘州》是其代表作，可与柳词《八声甘州》"渐霜风凄紧"媲美，他吸收柳、周而色泽超过周，与姜夔迥异。"上琴台去，秋与云平"，气魄大。学周柳（转折顿挫，回婉曲折），学温（色泽）。吴文英词不能一概抹杀为形式主义，艺术上自成一大家数，他与吴潜和词（指《金缕曲·陪履斋先生沧浪看梅》），也有家国之感。无力回天，固不能与陈人杰等爱国词人比，但也有一定感情。草窗、碧山在其门下。王碧山色泽比张炎浓，《白雨斋词话》推王太高，王既比不上辛，又比不上周。

南宋鼎分三足：辛弃疾、姜夔、吴文英。这是历史的真实，文学的真实，各有其地位。

南宋亡国时有刘辰翁、文天祥。汪东先生在世时，谓刘辰翁词很好，但无人作笺。诗文太多，历史又不熟，不易搞。文天祥词不多，但思想性高，如《沁园春·题潮阳张许二公庙》，与郑思肖一样。汪元量有《水云词》。谢枋得、郑思肖词不多。

研究词学必读书：1.赵万里《校辑宋金元人词》，科研的范本，胡适评价很高。2.夏承焘《唐宋词人年谱》。王国维《清真先生遗事》（未见《永乐大典》）。3.王仲闻：《李清照集校注》《南唐二主词校订》。4.任二北：《教坊记笺订》《敦煌曲初探》。

附　二

杨海明论文、论著目录

陈国安 整理

一、论文目录

1983.2

晁补之词浅论　临沂师专学报　1983.3-4

论宋词发展史中的"雅""俗"之辨　昆明师院学报　1983.3

宋代元宵词漫谈　苏州大学学报　1983.4

艺术的力量首先在于真实——谈范仲淹等人的三首边塞词　延
　安大学学报　1983.4

张镃家世及其卒年考　浙江师范学院学报　1983.4

论五代西蜀词　四川大学学报　1983.11

宋代词论鸟瞰　文学遗产增刊　1983.11

论爱国词人刘克庄的词　福建论坛　1984.1

试论宋词所带有的"南方文学"特色　学术月刊　1984.1

张舜民和他的词作　光明日报　1984.2.28

"诗词有别"——城市经济带给词的印记　湘潭大学学报　1984.2

略谈宋亡前后的"政治批判词"　西南师范学院学报　1984.2

关于李清照《词论》中的一个疑难问题　教学与进修　1984.3

王沂孙生、卒年考　社会科学战线　1984.3

论秦少游词　文学遗产　1984.3

读李清照词杂识　广州师院学报　1984.3-4

《岳阳楼记》是"传道"之文　湖南师范大学学报　1984.6

侯蒙的风筝词和薛宝钗的柳絮词　淮阴师专学报增刊　1985

宋词与江西　抚州师专学报　1985.1

论冯延巳词　文史哲　1985.2

唐宋词艺术趣味——艺术风格谈　苏州大学学报　1985.2

论朱敦儒的词　杭州师范学院学报　1985.3

唐宋词的发展轨迹（论文摘述） 文学遗产 1988.2

我是怎样撰写《唐宋词史》的 古典文学知识 1988.4

宋词所包蕴的"心理内涵" 学术月刊 1988.11

论唐宋词"梦"的意象 苏州大学学报 1989.2.3

从"承平公子"到"落魄王孙"——南宋遗民词人张炎 古典文学
　　知识 1989.2

试论苏轼词的充分"士大夫化" 社会科学研究 1989.4

唐宋词所展现的心灵世界（上） 文史知识 1989.8.

唐宋词所展现的心灵世界（下） 文史知识 1989.9

词学研究之未来 缅因州国际词学会议论文 1990.6

参加缅因州国际词学研讨会散记 古典文学知识 1990.6

论唐宋词的"享乐意识" 西南师范大学学报 1991.3

评钟振振校注本《东山词》 文学遗产 1991.4

唐宋词概说 日本帝冢山学院大学学报 1992.4

元宵之夜的"人间戏剧"——谈三组元宵词 古典文学知识
　　1992.5

"男子而作闺音":唐宋词中的一个奇特的文学现象 古典文学知
　　识 1993.1

唐宋词扫瞄:从"文学表现心理"的角度看唐宋词的发展历程 南
　　京师大学报 1993.2

论《词源》的论词主旨:兼论南宋后期的词学风尚 文学遗产
　　1993.2

自古词人多寂寞:谈唐宋词中的孤独心态 文史知识 1993.3

唐宋词中流行的"季节病":谈词中"佳人伤春"和"男士悲秋"

辽宁大学学报　1993.6

词学研究之展望——对今后开展词学研究的管见　中国韵文学
　　刊　1993.7

宋代词论研究　第一届词学国际研讨会论文集　1994

柳永因何被晏殊黜退：从柳永《定风波》看两种"趣味"的对立
　　文史知识　1994.1

诗、酒、茶、梅、菊及其他：谈李清照词中的"雅士"气息　古典文学
　　知识　1994.4

"赤子之心"加"成人之思"：借用旧说来论李煜词　文史知识
　　1994.4

评王兆鹏著《两宋词人年谱》　中国书目季刊(台北)　1995.6

词人年谱的又一力作：王兆鹏《两宋词人年谱》评介　中华词
　　学　1995

观念的演进与手法的变更——温庭筠、柳永恋情词比较　第一届
　　宋代文学研讨会论文集　1995

"妙在得于妇人"：论歌妓对唐宋词的作用　中国典籍与文化
　　1995.2

唐宋词中的"言理"和"理趣"　文史知识　1995.2

对于"渐变"的感悟与描绘：谈晏殊的《浣溪沙》及其他　古典文
　　学知识　1995.2

唐宋词中的"富贵气"　文学遗产　1995.5

视野开阔,论析新警　文学遗产　1996.4

试论唐宋词的"以艳为美"及其香艳味　齐鲁学刊　1996.5

词学理论和词学批评的"现代化"进程　文学评论　1996.6

从"死生事大"到"善待今生"：试论唐宋词人的生命意识和人生
　享受　中国韵文学刊　1997.2

苏轼：睿智文人的人生感悟与处世态度　吴中学刊　1997.2

从"享受人生"看唐宋词人个体价值的"升值"　西南师范大学学
　报　1997.3

联系人生问题读词——《唐宋词与人生》前言　宋代文学研究丛
　刊（台湾）　1997.3

柳永：世俗词人的人生哲学和人生况味　阴山学刊　1997.4

《全宋词》的优秀辅助读本——《全宋词典故辞典》　光明日报
　1997.4.12

试论南唐中主李璟的词　苏州大学学报　1998.3

苏轼——睿智文人的人生感悟与处世态度　宋代文学研究丛刊
　（台湾）　1998.4

从苏词看苏轼的人生感悟与处世态度　山西大学学报　1999.2

人生长恨：李煜的悲剧性生命体验　文史知识　1999.3

无枝可依：姜夔的飘零之感和恋家之情　齐鲁学刊　1999.4

忧惧衰老：晏殊的惜时心绪　文史知识　1999.12

试论人生意蕴是唐宋词的"第一生命力"　文学评论　2000.1

彩云易散：晏几道词中的怀旧心态　文史知识　2000.2

社会责任感在南宋爱国词中的体现　文史知识　2000.12

研究六朝文学的一部力作——读《东晋南朝的谢氏文学集团》
　江海学刊　2000.2

珍惜生命——宋词人生意蕴之本源　宋代文学研究丛刊（台湾）
　2000.6

凄清孤寂：李清照词所表现的女性情怀　文史知识　2000.8

宋代齐鲁词界的总体景观——读《宋代齐鲁词人概观》　理论学
　　刊　2001.1

评王兆鹏《唐宋词史论》　文学评论　2001.3

略论晚唐五代词对正统文化的背离和修补　文学遗产　2001.3

"归心正似三春草"略论苏轼词中的"怀归"意蕴　中国韵文学刊
　　2002.1

残菊飘零满地金——试论唐宋词中有益于今人的思想养料　文
　　学评论　2002.5

"角色转换"与唐宋词之人生意蕴　学术月刊　2002.5

唐宋词的魅力来源与当代意义　学术研究　2003.1

珍惜生命：唐宋词人生意蕴之本源　南阳师范学院学报　2003.1

论唐宋词对传统文化的传承——以苏轼词的"士大夫化"为"切
　　口"　江海学刊　2003.5

试论唐宋词中"归家"意蕴对前代作品的传承与变异　中国文学
　　研究　2004.1

角色转换与"词为艳科"　文学遗产　2004.2

试论宋代词人享乐心理的雅俗分趋——以柳永、苏轼为例　湖南
　　文理学院学报　2004.6

夏承焘先生在艰辛环境下的勤奋治学——读《天风阁学词日记》
　　（第三册）　中国韵文学刊　2005.1

试论唐宋词中名句的生成奥秘及其他　社会科学战线　2005.2

关于词学研究的若干随想　中国韵文学刊　2005.4

试论普通读者对唐宋词的阅读欣赏活动　文学评论　2008.3

二、论著目录

唐宋词风格论　上海社会科学院出版社　1986

唐宋词史　江苏古籍出版社　1987

唐宋词论稿　浙江古籍出版社　1988

花外集　上海古籍出版社　1988

张炎词研究　齐鲁书社　1989

宋词三百首新注　天津人民出版社　1993

唐宋词纵横谈　苏州大学出版社　1994

唐宋词主题探索　丽文文化事业公司(台湾)　1995

宋词三百首鉴赏　丽文文化事业公司(台湾)　1995

宋词趣谈　业强出版社(台湾)　1997

唐宋词美学　江苏教育出版社　1998

李璟李煜　春风文艺出版社　1999

唐宋词与人生　河北人民出版社　2002

杨海明词学文集　江苏大学出版社　2010

杨海明词学文集(新版)　江苏大学出版社　2020

后　记

　　本书是在杨海明先生口述实录的基础上修订增补而成的。

　　杨先生教了一辈子书，但网上关于他讲课的音视频资料，却少之又少。作为他的弟子，我曾在广播电视媒体工作过十余年，为他没能与现代传媒"触电"深感遗憾。因此，我萌生了给杨老师录一些视频资料，请他讲解自己研治唐宋词心得体会的念头。杨老师听了我的建议后，答应了我的请求。这样就有了这个系列访谈，从2016年12月12日开始，每周星期一上午，我带着两位研究生到杨老师家里进行录像，每次两个小时左右，连续录了三次。然后和研究生一起把这些访谈文字整理出来，再请杨老师过目定稿。说是访谈，其实主要是杨老师一个人谈，我事先和杨老师做一点沟通，请他每次围绕一个重点来谈，访谈时我也会穿插提一些问题，请杨老师即兴回答。我的想法，是尽量让杨老师多谈，我们多录些视频。但杨老师谈了三次以后，说是谈得差不多了，而我觉得，杨老师还可以谈得更多。在我请求下，在2017年12月4日，杨老师又做了一次怎么鉴赏唐宋词的访谈。

　　难能可贵的是，在访谈过程中，发现杨老师还完整地保留着当年在唐圭璋先生身边听课的记录，唐先生的讲课时间集中在1979年10月，讲了5次，至1980年1月，又讲了3次，共计8次，地点在南京剑阁路 40 号唐老的寓所。唐老讲怎样进行词学研究,讲得系统全面、深入细致。杨老师的听课记录记得非常完整,原汁原味。唐老的讲稿弥足珍贵,把唐老的讲稿附录书中,既可看出晚年的唐老为培养词学后辈的拳拳之心、殷殷之情,也可以让人看到杨先生后来取得的词学成就与前辈当年的栽培有着密不可分的关系。

把杨老师的口述实录和唐老的讲课笔记整理出来后,发现只有 8 万多字,作为一本书似乎比较单薄。那怎么办呢?也是在闲谈之中,杨老师提到,在唐宋词的鉴赏方面,除了《宋词三百首新注》(此书名为新注,实为鉴赏),他早年还写过不少鉴赏文字,散落在各种鉴赏辞典中。这让我眼睛一亮,杨先生是唐宋词的鉴赏大家,他的这些鉴赏文字就是一篇篇美文。虽然 2010 年江苏大学出版社出版了《杨海明词学文集》(8 册),但杨先生对词的鉴赏文字大部分都没有收入文集。如果把这些稿子收集起来,既能系统看出杨先生对一些唐宋词作品的思考和理解,又和我们对杨先生的怎么鉴赏词这一部分访谈内容相吻合。于是马上动手,分别从上海辞书出版社 1988 年出版的《唐宋词鉴赏辞典》、江苏古籍出版社 1986 年出版的《唐宋词鉴赏辞典》、岳麓书院 1993 年出版的《历代小令词精华》等书中找出杨先生撰稿的文字,共有 24 位唐宋词人的 43 首唐宋词篇的鉴赏,除了少数几篇是另外从《唐宋词纵横谈》中过录的,绝大部分都没有单独出版过。这些鉴赏文字或短或长,词人中有大家也有小家,杨先生均写得深入浅出,举重若轻,正好涵盖了整个唐宋词史,加起来有 9 万多字。这样就使本书的内容更充实和完整了。

在本书编辑过程中,我的研究生袁月、邱苏华、时雪昊、温静参加了访谈的文字整理工作,陶映竹参加了《唐宋词鉴赏录》的文字录入工作。全书编好后,原来的书名定为《杨海明治词杂谈》,恰逢宋代文学中青年学者研讨会在我校召开,来参会的中华书局朱兆虎先生翻阅此书后,建议改书名为《词学与词心》;中国社科院文学研究所《文学遗产》编辑部张剑先生听闻此书,热心推荐;中华书局学术著作出版中心俞国林先生审阅后欣然同意,并与责任编辑李碧玉女士一起为此书的出版付出了辛勤劳动。在此一并向他们表示衷心的感谢。

钱锡生

2018 年 8 月 18 日